# MERCI SUÁREZ
# NO SABE BAILAR

# MERCI SUÁREZ NO SABE BAILAR

## MEG MEDINA

### TRADUCCIÓN DE ALEXIS ROMAY

CANDLEWICK PRESS

First Spanish edition 2022

Library of Congress Catalog Card Number 2021953153
ISBN 978-0-7636-9050-2 (English hardcover)
ISBN 978-1-5362-2815-1 (English paperback)
ISBN 978-1-5362-2438-2 (hardcover)
ISBN 978-1-5362-2673-7 (paperback)

22 23 24 25 26 27 LBM 10 9 8 7 6 5 4 3 2 1

Printed in Melrose Park, IL, USA

This book was typeset in Berkeley Oldstyle.

Candlewick Press
99 Dover Street
Somerville, Massachusetts 02144

www.candlewick.com

A JUNIOR LIBRARY GUILD SELECTION

A LOS FANÁTICOS DE MERCI QUE QUERÍAN
SABER LO QUE PASÓ DESPUÉS...

# CAPÍTULO 1

FUE IDEA DE LA SEÑORITA McDaniels que Wilson Bellevue y yo trabajáramos juntos en la Tienda de los Carneros, una tarea que nadie quiere. Que se sepa: yo había pedido ser una de las presentadoras en los anuncios matutinos con mi mejor amiga Lena. Pero ¿a que no adivinas? Los padres de Darius Ulmer decidieron que era hora de que lidiara con sus «problemas de timidez», así que le dieron la plaza a él en vez de a mí.

En todo caso, cuando la señorita McDaniels nos llamó a Wilson y a mí a su oficina, ninguno de los dos tenía ni idea de lo que ella quería, lo que ya de por sí debió haber sido una señal de alarma. Nos sentamos en un banco de madera cerca de su escritorio a las 8:15 en punto, tal y como decía su nota, ya que la tardanza es el modo más rápido de caerle mal. Es por lo que algunos niños la llaman, a sus espaldas, el Cronómetro.

No se imaginan lo incómodo que fue; Wilson y yo no teníamos nada que decirnos mientras esperábamos. Yo tan solo lo conocía de las clases de educación física y de ciencias naturales, el niño tranquilo con pecas en la nariz y el cabello pelirrojo que lleva a lo natural. También había notado su modo de caminar. Mueve una cadera hacia adelante para que su pierna derecha no tropiece con el piso. Dice que no le duele ni mucho menos. Nació así, nos dijo el año pasado durante una de esas fastidiosas actividades para romper el hielo a las que nos obligan en el primer día de la escuela. En cualquier caso, en realidad no nos habíamos hablado mucho este año. La única otra cosa que sabía de buena tinta es que su familia es cajún y creol de Luisiana. Nos lo dijo la vez que trajo sopa de quimbombó al festival culinario de Un Mundo cuando estábamos en sexto grado. Estaba riquísima, si no te importaba empezar a sudar de pies a cabeza por lo picante que era.

La señorita McDaniels tomó su llavero y nos hizo que la siguiéramos por el pasillo hacia la cafetería, con nuestros mocasines chirriando en los tranquilos corredores.

Unos minutos más tarde, estábamos parados frente a la Tienda de los Carneros, conocido como el clóset de suministros antes de que el señor Vong y su equipo fuesen promovidos a una habitación más grande cerca del gimnasio. Ahí fue cuando nos dio la mala noticia.

Nos habían reclutado.

—Creo que ustedes dos harían un equipo administrativo muy bueno para la tienda de la escuela —dijo mientras abría la puerta a un espacio pequeñísimo. Una caja de lápices con un cartel que decía INVENTARIO estaba recostada en una pared cerca de las pelusas. Un cajero metálico y una calculadora reposaban en un escritorio desechado y con las patas desniveladas—. Pueden perfeccionar sus habilidades matemáticas y de negocios aquí mismo y, de paso, adquirir experiencia en la vida real.

Intenté mantener mi mirada de odio mortal en el nivel más bajo. En primer lugar, si mis habilidades de negocios estuvieran más afiladas, tendría que inscribirlas como armas, así que muchas gracias. ¿Quién se piensa ella que ayuda a papi a descubrir la solución para ofrecer sus servicios y escribir el material de promoción? Sol Painting, Inc. no tiene cinco estrellas en Yelp por gusto. Y en lo que respecta a Wilson: ya él era un genio en las matemáticas. He escuchado que les da veinte vueltas a los demás estudiantes en la clase de álgebra que toma con alumnos de noveno grado.

Pero lo más grande de todo es lo injusto que era todo

esto. A Lena le tocaron los anuncios matutinos. A Hannah la asignaron de asistente de suministros en el superché-vere taller de creación, que es nuevo este año. ¿Y a mí? A mí me esperaba una mazmorra que era el cementerio de la diversión… y nada menos que con un varón como mi única compañía.

Wilson se quedó también como una piedra.

—¿No hay otra cosa? —preguntó—. ¿A lo mejor el Club de la Tierra? Yo no tendría ningún problema con enjuagar los reciclables.

Lo miré de reojo y estuve de acuerdo con él en secreto. Incluso lavar cajas de jugo y bandejas plásticas de la merienda parecía mejor. ¿Qué más había que hacer en la Tienda de los Carneros, excepto vender bolígrafos y lápi-ces a niños que los habían olvidado en casa?

Ella frunció los labios.

—Me temo que no. El doctor Newman está muy inte-resado en mejorar la tienda escolar este año, y a mí me hacen una falta muy especial estudiantes sólidos que sean buenos asistentes en esta tarea.

Nos estaba untando mantequilla como si fuésemos pastelitos. La pregunta era: ¿por qué?

Entonces nos entregó un panfleto de Poxel School, en North Palm Beach. La Plaga, que es como llamamos a esa escuela por estos lares, es nuestra archirrival en todo, desde el fútbol hasta el paisajismo. ¿Quieres clavarle una estaca en el corazón a nuestro director? Dile al doctor Newman que Poxel es mejor que Seaward Pines en lo que sea. El panfleto mostraba fotos de su proyecto de construcción, recientemente terminado. En el mismísimo centro había una foto de su nueva tienda escolar, que parecía pertenecer al centro comercial de Gardens Mall. Ropa, aparatos electrónicos, un café, sillones puff y todo lo que pueda ocurrírseles. Había hasta un enlace en la red para comprar *online*.

Le solté una mirada desalentadora.

—Le van a hacer falta hacedores de milagro, señorita, no nosotros.

Wilson asintió, respaldándome.

—Ella tiene razón, señorita McDaniels.

Yo casi podía sentir cómo el aire a nuestro alrededor se enfriaba mientras ella achicaba los ojos y se atrincheraba.

—Tal vez yo les pueda persuadir de otro modo. He sido autorizada a ofrecerles un beneficio sustancial si ambos aceptan hacer este trabajo —dijo.

—¿Beneficio? —dijo Wilson.

—Déjeme adivinar —dije, con el alma en terapia intensiva—. Lápices gratis de por vida.

Wilson hizo ademán de reírse, pero la mirada cortante de la señorita McDaniels convirtió mi chiste en pura ceniza. *Ser maleducado*, como ella dice, está en lo más alto de su lista de cosas que no debemos hacer, especialmente los estudiantes de séptimo grado.

—Con eso no quiero decir que los lápices no sean útiles —musité.

—Mejor que lápices. —Bajó la voz y sus ojos nos miraron fijamente—. ¿Qué le dirían a comer postre gratis a diario en la cafetería? En específico, el pastel de limón de la señora Malta.

La boca se me hizo agua.

Un borde de galleticas Graham. Un relleno agrio y crema batida. Ese es mi punto débil en el comedor, y ella lo sabía. Y por la cara de Wilson, también era el suyo.

A lo mejor podíamos ser socios de negocio después de todo.

—¿Gratis? —Yo siempre traigo mi almuerzo de casa gracias a mami. Jamás me pone golosina dulce.

Asintió lentamente para que digiriéramos la información.

—Todos. Los. Días.

Wilson y yo intercambiamos miradas.

—Está decidido, entonces —dijo la señorita McDaniels con aire de victoria.

A veces tienes malas opciones, pero aun así tienes que escoger; como, por ejemplo, ¿te comes la yuca o el quimbombó en casa de Lolo y abuela a la hora de la cena?

Tienes que sacarle el mayor provecho posible a la situación. Por tanto, eso fue lo que hice.

—Trato hecho —dije. Si me iba a morir de aburrimiento con un niño a quien apenas conocía, al menos habría pastel. Y Wilson, encogiéndose de hombros, dijo que también aceptaba el trato.

# CAPÍTULO 2

—¿ASERE, QUÉ BOLÁ? —DICE WILSON. Eso es *hola*. Él no lo sabe, pero me gusta un poco cómo habla en inglés. No pone las *r* al final de las palabras, lo que lo hace sonar parecido al señor Finley, que es de Boston y enseña historia de los Estados Unidos. *Cah. Bah. Fah*, en lugar de *car, bar, far* (para *carro, bar, lejos*). Sin embargo, Wilson no es de Boston. Es de Nueva Orleans, que es cálido y húmedo, al igual que aquí al sur de la Florida. Él dice que no se *pronuncia* nunca *New Or-lins*. Si lo dices así, te corrige, incluso si eres la señorita McDaniels. Lo he escuchado con estos oídos que tengo aquí.

Voy a ser honesta. Al principio a mí no me hizo ninguna gracia eso de trabajar con un niño de séptimo grado en un espacio reducido, sobre todo por los fastidiosos chistes que ellos tienen con respecto a los pedos y las partes del cuerpo. En sexto grado, la mayoría de los niños eran relativamente normales, pero ya no. Ahora el menú del almuerzo no puede incluir sándwiches de pechuga de pollo sin que ellos se den con el codo entre sí y convulsionen de la risa. Algunos incluso les dan puñetazos a otros varones en sus partes privadas para hacerse los graciosos, como ese tipo en YouTube. Michael Clark se desplomó como un árbol y tuvo que ir a ver a la enfermera cuando Jason Aldrich le pegó luego de esconderse bajo su escritorio. Y Dios no quiera que le gustes a uno de estos niños. Se va a pasar toda la clase diciendo cosas odiosas con tal de que lo mires, incluso si lo que tienes en los ojos son puñales. Más de una niña se lo ha tenido que decir a la maestra o gritar «¡te odio!» para que paren de payasear. Esto es tan confuso. O sea, si quieres gustarle a alguien, ¿no se supone que deberías ser agradable? Se comportan tan mal que las muchachas de las que están enamorados sueñan con matarlos a palazos.

Resulta que Wilson no es así en lo absoluto y este trabajo no es lo peor que le pudiera pasar a una persona. Sus cualificaciones más importantes: no hace comentarios crueles acerca de mi ojo extraviado para después quejarse de que yo no aguanto un chiste. No copia mis pruebas en ciencias naturales para luego tomar crédito por mis respuestas inteligentes. No acapara la pelota de baloncesto durante educación física para ser él quien tire a la canasta. Además, él es lisa y llanamente una calculadora humana, lo que es algo bueno cuando intentas remodelar un negocio que es un desastre total, como nos ha tocado hacer a nosotros.

Cuelga su mochila en el gancho detrás de la puerta y mira alrededor en busca de un sitio en el cual sentarse. Solo tenemos espacio para una mesa y dos sillas aquí y hoy esto está más atiborrado de lo habitual.

Levanto la vista del letrero que estoy haciendo en el piso.

—Cuidado. Me vas a pisar —le digo.

Sus zapatos están todo arañados, sobre todo el de la derecha, que es más ancho para que quepa el aparato ortopédico que usa para evitar arrastrar los dedos del pie. Además, las suelas están cubiertas de yerba mojada, una señal inequívoca de que no se limitó a las áreas pavimentadas como se supone que hagamos, tal como nos indican los miles de carteles para que mantengamos nuestra escuela hermosa. Eso es una ofensa de nivel uno en el reglamento de la señorita McDaniels. Y si lo sabré yo, que soy más o menos una reincidente en infracciones peatonales.

—Límpiatelos si sabes lo que te conviene —le digo—. Me volvieron a regañar ayer mismo. —La señorita

McDaniels me vio corriendo por el césped porque iba tarde para la clase de inglés.

Wilson no me hace caso.

—¿Y todo esto qué es? —Saca su sándwich y me ofrece la mitad. Jamón y queso, lo mismo de todos los días, y su mamá usa mayonesa sin descremar, así que estoy en el cielo. Al menos está más rico que el bocadito saludable de mami, hecho de pechuga de pavo, con retoños de alfalfa «para que me dé banquete», pues dice que tienen «muchísimos nutrientes». Lo busqué y me enteré de que los retoños están llenos de vitamina K, lo que es útil para los coágulos. Lo cual es útil si me dan una puñalada, supongo.

—Hago espacio para nuevos suministros, por supuesto —le digo, y me doy un buche de mi botella de agua—. Tenemos que desempacar esos borradores tontos antes de que llegue el nuevo inventario. Así que vamos a hacer una liquidación de invierno.

Llevamos semanas a la espera de los muñecos cabezones que pedimos. El musculoso Jake Rodrigo, héroe del universo de los cabezones. Es una idea que vale un millón. Nadie será capaz de resistirlos.

—¿Ah, sí? —pregunta—. ¿Y acaso hicimos una reunión para decidir eso? Déjame pensar…: NO.

Me quito el pelo de la cara y pongo los ojos en blanco.

Él es tan perfeccionista con respecto a estas cosas.

—No nos hacía falta una reunión. Hacía falta acción. Así que lo hice. —Le pongo la tapa al marcador y levanto el letrero.

*Arregla tus errores con estilo.*

*¡Dos borradores por el precio de uno! Mientas duren.*

—¿Qué te parece? —pregunto.

—Creo que escribiste *mientras* incorrectamente. Yo pensé que eras buena en idiomas.

Lo miro y hago una mueca. Luego añado unas palabras y vuelvo a levantar el letrero.

—¿Y ahora qué tal?

*Arregla tus errores con estilo.*

*¡Dos borradores por el precio de uno! Mientas duren.*

*(¿Ves? ¡Un borrador habría sido muy útil!).*

Wilson sonríe y se cruza de brazos.

—Los borradores no funcionan con los marcadores.

—No seas quisquilloso —digo. Pero no me importa cuando a veces me embroma. Me esfuerzo en pronunciar *ma-cadores*, así, sin la erre intermedia, tal y como él lo dice.

—¿Y ya hiciste los cálculos de esta supuesta venta que se hace sin mi aprobación? ¿Y si perdemos dinero a esos precios, asere? —Esa es otra de sus palabras de Nueva Orleans que me encanta. Quiere decir que somos amigos—. El Cronómetro se va a poner como una cafetera.

—¿Me voy a poner como una cafetera, exactamente, por qué, Wilson? Digo, más allá de por esos zapatos cubiertos de yerba que han ensuciado todo el pasillo.

La señorita McDaniels está parada en la puerta con nuestro custodio, el señor Vong, al retortero. Está empujando un carrito lleno hasta el tope de una pila de cajas que son más altas que él. Echa un vistazo a nuestro alrededor y fulmina a Wilson con una mirada de acero.

—Gracias, señor Vong —dice la señorita McDaniels—. Creo que los estudiantes y yo nos las podemos agenciar de aquí en adelante.

Entonces se cruza de brazos y se vuelve otra vez hacia nosotros mientras el señor Vong desempaca.

—¿Decías, Wilson?

Wilson se queda mudo, por supuesto, lo que es una ocurrencia común en encuentros con la señorita McDaniels, sobre todo ya que sus zapatos le han ganado algún tiempo de penitencia, tal y como yo le advertí. Cuando los dos nos ponemos de pie, él da un mínimo pasito a mis espaldas.

Por suerte, yo he tenido suficiente práctica con la señorita McDaniels, así que le puedo sacar las castañas del fuego en esta ocasión.

Voy directo a lo que aprendí en el capítulo «Principios

sólidos en la gerencia» de *La guía de Peterson para crear un negocio*, sexta edición, que he estado leyendo en las noches.

—Oh, hola, señorita McDaniels —digo—. Wilson y yo solo hablábamos de cómo hacer que las cosas estén más organizadas aquí. El reguero hace que luzcamos muy poco profesionales.

—¿Oh? —Echa un vistazo a nuestro reguero.

—Lamento decir esto, señorita, pero esos borradores de copos de nieve que usted compró no se venden y ya estamos casi en febrero. Por suerte, yo tengo un plan para arreglar esa pérdida y desocupar un poco de espacio por aquí.

—Nosotros —dice Wilson, asomándose por detrás de mí—. *Nosotros* tenemos un plan.

Trato de no poner los ojos en blanco.

—OK. Nosotros.

Nos mira por encima de los espejuelos, a la espera, así que alzo mi letrero.

—¡Ta-rá! ¡Una liquidación! ¿Qué le parece?

Lee las palabras y alza las cejas.

—Espero que hayan calculado las finanzas.

Wilson me pellizca el codo, en una movida que me dice a las claras «te lo dije».

—Sí, señorita. Están aquí mismo. —Me agacho hasta

el suelo a buscar entre los papeles emborronados en los que he hecho todos mis cálculos. Los números están garabateados por todas partes porque a veces me toma algo de tiempo dar con las respuestas. No es automático como lo es para Wilson o para mi hermano Roli. Nunca estoy segura al principio de cómo resolver un problema. ¿Sumo resto, divido o qué cosa? Encuentro el papel y entrecierro los ojos para descifrar mi horrible escritura.

—Como yo lo veo, hemos comprado dos mil borradores a diez centavos cada uno, lo que es… una inversión de doscientos dólares. Si los vendemos a *dos* por veinticinco centavos, los venderíamos a…, a… —Me acerco el papel a la cara para leer mis garabatos.

Wilson suspira y da un paso al frente para ayudar.

—Doce punto cinco centavos por borrador. Eso es una ganancia de dos punto cinco centavos por borrador. Lo que, si lo multiplica, le da doscientos cincuenta dólares… o, en específico, un margen de cincuenta dólares.

—Hum, correcto —digo.

Ella cambia la vista de Wilson a mí.

—Impresionante —dice por fin. Luego asiente rápido—. Muy bien, lo voy a permitir.

En el idioma de la señorita McDaniels esto quiere decir *¡qué idea tan genial!* Yo le sonrío a Wilson. Esto se une a otras de mis exitosas sugerencias: las pelotas de estrés con emojis para la semana de exámenes, que a todos les gustó apretar para hacer que los ojos de los emojis se pusieran del tamaño de huevos; y los bolígrafos con decodificador de espía secreto que se vendieron como pan caliente en tan solo dos días gracias a que a los estudiantes de quinto grado les gustó la tinta invisible.

La señorita McDaniels se vuelve hacia mí y me da un rollo grueso de pegatinas rojas.

—De todos modos, tenemos otras cuestiones más urgentes que conversar.

Miro al rollo.

—¿Y esto qué es, señorita? —pregunto.

—El rollo de entradas para el Baile de los Corazones. San Valentín es en unas semanas. Me hace falta que vendan las entradas al baile aquí en la Tienda de los Carneros durante la hora de almuerzo a partir de la semana que viene.

El estómago me da un vuelco. Odio el Baile de los Corazones. En Seaward Pines, cada grado tiene una tarea especial en aras de fortalecer el trabajo en equipo y el espíritu de su grupo. Los de sexto grado organizan los juegos en la noche del carnaval. Los de octavo grado van a una excursión a San Agustín. Pero ¿qué hacen los de séptimo grado? Estamos a cargo de este ridículo baile de secundaria. ¿Qué clase de regalo especial es eso?

—Pensé que les gustaría —dice la señorita McDaniels—. Hará que los clientes vengan a la tienda.

Es verdad. Pero, por favor, lo del baile no es lo mío, al menos no en público, en donde la gente puede verme aleteando como si fuese un pez agonizando en un muelle. Y, lo más importante, he escuchado que algunos estudiantes planean besarse en ese evento. La simple idea me provoca ronchas.

Por lo que, no, gracias.

Les doy un vistazo a las entradas con aire sombrío.

La señorita McDaniels se cruza de brazos.

—¿Hay algún problema? —pregunta en un tono que indica que no debe haber ninguno, así que me quedo como una piedra.

Suelta un suspiro sonoro.

—¿Acaso esto tendrá algo que ver con lo que conversamos el semestre pasado?

—A lo mejor, señorita —digo—. Tiene que admitir que habría sido más divertido.

Al principio del año, inicié una petición para cambiar el proyecto de séptimo grado. Sugerí nuestra propia versión del *American Ninja Warrior* aquí mismo en el patio interior. Repartí diagramas detallados para la carrera de obstáculos y todo. Obtuve cincuenta firmas de niños que querían bajar por el edificio de ciencias agarrados de una cuerda, pero aun así ella aplastó mi sueño.

—El Baile de los Corazones es una tradición de Seaward Pines —dice—. Sirve para fortalecer el trabajo en equipo y los buenos modales.

Y también lo organiza Edna Santos.

Ella y yo hemos acordado una tregua, pero no ha sido tan fácil puesto que ninguna de las dos ha tenido un trasplante total de personalidad. Luego de que ella se metiera en problemas por arruinar mi disfraz el año pasado, intentó ser un poquito menos mandona, pero eso duró menos que un merengue en la puerta de un colegio. Mucha gente ya no anda más con ella. Ni siquiera Rachel va con ella a clase. Pero ahora que Edna es la Reina del Baile, parece que eso no le importa. Camina por ahí con un portapapeles y no habla de otra cosa que no sea ese baile tonto. Es gracias a ella que cada pulgada de esta escuela ha sido cubierta con letreros del Baile de los Corazones. ¡Hasta tienen su foto! No puedes ir al baño a hacer pis sin ver la imagen de su cara mirándote y pidiendo que compres entradas. Wilson declara que esto le ha dificultado orinar en la escuela.

Por lo visto, mi cara comunica todo esto, del modo que mami dice que hago, pues la señorita McDaniels me dirige su atención.

—Algunas tareas requieren de nosotros que pongamos a un lado nuestras diferencias personales del pasado, Merci. Las hacemos por el bienestar general de la comunidad escolar, incluso si no son nuestras actividades favoritas. ¿No estás de acuerdo?

No, no estoy de acuerdo, pero en boca cerrada no entran moscas. Yo, en primer lugar, *no* voy a ir a ningún baile tonto, incluso aunque *tenga* que vender las entradas. Mi plan es mirar una película de la nación Iguanador y atracarme con una caja de chocolates variados de Russell Stover que mami y papi siempre me regalan por San Valentín.

Wilson se aclara la garganta.

—¿El comité del baile le pagará a la Tienda de los Carneros por los gastos administrativos?

La señorita McDaniels lo mira por encima de los espejuelos, pero él mantiene la calma.

—Es que la tienda tiene un personal muy reducido y la venta de las entradas tomará tiempo. Eso sin mencionar que esperamos un mes muy atareado con toda la mercancía nueva, ¿recuerda?

—No tengo ninguna duda de que dos estudiantes tan capaces como ustedes dos encontrarán el modo apropiado de ocuparse de varias cosas a la vez.

—Y aun así, parecería justo que nos tocara una tajada

—dice Wilson—. ¿A lo mejor el diez por ciento?
—Calcula rápidamente—. Eso sería cincuenta centavos por entrada. Podríamos usar esos fondos para hacer algunos arreglos por aquí.

Me doy la vuelta y lo miro, estupefacta ante sus habilidades de negociador implacable. ¿Acaso también lee *La guía de Peterson*? Y así de repente, mi corazón siente una calidez hacia él.

La señorita McDaniels se cruza de brazos.

—Vale. Si eso hace que sea más agradable para ustedes dos, lo haremos así. La contabilidad reflejará su participación y su apoyo.

Wilson me suelta una sonrisa triunfante mientras la señorita McDaniels se vuelve al bulto de cajas que el señor Vong nos dejó.

—Ahora que ya nos pusimos de acuerdo en *eso* —dice—, pongamos manos a la obra con estas cajas. Esos lagartos que ustedes pidieron no se van a desempacar solos.

—¿*Qué*? —Corro a las cajas. Es cierto, la entrega que hemos estado esperando por fin ha llegado. Agarro cuidadosamente un par de tijeras y perforo la cinta adhesiva de la primera caja. Luego desato una tormenta de nieve con la espuma de embalaje con forma de maní mientras excavo para encontrar mi tesoro.

—Oh —susurro al sacar el primer preciado muñeco

cabezón. Esos ojos de reptil. La piel verde pálida. Incluso con los flacuchos brazos plásticos y la cabezona tambaleante, el capitán Jake Rodrigo de la flota del este de la nación Iguanador hace que el corazón me palpite más rápido. Tengo su afiche más nuevo en la puerta de mi clóset, por lo que es la última cosa que veo cada noche. A veces sueño que nos deslizamos por las galaxias combatiendo juntos al enemigo y haciendo planes para salvar al universo de Rotz y demás villanos. A lo mejor él sería mi primer novio: uno bueno, que no contaría chistes de pedos.

Wilson le da un golpecito con el dedo en la barbilla de Jake Rodrigo para que se mueva.

—Pensé que estos jamás llegarían.

Intenta darle una vez más al pequeño capitán, pero lo interrumpo.

—No —digo—. Le podrías hacer daño.

—¿Qué dices? Un muñeco cabezón está hecho para tambalearse, Merci. Es más o menos para lo único que sirve.

Me viro de espaldas mientras siento un calor que me sube por el cuello. Hasta yo misma sé que estoy actuando raro.

Me aclaro la garganta y me vuelvo a la señorita McDaniels.

—Definitivamente deberíamos subirles el precio a

estos —digo—. La película nueva destrozó récords de venta en taquilla, así que todos querrán uno. ¡Podríamos ponerles el precio que se nos antoje! ¡Treinta pesos, incluso cincuenta!

—No vamos a hacer nada por el estilo —dice la señorita McDaniels con delicadeza—. Tal vez en Poxel ellos ponen precios exorbitantes, pero no estamos aquí para aprovecharnos de la gente.

—Pero, señorita. —La miro con exasperación—. ¿Y si ponemos el precio que aguante el mercado? —Ella debe saber a qué me refiero. ¿Acaso no ve los carros nuevos en el parqueo de los estudiantes de doce grado? Aquí la gente puede aguantar muchísimo—. ¿Se le olvidó que esto es un negocio?

—En efecto, y es un negocio con un sentido de la ética. Creo que diez dólares es apropiado. —Sostiene la caja en mi dirección y me señala al muñecón.

A regañadientes, lo dejo caer dentro.

Mientras tanto, Wilson mira el recibo.

—No te preocupes, Merci. Aquí dice que cada uno nos cuesta tres dólares. Eso sería una ganancia de más o menos trescientos treinta y tres por ciento —dice—. Podemos vivir con eso.

Está reluciente, incluso cuando le doy un vistazo fulminante. *Traidor*.

La señorita McDaniels me entrega la caja.

—Puedes comenzar a registrar el nuevo inventario y a ponerles etiquetas a esos lagartuchos...

—La nación Iguanador —la interrumpo.

—Haré que los anuncien en el matutino junto con las entradas para el Baile de los Corazones —continúa—, así que nos hace falta un texto promocional para Lena y Darius lo antes posible.

Wilson toma nota mientras ella habla. De repente, la señorita McDaniels se queda de una pieza mientras estudia algo al otro lado de la cafetería. Su nueva prioridad urgente acaba de surgir. Lo noto por el temblor en sus fosas nasales. Sigo su mirada y noto que uno de los niños en la cola del almuerzo no tiene puesta su corbata.

Sus tacones repican mientras se abre paso a través de la habitación.

# CAPÍTULO 3

CUANDO LLEGO A EL CARIBE después de la escuela, ya tía tiene los audífonos puestos mientras limpia los mostradores. El gentío de visitantes invernales que viene a almorzar ya se ha disipado un poco, así que mi tía está aquí con los habituales de siempre, que leen sus periódicos cerca de la barra. Inhalo profundamente. Esto es a lo que me imagino que huele el cielo: pastelitos con forma de angelitos que flotan con olor a vainilla y café recién colado que han horneado en sus alas.

Me subo en la banqueta de Lolo —la que tiene la cinta roja en el asiento— y pongo el billete de veinte dólares de mami en el mostrador. Ella me espera en el carro, revisando correos electrónicos de sus pacientes de terapia física mientras yo hago el pedido. He venido a El Caribe toda mi vida, pero no es lo mismo sin Lolo parqueado aquí la tarde entera, como solía hacer. Siempre le hizo compañía a tía mientras ella trabajaba, bebiéndose su batido de frutas predilecto, el batido de mamey, cortesía de la casa. Como él ya no puede caminar aquí por sí solo, nos toca a nosotros llevarle sus golosinas.

Al principio tía no me nota. Sonríe y tiene los ojos cerrados mientras mueve las caderas a la izquierda y la derecha al ritmo de cualquiera que sea la canción que suena en sus oídos. Sé que hoy le tocó el turno matutino, así que ha estado aquí desde las cinco de la mañana. Pero incluso con sus calcetines de compresion de un verde brillante y con los pies inflamados, ella no puede evitar el baile. Así nació. Es un don, como las caderas redondas de todas las mujeres por el lado de la familia de abuela. Cuando todavía estaba en el vientre de abuela, tía se movía y lanzaba patadas cada vez que abuela ponía la radio. Parece que yo soy más como el lado de la familia de mami. Abuela dice que son gallegos, aunque no son españoles, porque tienen cemento en los pies. Tampoco es que me importe. ¿Ondear la falda? ¿Menear la colita? Por favor. Yo hago mi ejercicio en la cancha, muchísimas gracias. ¿Pero tía? Sus clases de baile en el centro comunitario los miércoles en la noche siempre se llenan superrápido. Si pudiera, apuesto a que ella enseñaría ahí todos los días.

—¡Tía! —la llamo y saludo con las manos. Cuando no me nota, sueno el timbre en el mostrador un montón de veces para atraer su atención—. ¿Hola? ¿Hoooola?

Da un respingo, como si le hubiese interrumpido un sueño, y se quita los audífonos.

—¿Qué te dije con respecto a esa cosa? —La recoge de la parte superior de la vitrina y la guarda—. Yo no soy empleada de un hotel.

—¡No me oías y mami me está esperando!

Revisa la hora en su teléfono.

—¡Ay! ¿Ya son las cuatro? ¿A dónde se me fue el día? —Tira el trapo en el lavamanos—. ¿Lo mismo de siempre?

—Anjá. Más unos pastelitos de carne para la cena. Mami no quiere cocinar esta noche.

—Lo cual me recuerda: se me va a hacer tarde —dice tía mientras prepara mi pedido—. No me esperen.

Le suelto un vistazo. De todos modos, abuela nos va a hacer que esperemos para cenar y ella lo sabe.

—¿De nuevo? —Hago lo posible por no sonar con un tono amargo, pero ya he tenido que ayudar a los mellizos con la tarea tres veces esta semana. No quiero seguir encerrando palabras en un círculo. Primer grado fue bastante malo una vez. Yo no debería tener que revivirlo.

—Sí, otra vez —dice ella mientras pone orden—. Berta llamó para decir que está enferma, así que estaré por acá hasta, por lo menos, las cinco. Y hoy hay reunión de padres en la escuela. —Va a la batidora para mezclar la bebida de Lolo.

Suelto un suspiro. Una reunión escolar quiere decir que va a llegar incluso más tarde de lo habitual. Los maestros siempre tienen muchas notas respecto a la «experiencia» de tener a Axel y Tomás en una clase por seis largas horas todos los días. El último truco de los mellizos es esconderse cuando es la hora de regresar del recreo, lo que hace que sus maestros entren en un pánico lacrimoso. Incluso, hasta han convencido a sus amiguitos para que se sumen al juego. La semana pasada, el custodio de la escuela tuvo que ayudar a sus maestros a arrear a todos los niños que aparentemente se habían evaporado. Estaban acurrucados en arcones en donde se ponen las pelotas de voleibol y en los clósets de suministros, tal y como les dijeron Axel y Tomás que hicieran.

Cuando tía termina de componer nuestro pedido, saluda a mami a través de la ventana y me entrega la caja y el batido.

—Solo dame doce pesos —dice y me cobra—. El batido de Lolo corre por mi cuenta.

—Generosa —digo.

—No hay por qué romper la tradición, ¿no?

Meto un dólar en el jarro de las propinas y salgo.

—Tía va a trabajar hasta tarde otra vez. —Me pongo el cinturón de seguridad y acerco la nariz a la caja de pasteles. Será difícil resistirse a abrirla—. Dijo que no la esperemos.

Mami me suelta una mirada cómplice y mueve la cabeza de uno a otro lado.

—Hazte un sándwich para que aguantes hasta la cena —dice.

Entonces pone el teléfono en el soporte y mira hacia atrás, a través de la ventana, a tía que ya está una vez más enganchada a su música mientras cambia los menús.

El carro se pone en marcha, con la caja de delicias calentándome las piernas durante el trayecto.

Cuando llegamos, hay una escalera recostada a nuestra casa. Papi está encaramado en el peldaño más alto y rocía algo a un manchón de óxido en el estuco.

—¡Por fin! —dice mami. Se ha estado quejando por meses de esa mancha que luce como el mapa de América del Sur a un costado de la casa, pero papi no ha tenido tiempo de hacer nada al respecto, ni de arreglar la enorme fisura en el estuco en la casa de tía —cortesía de los mellizos y su reciente competencia de lanzamiento del martillo. El sol también ha descolorido la pintura, así que nuestras tres casas ya no son las tres casitas rosadas que solían ser.

Tampoco es que sea su culpa. Por lo visto, a todo el mundo en el sur de la Florida le hacía falta una mano de pintura antes de las fiestas, así que estuvo superocupado, incluso con los hermanos Simón y Vicente ayudándolo seis días a la semana. Papi lucía destrozado cada noche cuando regresaba a casa, pero insistía en que no le importaba.

—Trabajo pagado antes que trabajo gratis, Ana —nos decía cada vez que mami le preguntaba por nuestra casa—. Tenemos que comer y pagar los estudios de Roli. Y además, a mis hombres les hacen falta las horas.

Yo sé que no tenía tiempo libre para las reparaciones, también producto de mis juegos de fútbol. Este año fue mi primera temporada en el equipo escolar y digamos que no fue la mejor. Pensé que iba a estar en el primer equipo, pero solo jugué lateral izquierdo cuando Emma Harris, una estudiante de octavo grado, necesitaba un descanso. Y nuestro once tampoco era muy bueno. Me pasé gran parte del tiempo pensando si acaso no debería dejarlo y jugar solo en el equipo de papi, aunque a mami no le guste. Dice que es peligroso para mí jugar con hombres hechos y derechos. Ja. Tal vez para ellos. Yo les doy veinte vueltas a algunos de ellos, con la excepción quizás de Vicente, que tiene talento.

De todos modos, papi no me dejó que lo abandonara. Dijo que los Suárez no dejan de hacer algo cuando las cosas se ponen malas. En vez de eso, se apareció a cada juego después del trabajo, a veces todavía con sus pantalones de pintor de brocha gorda. Yo tenía que prestar mucha atención para verlo. Por ejemplo, papi no es de los que se ponen a gritar desde el banquillo. Y tampoco habla mucho con los demás padres. En lugar de eso, le gusta pararse a la sombra del árbol más cercano y mirar. En el trayecto a casa, me decía dónde pensaba que nuestra estrategia podría mejorar y cómo no darnos por vencidas incluso con las probabilidades en contra nuestra. Además, cuando perdíamos, él me lanzaba un jugo de piña de su mini-nevera y me hacía esos chistes malos para levantarme el ánimo.

En cualquier caso, ahora que se acabó el fútbol parece que Las Casitas por fin recibirán una renovación.

—Ya me preguntaba yo por dónde andarían ustedes dos —nos dice, con una sonrisa, desde lo alto de la escalera.

—¿En dónde tú crees? —le digo mientras levanto la bolsa de la panadería—. Esperando que terminen mis ocho horas de servidumbre diaria. Y buscando la cena.

—Desde aquí la huelo. —Mueve las cejas—. ¿Trajeron papas rellenas? —Ese es su plato favorito.

—Anjá.

Mami se acerca a la escalera y se cubre los ojos para protegerse del sol.

—Sin embargo, parece que lo tuyo aquí da para rato —dice.

—No está tan mal. Tengo ayuda.

Entonces es que noto a Simón cerca de la caseta en la casa de Lolo y abuela. Carga un cubo de pintura rosada y paletas para mezclarla. Vicente tiene los rodillos y las varas para extenderlos. Confesión: yo pensaba que Vicente era lindo, incluso que se parecía un poco a Jake Rodrigo. Pero ya no. Se pasa aquí todo el tiempo, y ahora siento que es como mi primo. Además, él es bastante mayor que yo —tiene casi dieciocho años, como Roli— y tiene la fastidiosa costumbre de llamarme su amiguita.

Simón y Vicente trabajan cada día que papi se puede dar el lujo de contratarlos. Ya no es para que puedan pagar por la reparación del carro como el año pasado, cuando la transmisión de su Corolla se fue a bolina. Ahora les hace falta dinero para un abogado en Miami que intenta convencer a un juez de que Vicente debe quedarse con Simón, que es su hermano mayor. Sin embargo, no se me permite hacerles preguntas al respecto. Dice mami que eso es estrictamente privado.

—No entiendo por qué —le dije—. A mí la gente me pregunta cosas privadas todo el tiempo. Qué quiero ser cuando crezca. Si tengo novio. Por Dios. A nadie parece importarle *mi* privacidad.

Entonces me suelta esa mirada de irritación de cuando piensa que soy una desconsiderada.

—Por Dios, eso es completamente diferente, Merci. Ahora dales a esos hermanos algo de espacio y de respeto. Ya tienen bastante de qué preocuparse.

Yo iba a comenzar a discutir. Es decir, yo también tengo cosas de las que me preocupo. ¿Acaso esas no importan? Pero esa noche, pensé acerca de cómo yo no tengo que preocuparme de que no volveré a ver a Roli jamás. Yo sé que él vendrá a casa en el verano. Es distinto para Simón y Vicente.

Dejo caer mi mochila en el césped.

—Muchachos, les voy a echar una mano.

Papi deja de quitar la mancha de óxido y me mira desde lo alto. Ambos conocemos las reglas. La escuela es siempre lo primero. Le da un vistazo a mami y pregunta lo que sabe que ella quiere escuchar.

—¿No tienes tarea?

—Solo un poquito —digo, cosa que, por supuesto, no es verdad. Tengo un montón, como es habitual, porque el séptimo grado es un cruel asesino, sobre todo si tienes al señor Ellis de maestro de ciencias—. ¿Y acaso no me merezco un pequeño descanso? ¿Ustedes no querrán que yo tenga problemas de ansiedad, no? —Le doy una mirada cómplice a mami. Vi esos panfletos que ella trajo a casa de la reunión de padres el mes pasado. Eran sobre las señales de alarma de niños estresados. Me obligó a beber té de manzanilla antes de acostarme a dormir durante una semana.

Mami afloja un poquito. Ella sabe lo mucho que me gusta ayudar a papi…, y soy buena. Aparte de Simón, yo soy su mejor trabajadora.

—Está bien —dice—. Pero solo por una hora. Y no te eches a perder otra blusa del uniforme, por favor. Esa es la única que todavía te sirve y aún te quedan cinco meses de escuela.

Las mejillas se me enrojecen mientras cruzo los brazos sobre mi pecho. El estirón en mi crecimiento no es un tema del cual me guste hablar delante de papi ni de nadie más, para ser franca. Yo con mucho gusto dejaría de crecer, pero todo dentro de mí se ha desajustado. Uso zapatos de talla ocho, que mami le dice a todo el mundo que es más grande que la de ella, y ya me han empezado a salir granitos en la frente, incluso aunque me restriego la cara en la noche con una toallita hasta que la piel me brilla. Supongo que debería estar agradecida de que no me ha pasado como a Marie Perillo, quien básicamente tuvo una explosión de crecimiento este año. De espaldas, la gente la confunde con una maestra todo el tiempo. Ahora todo en ella es a tamaño completo; tal es así que la gente murmura y la mira fijamente sin que se dé cuenta en el taquillero después del gimnasio.

—Yo me ocupo —dice papi rápidamente. Baja los peldaños de su chirriante escalera y le da un beso a mami en la mejilla, dejándole la boca pegada a la cara un poquito más hasta que ella sonríe.

—El besuqueo delante de mí me molesta y ustedes lo saben —digo.

Intercambian una mirada antes de que mami entre a casa. Papi busca en el montón de trapos y me lanza uno de sus viejos pulóveres para que me lo ponga.

—A ti te tocan las manchas de óxido en el lado sur —dice—. Hay más líquido de limpieza en la caseta, en el estante superior. Ponte guantes.

—¿Puedo usar los zancos de yeso? —Me encantan esas cosas. Son reparación del hogar y *Transformers*, todo en uno.

Papi no me escucha. Se estira la espalda mientras mira a mami entrar a la casa y probablemente desea que él también pudiera sentarse un rato a mirar la tele, tomados de las manos, como mismo hacen a cada rato cuando piensan que no los veo. Yo solía colarme ahí mismo entre los dos para sentir ese calorcito, pero ya no lo hago. De algún modo, el sofá ahora parece demasiado pequeño con nosotros tres encima. Es como si se hubiesen convertido en

Ana y Enrique, no solo mami y papi, como se supone que sean.

—¿Bueno? —digo, con un tono brusco—. ¿Puedo usar los zancos o no, papi?

—Habla con Simón —me dice mientras sube las escaleras otra vez—. Y ten cuidado con tu blusa, muchachita. O los dos nos metemos en tremendo lío.

—Entendido. —Me recojo el pelo hacia arriba y corro rumbo a Simón para que me dé los zancos.

# CAPÍTULO 4

HA PASADO UN AÑO ENTERO desde que nos enteramos de que Lolo tiene Alzheimer. Ahora toma medicinas nuevas, así que hay días en los que casi es el mismo de siempre. Como hoy. Cuando termino de ayudar con las reparaciones de la casa, me lavo las manos y me cambio de ropa y voy a casa de abuela y Lolo, que es donde vamos a cenar. Me encuentro a Lolo en su sillón, resolviendo un rompecabezas con los mellizos.

—Hola, Lolo —digo.

—¡Preciosa! —dice.

Han regado las piezas del rompecabezas en su mesa plegable de las meriendas e intentan armar la imagen de un gato que se parece al nuestro, excepto que tiene dos ojos azules en lugar de solo uno, como Tuerto. La caja tiene 25 piezas, así que nadie se confunde mucho por los colores o las formas. Es unos de mis viejos pasatiempos, de cuando estaba en la escuela primaria. Eso fue idea de mami. Lolo puede ensamblar las piezas si no son muchas y dice mami que es importante para su cerebro que él siga resolviendo problemas. Por eso es que siempre me dice que vaya a jugar con él, ya sea dominó, bingo o hasta la *app* de *La rueda de la fortuna*. A mí antes me encantaba jugar con Lolo, ya que podíamos estar solos y hablar de cualquier cosa. Pero no es tan divertido este año, si tengo que ser honesta. Lolo habla mucho menos ahora, en primer lugar, y a veces se le olvida lo que le acabo de decir, así que tengo que empezar el cuento de nuevo. Y si no tiene un día bueno, se pone a pensar en cosas imaginarias… y no de las divertidas como cuando yo era chiquita y jugábamos al correo. Miren la semana pasada, por ejemplo. Jugábamos Uno, pero él levantaba la vista de sus naipes, convencido de que alguien nos espiaba desde el patio.

—Espías —me susurró, con cara de pánico—. Escóndete.

Nos sentamos con las luces apagadas y las persianas cerradas hasta que por fin se quedó dormido en su butaca. Yo tuve miedo todo el tiempo. Pero no de los espías. De Lolo.

—Por fin llegó la susodicha.

Abuela viene con la caja de pastelitos de la panadería y una enorme fuente de ensalada encima. Manchas de aceite se han colado a través del cartón. Esperamos a tía, tal y como pensé que haríamos, sin importar la cantidad de veces que dije que estaba muerta de hambre.

—A la gente la obligan a trabajar hasta la muerte —murmura abuela—. Si no se cuida, Inés podría dejarnos a un par de huérfanos. Entonces, ¿qué iba a ser de estos angelitos?

*¿Ángeles?* Yo adoro a mis primos, pero, por favor, eso sí que es exagerar.

—¿Qué es un huérfano? —pregunta Axel de repente.

Mami suelta la revista *Vanidades* que lee en ese momento y abre los ojos como platos en dirección a abuela en señal de alarma.

—¡Teresita! —dice—. Por Dios. Los vas a asustar.

Mami detesta cuando abuela entra en modo melodramático, como la vez en que abuela me explicó qué podría pasar si papi se cayera de un techo durante el trabajo. Lloré durante una semana mientras soñaba con él casi sin vida, con el cerebro sangrando fuera de su cráneo.

Por suerte, tía entra por la puerta antes de que abuela empiece con los detalles de los padres muertos.

—¡Mamá! —Tomás corre hacia tía y se encaja en sus piernas. Axel le sigue los pasos.

Tía luce incluso más cansada que cuando la dejé esta tarde, pero aun así les cubre a besos las cabezas. Entonces se agacha para desabrocharse los tenis negros del trabajo que están espolvoreados con azúcar pulverizada y aceite.

—Lávense las manos —les dice—. Y usen jabón. Les voy a oler las palmas para cerciorarme de que lo hicieron.

Los mellizos corren por el pasillo, dándose codazos a ver cuál de los dos llega primero al lavamanos, mientras ella se quita los zapatos y hace un gesto de dolor.

—Dios mío —dice—. Pensé que este día nunca iba a acabar.

El gorgoteo de mi estómago suena altísimo.

—Y yo pensé que tú nunca ibas a llegar.

—¿Me esperaron? —pregunta, mirando alrededor—. Te dije que no lo hicieran.

—¿Y a mí quién me hace caso, tía?

Hago lo posible por no sonar amargada, pero a mí también me gustaría que tía no trabajara tanto…, y no es porque crea que se va a morir por eso. Cuando ella no está por estos lares, alguien —por lo general, esta que viste y calza— tiene que cuidar a los mellizos y ayudarlos con la tarea y evitar que le prendan candela a la casa o cualquier otra travesura. Y ahora también hay que cuidar a Lolo.

—Bueno, a lo mejor el Señor nos ayudará a todos —dice abuela—. Voy a jugar un número de la lotería esta noche. Anoche soñé con unos numeritos muy lindos. ¿Quién sabe? Tal vez nos convirtamos en millonarios. Entonces nadie tendrá que trabajar esas largas horas.

Justo en ese momento, papi, Simón y Vicente entran arrastrando las sillas plásticas extra desde el patio.

—¿Millonarios de lotería? ¿Dónde me apunto? —dice papi.

—¡Imagínate si nos hiciéramos ricos! Tantas cosas serían posibles. —Simón pone una silla al lado del sitio habitual de tía en la mesa y la mira con timidez—. Buenas noches, Inés. Qué gusto verte.

Tía se endereza un poco cuando lo ve. Se alisa el uniforme y sus ojos descienden a sus calcetines de compresión con un huequito en el dedo gordo. Sus pies no huelen a rosas, para qué negarlo.

—Simón —dice, en un tono muy formal, como si se acabaran de conocer—. No sabía que ibas a estar aquí esta noche. ¿Qué tal?

Ya tú sabes. El sirope entre estos dos es como un caramelo masticable cuando empiezan a mirarse embobados. Si las burbujitas con corazones pudieran salir flotando de la cabeza de alguien, la de tía estaría a toda máquina.

No lo soporto.

—Me muero del hambre —digo bien alto—. ¿Podríamos comer, por favor?

—Sió, niña. ¿Dónde están tus modales? —Abuela le echa un vistazo a la mesa para cerciorarse de que no falte nada—. Muy bien. Creo que lo tenemos todo. Siéntense.

Los mellizos salen disparados a sus sillas, así que yo apago el televisor, que ha estado puesto para nadie en específico, y me levanto para ayudar a Lolo, como hago casi siempre que comemos juntos. Quito la mesa plegable de su camino, para no estropear lo que han hecho del rompecabezas hasta ahora. Solo le falta la cola. Entonces abro su andador ortopédico y le pongo el seguro, tal y como mami me enseñó.

—¿Listo? —digo.

Los ojos de mi abuelo brillan detrás de sus grandes espejuelos redondos.

—Listo, preciosa. Vamos a ver si podemos echar a andar este motor.

—Pégate al borde e inclínate hacia adelante, como te enseñé, viejo. —Le recuerda mami.

Lolo se agarra de su andador y se pone en lo que llamamos su posición de arrancada. Parece un nadador encorvado en su bloque de salida, excepto que, por supuesto, él comienza desde una butaca reclinable. Me paro a su lado y comienzo nuestra cuenta regresiva mientras él se mece hacia adelante y hacia atrás para ganar impulso.

—Tres, dos, uno… ¡Despegue!

Le cuesta trabajo enderezar las rodillas, respira con esfuerzo y la cabeza se le tambalea un poco mientras yo lo aguanto por el codo.

Finjo que no veo lo difícil que esto se ha vuelto para él, incluso con el truco de mami. *Concéntrense en las habilidades*, nos recuerda siempre ella, *y no en las cosas que ya él no puede hacer*. Pero a veces es duro no llevar una lista de todo lo que se ha ido. Montar bicicleta conmigo. Llevarnos al parque. Preguntarme cómo fue mi día. Es como si se estuviese desvaneciendo de adentro hacia afuera, un poquito cada día, aunque su cuerpo todavía esté aquí.

—¡Comiencen a comer! —dice Lolo a todo el mundo mientras se acerca a la mesa lentamente. Se suelta de mi brazo—. Ve y siéntate.

Papi me guiña un ojo y me indica mi silla. Así que ocupo mi asiento mientras Lolo se mueve a paso de caracol hacia la cabeza de la mesa, en el extremo opuesto de papi.

Mi estómago vuelve a gorgojear altísimo.

El pecho de Lolo sube y baja, como si estuviese en una carrera.

—Dije que no me esperaran —nos regaña.

Pero ni los mellizos hacen ademán de tomar sus

tenedores. Hambrientos y cansados, todos esperamos, con las manos en los regazos, hasta que por fin se deja caer en su silla. Nadie comienza sin él. Nunca lo hacemos.

¿Cuánto tiempo, me pregunto, antes de que eso también desaparezca?

# CAPÍTULO 5

—¡BUENOS DÍAS, CARNEROS DE SEAWARD PINES! Aquí están Lena Cahill y Darius Ulmer con sus anuncios matutinos. Por favor, pónganse de pie para decir el juramento a la bandera.

Wilson y yo le mostramos los pulgares en alto a Lena a través de la puerta de cristal del estudio de televisión. Entonces, porque la señorita McDaniels nos frunce el ceño, rápidamente nos volvemos para darle la cara al mástil de la bandera en la esquina y nos llevamos las manos al corazón hasta que concluyen el juramento y el momento de silencio.

Nuestro estudio de televisión —WSPA, pronunciado *dobliuespá*— está frente a la oficina de administración, dentro de un cubículo de cristal justo detrás del escritorio de la señorita McDaniels. Está vedado para todos excepto los presentadores, lo que quiere decir que Wilson y yo tenemos que verlo a través de la ventana desde aquí afuera en la sala de espera.

Estamos sentados en los oscuros bancos de madera que son usualmente reservados para quienes se han metido en problemas, así que sentimos las miradas fijas de los entrometidos que han llegado tarde y necesitan un pase antes de ir a clase.

Nos ha tomado a Wilson y a mí una semana para dar con el anuncio de nuestra campaña de venta de entradas para el Baile de los Corazones, pero por fin lo hicimos. En general, nos tomó tanto tiempo porque Wilson es más terco que una mula. Intenté explicarle —del modo más amable posible— que yo le delegaba la tarea de escribir el anuncio.

—*Nah* —dijo—. Para ser precisos, uno solo puede delegar a sus empleados. Yo soy tu co-gerente.

—¿Y?

—Y yo te delego la tarea de vuelta, asere.

Nos enviamos textos de ida y vuelta por una eternidad, hasta que nos pusimos de acuerdo, pero les cuento que fue difícil, pues Wilson se puso demasiado ridículo y quisquilloso con cada cosa que propuse.

No apreció mi primer intento:

> Compra una entrada al Baile de los Corazones si no te importa tomarle la mano llena de gérmenes a alguien que apenas conoces.

> 😠 ESTO es lo mejor que se te ocurre?

> Me niego a crear anuncios engañosos.

El segundo intento tampoco fue mucho mejor:

> Compra una entrada al Baile de los Corazones si no tienes absolutamente nada mejor que hacer en esta triste vida.

Por fin encontramos un punto medio con la ayuda de un libro titulado *Chisteclopedia* (un volumen complementario a la fuente favorita de los mellizos: *Burlaclopedia*). Me lo encontré tirado en el piso de mi cuarto, que los mellizos han comenzado a usar como su guarida criminal. Resulta ser que a Wilson le encantan los chistes de «tun tun, quién es» tanto como a ellos. No le importa que los chistes sean tontos; de hecho, mientras más tontos, mejor, dice, lo que es raro. Lolo solía decir lo mismo.

En nada escribimos algunos chistes que los dos toleramos para nuestros anuncios.

Lena baraja sus notas y se ajusta los espejuelos nuevos.

Me gustan. Muchas niñas de nuestro grado comenzaron a usar lentes de contacto este año. Ahora tienen ojos rojos en lugar de espejuelos. Pero Lena no. Ella optó por el estilo *nerd* total con un par de gafas que la hacen lucir incluso más inteligente de lo habitual.

También hacen juego con su pelo, que se tiñó de un color nuevo que se veía muy bien en la televisión. Se llama Hey Chyca Pasión Púrpura Número 5. Parece que yo no recibí el memo de que la gente iba a cambiar cosas de sí misma en séptimo grado. Fíjense que hasta Hannah se hizo un cerquillo este año «para resaltar los ojos», y vayan a saber lo que eso significa. De todos modos, yo lo único que hice fue pedirle a mami que me cortara las puntas en la cocina, igual que siempre, cosa que nadie nota. Soy la misma Merci de siempre, excepto que más alta. Qué aburrido.

Lena comienza.

—Hoy es lunes, el veinticinco de enero, ¿y sabes lo que eso quiere decir, no, Darius?

Darius se sienta en la silla a su lado y mira directamente hacia el frente. Es un muchacho blanco flaco, con el pelo rubio y unos asustadizos ojos azules. Todo este negocio de ser presentador no le ayuda en nada a lo de su timidez, si me lo preguntan, vaya. ¿Qué pensaban sus padres? A lo mejor ellos son una monstruosidad de padres, de esos de los que lo empujan a la parte honda de la piscina para enseñarle a nadar. Lo único que sé es que su cara es tan roja como su chaqueta y que sus sienes están tan goteadas de sudor que lo veo a través de la ventana. También ha destrozado sus notas en pedacitos.

Lena le da un codazo superdiscreto mientras mantiene su sonrisa al mirar fijamente a la cámara.

—¿Darius?

—Sssí —dice tragando en seco—. Es…, es…

Lena no lo atosiga mientras que él trata de enunciar alguna palabra, pero no da resultado. Darius se ha vuelto a convertir en el oxidado hombre de hojalata con la quijada sin aceitar. Me da pena este tipo. Todavía tiemblo al recordar la vez que me tocó cantar un solo en la obra de teatro de segundo grado. Se me olvidó la letra entera y me puse a llorar ahí mismo en el escenario, mientras los padres me tomaban fotos y me decían que era adorable todo el tiempo. Bestias.

De todos modos, Lena sale al rescate. Mira directamente a la cámara y sonríe astutamente.

—¡Qué bien, Darius! Vaya manera de crear suspenso para… ¡el Día Nacional de los Contrarios! ¡Gracias!

—Así que *por eso* es que ella entró a clase dándome la cara —susurra Wilson.

—Shhh —dice la señorita McDaniels.

Lena pide voluntarios para la limpieza de la playa que organiza el Club de la Tierra para este sábado —ella es la presidenta— y luego salta a las demás noticias con bastante rapidez. El menú del almuerzo de hoy. El resultado del partido de baloncesto del equipo juvenil *junior*. Noticias de un no sé qué de los exámenes de SAT para los estudiantes del preuniversitario. Entonces el mapa del tiempo aparece en la pantalla verde y Darius se las arregla para decirnos por qué este fin de semana será mucho más fresco de lo habitual, con temperaturas cercanas al punto de congelación en las noches, cosa que ya sabemos. Todos en la escuela estamos envueltos en nuestras sudaderas y chaquetas de cincuenta dólares de Seaward Pines y por esta vez no me importan las medias que me dan picor subidas hasta las rodillas o ponerme la sudadera que heredé de Roli. La temperatura ha bajado a los cuarenta grados Fahrenheit, cosa que casi jamás ocurre en la Florida. Es como uno de esos estados del norte que tienen temporadas reales, aparte de *mojado* y *seco*. Sin embargo, lo peor del clima frío es que papi no puede hacer trabajos de pintura de exterior por un par de días, por si se congela. Si no hay trabajo, no hay dinero…, lo que lo pone de mal humor por cosas como medias en el piso o mi bici en la entrada del garaje.

Por fin, es la hora de nuestro anuncio. Wilson y yo intercambiamos miradas.

—Y ahora tenemos algunos anuncios de la nueva y mejorada Tienda de los Carneros, en donde pueden encontrar sus suministros escolares. ¿Listo? —Mira a Darius con esperanza, pero incluso desde aquí veo que las manos todavía le tiemblan.

*¡No nos eches a perder esto, Darius!*, pienso un poco turbada.

> Lena: Tun-tun.
> Darius: ¿Qu-quién es?
> Lena: Félix.
> Darius:…
> Lena: *Félix*.
> Darius: ¿Qué Fe-félix?
> Lena: ¿Félix y emocionado por San Valentín?
> Compra tus entradas al Baile de los Cora-
> zones a partir de la próxima semana en la
> Tienda de los Carneros.

Lena aprieta el botón de efectos especiales para que suene el bombo y platillo. *¡Pu-tun-TSSS!*

Wilson se inclina hacia mí.

—¿La pantalla es verde o Darius te luce que tiene un color raro?

La señorita McDaniels nos lanza una mirada de advertencia.

Lena: Tun-tun.
Darius: ¿Qu-qu-quién...?
Lena: Bob.
Darius:...
Lena: *Bob*.
Darius:...
Lena: ¿Qué Bob, preguntaste? Pues, bob a decirte algo: ¡los muñecos cabezones de la nación Iguanador ya llegaron! Por diez dólares te quedas con una de estas bellezas en la Tienda de los Carneros mientras no se agoten. ¡Precios competitivos! ¡Todas las ventas son definitivas!

Los ojos de Darius ahora están abiertos como platos y clavados en la cámara. Sus labios tiemblan y la chaqueta luce mojada bajos las axilas. Recuerdo haberme sentido así el año pasado cuando tuve el virus estomacal.

Lena percibe las señales de alarma. Desliza el cubo de la basura con el pie hasta el lado de la mesa de Darius. Entonces se hace cargo del resto de la transmisión y hace nuestro último *sketch* de tun-tun por sí sola a la velocidad de la luz.

—Tun-tun. ¿Quién es? Clara. ¿Qué Clara? ¡Claramente hay una venta de borradores de conos de nieve con brillantina! ¡Dos por el precio de uno, mientras no se agoten! ¡Apúrate y ven durante tu periodo de almuerzo!

—Bueno, Carneros, esas son todas las noticias de hoy. ¡Feliz Día de los Contrarios! Y que tengan una terrible, terrible semana. ¡Estos no son Lena Cahill y Darius Ulmer que se despiden de ustedes!

El botón rojo se ilumina y la pantalla muestra el escudo de nuestra escuela.

Darius alcanza el cubo de basura justo a tiempo.

# CAPÍTULO 6

ESA TARDE, LENA Y YO ESTAMOS en el pasillo de séptimo grado esperando por Hannah, quien todavía termina su examen de unidad en el salón de clase del señor Ellis. Hannah es siempre la última en terminar las pruebas porque le gusta revisar sus respuestas tres veces antes de entregar nada. No como yo, por supuesto. ¿Qué sentido tiene todo eso? Mientras más reviso, más me confundo, sobre todo en las clases de ciencias naturales avanzadas. Salí a la carrera tan rápido como pude después del examen. Cuarenta preguntas de respuestas múltiples no fueron suficientes para este hombre. También nos puso un ensayo de veinte puntos, para «darnos oportunidad de practicar la escritura». Me traqueé tanto los nudillos que estoy segura de que tendré artritis para cuando anochezca, tal y como abuela siempre me advierte.

«*El presente es la clave del pasado*». *Por favor, explique quién declaró esto y cómo es aplicable a la temprana ciencia geológica.*

—¿Qué respondiste para el ensayo? —le pregunto a Lena—. ¿Fue James Hutton o John Smith?

—Hutton —dice—. John Smith es el tipo de Jamestown de la clase de estudios sociales.

Recuesto la cabeza en mi taquillero, asqueada.

—¿Estás segura? —Ella escribe en la barra de búsqueda de su teléfono y me muestra la pantalla. *James Hutton (1726-1797). Padre de la geología moderna.*

Suelto un suspiro tan pronto reconozco la cara del tipo de nuestro libro de texto. Naturalmente, entré en pánico en el último segundo y cambié mi respuesta y puse la incorrecta. Veinte puntos, *¡puf!*

Está resultando ser un año bastante largo en ciencias y tan solo estamos por la mitad. Ya es de por sí suficientemente malo que hayamos estado estudiando rocas durante un mes —por el amor de los cielos, *rocas*—. Pero lo peor de todo es que mi maestro es el señor Ellis. Veamos: él es uno de los maestros más jóvenes, con el pelo a lo rasta y audífonos AirPods en el bolsillo y carteles con mucha onda en las paredes. ¡Pero que eso no te engañe! Todo ese estilo relajado se va por el tragante cuando estás en su clase. Es un sargento del ejército. Tres páginas de tarea diaria. Prácticas de laboratorio a las que les pone nota. Pruebas cada dos semanas. Pruebas sorpresa cada vez que el espíritu le inspira que las haga. Incluso califica la ortografía en las palabras científicas más difíciles. *Detritus. Metamorfosis. Espeleóloga.*

Pero lo peor de verdad es que fue maestro de Roli hace unos años, eso sin mencionar que el año pasado fue su consejero de duodécimo grado. El señor Ellis piensa que mi hermano es «una de las mentes científicas del mañana más prometedoras». Al menos, eso fue lo que escribió en una de las recomendaciones para la universidad de Roli.

Lo que quiere decir que yo soy una gran decepción.

—Oh, ¿tú eres la hermanita de Rolando Suárez?

La pregunta hizo que me paralizara de terror la primera vez que el señor Ellis me preguntó. Siempre me quedo frita cuando los maestros se enteran de que yo soy pariente de uno de los más grandes cerebros que jamás se haya graduado de Seaward Pines. Roli recibió una beca completa para estudiar biología en la Universidad de Carolina del Norte, en donde quiere estudiar neurología. Y aunque Drew Samuelson, a quien no aceptaron en UCN, le dijera a todo el mundo que a Roli le dieron la entrada porque es pobre y latino, yo sé que fue porque mi hermano es tremenda lumbrera. En cualquier caso, el señor Ellis me pedía que participara constantemente al principio, dando por sentado que yo también debería ser un genio. Le tomó casi un mes descubrir la triste verdad. Ante él se sentaba una niña común y corriente. Un cerebro-no-tan-especial. A lo mejor algún día Roli pueda encontrar un modo de resolver *eso*.

Lena pone la mano en mi taquillero para atenuar el sonido de los golpecitos que me doy con la cabeza.

—Estoy segura de que muchísima gente respondió esa pregunta incorrectamente. Seguro que tiene eso en cuenta al calificar.

—Y a lo mejor la luna está hecha de queso.

—De hecho, es de basalto.

Justo en ese momento, alguien me da un empujón y se abre paso.

—*Excusez-moi.* —Edna Santos me roza con su elegante mochila roja de cuero y se para entre nosotras dos para acceder a su taquillero—. Esa prueba estaba facilísima —dice—. *N'est-ce pas?*

La fulmino con la mirada mientras ella pone su combinación. Hannah y Lena están en mi clase de ciencias este año, lo cual es fabuloso. Pero Edna también está y de vez en cuando acabamos de compañeras de laboratorio, lo que yo guardo como otro *strike* en contra del señor Ellis.

Nadie jamás se ofrece de voluntario para trabajar con ella, a pesar de que esté entre los alumnos más inteligente de la clase. Digamos que Edna pone una *E* mayúscula en *Extra*. Y para empeorar las cosas, este año toma francés, lo que la hace aún más insoportable. Se pasa todo el santo día con *bonjour* esto, *au revoir* lo otro. Lo único que no he escuchado es *merci beaucoup* por los anuncios que Wilson y yo escribimos para su baile tonto. *Por favor, gracias* y *lo siento* todavía no forman parte de su vocabulario.

Cuando Edna abre su taquillero, un olor a canela me da en la cara. Es el aromatizador de carros que tiene ahí. Tiene espejos, sujetalibros e incluso hasta estantes pequeños. Todo está impecable, a diferencia del mío, que en ocasiones se disuelve en una avalancha si no me apuro con la puerta.

Toma una carpeta cubierta de pegatinas y me mira con irritación.

—¿Tú sabes a qué se debe la demora de Hannah? Vamos a llegar tarde a la reunión de esta tarde del comité de danza.

—¿Reunión? —digo—. Hannah dijo que vendría a mi casa esta tarde. Ella me va a ayudar a mí y a Lena a cuidar a los mellizos.

Edna encoge los hombros.

—Bueno, pues ella no puede ir. He convocado una reunión de último minuto para el Baile de los Corazones.

—¿Y eso quién lo decidió?

—Pues yo. Yo estoy a cargo del baile, ¿lo recuerdas?

—¿De veras? —digo con rencor—. No me había enterado.

Lena me da un codazo en las costillas. Ella y Hannah prometieron que me ayudarían con mis habilidades concernientes a Edna. Me paso la mano por el costado. En serio, ¿cómo es posible que *no* lo supiéramos? Es de lo único que Edna habla en estos días. Lo que se va a poner para el Baile de los Corazones. A quién piensa que va a invitar al Baile de los Corazones. Las canciones que pondrán en el Baile de los Corazones. Quiénes piensa ella que se van a besar en el Baile de los Corazones. Baile de los Corazones, Baile de los Corazones, Baile de los Corazones. Me encantaría darle una patada al Baile de los Corazones que lo mandara al espacio exterior.

Pero esto es lo que en realidad me recome por dentro. No entiendo por qué Hannah aceptó estar en el comité de Edna en primer lugar. Los planes del baile se están comiendo todo el tiempo libre de Hannah…, en específico, el tiempo que ella solía pasar conmigo y con Lena. Yo pensaba que eso era lo que hacían las mejores amigas: pasar tiempo juntas. Hannah y Lena son las únicas que vienen a Las Casitas. Con eso quiero decir que una no puede sencillamente invitar a cualquiera de Seaward Pines a que venga a la casa. Algunas madres buscan tu dirección y si no les gusta la pinta de tu cuadra, te invitan a ti a que vayas a sus casas en lugar de venir a la tuya.

Pero debí suponer que lo de Hannah no tenía remedio desde que Edna le dijo que podía hacerse cargo de las decoraciones. «Las decoraciones» quiere decir arte y artesanía, que son las cosas favoritas de Hannah. Los ojos se le aguaron una vez que pensó en los globos con forma de corazón y las bolas de disco y, más que nada, la brillantina, la brillantina, la brillantina que ella podría usar para hacer todas esas cosas.

—Por favor, Edna. Hannah hoy debía venir a casa conmigo y con Lena. Vamos a llevar a los mellizos al parque para que prueben el nuevo monopatín de Lena. ¿No se puede tomar el día libre?

Edna le da un vistazo a Lena, que sostiene su Razor Beast doblado en sus manos.

—¿Y ustedes no pueden montar esa cosa otro día?

—Eso no viene al caso. Estás acaparando todo el tiempo de Hannah.

Levanta la mano para interrumpirme.

—Si quieres un evento perfecto para nuestra escuela como el que *yo* estoy organizando, tienes que ocuparte de cada detalle. Sin ánimo de ofender, Merci, pero organizar un baile para toda la escuela no es lo mismo que vender lápices y juguetes a la hora del almuerzo.

La sangre me hierve.

—¿Y vender entradas para el *Baile de los Corazones*, quieres decir? —digo con toda intención—. Ya que estamos: qué bueno que te gustaron los anuncios.

Recibo otro codazo de Lena en las costillas.

Justo en ese momento, Hannah llega a la carrera por el pasillo.

—¡Perdón, perdón, perdón!

Está sin aliento cuando llega a nosotras. Tiene las mejillas rojas y la blusa por fuera. Ella, que siempre se pone nerviosa con los exámenes, se ha halado los pelos a los lados de la cabeza durante una hora, así que ahora está toda despeinada y tiene la coleta jorobada. Tal parece que se hubiera escapado de las fauces de un león.

Le da vueltas a la esfera de su candado tan rápido como puede, pero no cede cuando lo hala. Lo vuelve a intentar. Vuelve a fallar. Pobre Hannah. Le tomó casi todo el semestre del otoño para tan solo memorizar su combinación.

—¡*Arg!* —dice.

—*Allez!* —murmura Edna en francés.

—Ven. Yo me ocupo —dice Lena y se hace cargo—. Yo me sé tu combinación. —Cuando Hannah tuvo la gripe en septiembre, Lena y yo nos turnamos para llevarle a casa los libros que le hacían falta. Yo hasta me senté en su cama con una máscara antigérmenes para ayudarla a estudiar para estudios sociales. ¿Y Edna hizo algo semejante por ella? No, no lo hizo.

Hannah me mira y suelta un hondo suspiro.

—Ese examen estaba durísimo —dice—. ¿No es verdad?

—El peor —digo—. Sentí que el cerebro se me desparramaba por los oídos.

—Yo también.

—¿Podrían cerrar el pico y apurarse? —Edna se revisa el cabello en el espejo de su taquillero una última vez—. Empezamos en tres minutos.

Ahí es cuando veo la foto que Edna ha pegado en la parte trasera de su taquillero. Es de su misión a República Dominicana del año pasado. Fue con su papá, que es de ahí, y un equipo de doctores y enfermeros. Edna ayudando a la humanidad. Figúrense.

Tengo que admitir que me gusta esta toma, a pesar de que Edna esté en ella. Está bajo una palma y tiene en brazos a un niño que se chupa el pulgar. El cielo es de un azul brillante a su alrededor con nubes esponjosas encima de ellos. No sé. A lo mejor es la expresión en su cara o todos los colores lo que hace que me guste. Sin embargo, lo que más recuerdo es que nos dijo que la mamá del niño había perdido una pierna debido a una enfermedad llamada gangrena. Su padre y los demás doctores ayudaban a mantener la otra pierna saludable. Por más que lo intente, no me puedo imaginar a Edna en un viaje de este tipo. Ella es una germofóbica, en primer lugar. Ella no bebe aquí en la escuela de una fuente de agua ni siquiera en el más caluroso de los días.

Edna ve mi ojo en el espejo y entonces cierra la puerta de su taquillero de un portazo.

—*Dépêche-toi* —le dice a Hannah—. ¡Tenemos una agenda muy ocupada!

Hannah rebusca en su taquillero mientras Edna alza el vuelo.

—¿Y ella qué es lo que dice a través de esos labios fruncidos? ¡Yo lo único que escucho es *zz-zz-zz*!

Lena suelta una risita.

—¿Por qué no te escapas? —le susurro a Hannah—. La malvada Reina del Baile vivirá.

—Merci, yo me comprometí. Además, ella no es *tan* mala —dice Hannah.

Pongo a un lado sus palabras.

—Pero nosotras íbamos a llevar a los mellizos al parque para hacer figuras con el monopatín de Lena. ¿Lo recuerdas?

Hace una pausa y cambia la vista de mí a Lena.

Lena sonríe.

—Perderse un día no es tan malo —dice.

Hannah luce indecisa y por un segundo creo que la hemos librado de las garras de Edna.

Pero no. Hannah preferiría comer tierra que defraudar a alguien o romper las reglas.

—Cuánto me gustaría, Merci, pero estoy en el comité y todavía tengo un montón de flores de papel por hacer.

—Retrocede unos pasos.

—Espera...

—¡Pronto pasamos tiempo juntas! Diles a Axel y Tomás que les mando un saludo.

Antes de que yo pueda discutir, se da la vuelta y sale disparada por el pasillo detrás de Edna, quien ya dobla la esquina a la carrera con esas piernas larguiruchas que tiene este año.

Lena le echa un vistazo a la salida que nos lleva a la rotonda por la que vienen los carros.

—Tu mamá está aquí. —Me abre la puerta de par en par y deja que entre un aire helado. Agarro mi mochila y la sigo, pero tengo un humor de los mil demonios.

—¿Qué tal la escuela? —pregunta mami mientras nos ponemos los cinturones de seguridad. Es la misma pregunta que hace todos los días, pero ahora mismo no quiero contestarla. ¿A qué parte se refiere? La escuela fue un millón de cosas. Fue aburrida en inglés porque trabajamos la gramática y terrible en ciencia gracias a esa prueba tonta. Fue divertida en educación física porque encesté todas mis canastas. Y es horrible en este justo segundo porque una de mis mejores amigas en todo el mundo no va a venir a mi casa. ¿Quién tiene tiempo para una conversación acerca de todo eso?

Mami mantiene la vista en mí a través del espejo retrovisor. El motor del carro todavía zumba con el carro puesto en *park*. Mi invitada está de rehén hasta que yo me pueda comunicar como una niña educada y sin estrés.

—Bien —murmuro.

Miro por la ventana cuando nos ponemos en marcha. No es gran cosa, intento decirme a mí misma. Hannah lo único que está haciendo es ofrecerse de voluntaria después de la escuela.

Pero hay una vocecita dentro de mi cabeza que no deja de mortificarme.

*Hannah escogió a Edna en lugar de escogerte a ti.*

# CAPÍTULO 7

ASÍ ES CÓMO FUNCIONAN LAS COSAS en nuestra casa.

Si te hace falta permiso para hacer algo incluso remotamente divertido, más te vale saber a quién pedírselo.

Por ejemplo, le puedes pedir a papi que te enseñe a usar las herramientas eléctricas porque te va a decir que sí. Pero no te molestes en pedirle que te deje en el centro comercial con tus amigas porque te va a interrogar acerca de con quién estás y a dónde vas y todo ese rollo. Tía Inés te va a dejar que te quedes despierta hasta tarde para mirar una película de terror en su casa, pero detesta los videojuegos y jamás los jugará contigo. Si quieres más postre, olvídate de mami; lo único que te va a tocar será un discurso acerca de los efectos de tanta azúcar en tu metabolismo. Abuela es la que discretamente va a darte otra porción de *cake* y te dirá que es bueno para para ti.

Entonces, como pueden ver, es complicado, que es por lo que yo sabía que era mejor no esperar a pedirle permiso a abuela para montar bicicleta esta tarde. Anoche le pedí permiso a mami y me dio la luz verde tal y como yo me lo esperaba. A ella le encanta lo del «ejercicio cardiovascular».

Así que estoy lista para que cuando Lena y yo lleguemos a casa de Lolo y abuela busquemos a los mellizos.

Lolo está en su mecedora del porche cuando llegamos. Aunque hace un poco de fresco, observa a Vicente que lava las manchas del estuco con agua a presión como si eso fuera un emocionante programa de televisión. Hasta el año pasado, Lolo era siempre quien hacía eso y noto por el modo en que no se queda quieto que también le gustaría estar afuera echando una mano.

—Hola, Lolo. Hola, Vicente —grito por encima del ruido.

Vicente apaga el aparato y chequea su teléfono. Las muchachas se la pasan enviándole mensajes de texto. Simón lo fastidia por eso todo el tiempo. Qué bueno que lo apuesto que él es ya no me surta efecto, sobre todo porque a veces tengo que dar un paso al frente y supervisar su trabajo para papi. Como ahora.

—Tú no vas a poner la masilla con este frío, ¿verdad? —le digo—. No se va a secar.

Vicente le da un vistazo a Lena con timidez. A él no le gusta hablar en frente de gente a quien no conoce bien, sobre todo si el inglés es parte de la ecuación.

—Ya lo sé, chera —dice en español—. Solo estoy terminando la preparación, como me enseñó tu papá. Hoy queremos terminar temprano. Tenemos un partido esta noche en Loxahatchee. ¿Vas a jugar?

Niego con la cabeza, tristemente. Es noche de escuela y mami se ha plantado en sus trece.

—Esta noche no —le digo en inglés—. Tú vas a tener que machacar al equipo de Manny sin mí.

—Con gusto —dice en inglés.

Abuela sale a través de la puerta mosquitera justo en ese momento, bien envuelta en su suéter y tiritando. El termómetro con forma de rana que está fuera de la ventana marca cincuenta y cinco grados Fahrenheit, que es lo que ella llama clima de neumonía. No tenemos puestos abrigos y guantes del modo que Roli tiene que hacer en Carolina del Norte, por supuesto, pero ha sido lo suficientemente frío como para ponerse pantalones. A mí personalmente me encanta cuando el clima se pone así, sobre todo porque solo ocurre una o dos veces cada invierno. El cielo es tan azul que duele mirarlo, y cuando sopla el viento, hace que se me agüen los ojos.

Abuela toca la mano de Lolo y suelta un soplido.

—¡Casi congelado! Usted, señor, tiene que entrar y alejarse del rocío de esa hidrolavadora. ¡Mire como le gotea la nariz!

—Hola, abuela —digo.

Lolo no le hace caso. En lugar de eso, nos sonríe con gesto dormilón a Lena y a mí mientras se ajusta los espejuelos. Todavía lleva puesta la campera y la gorra de béisbol de su caminata de la escuela a la casa con abuela y los mellizos, pero tiene la nariz húmeda y de un rojo brillante y sus ojos lucen aguados, producto del viento frío. Pequeñas gotitas de agua le cubren los pantalones. Puede que abuela tenga razón esta vez.

—Preciosa —dice con voz medio ronca. Luego le sonríe a Lena—. ¿Y ella quién es?

Se me cae un poco el corazón. A Lolo le encantan Lena y Hannah, pero últimamente piensa que las acaba de conocer. Pero así es el Alzheimer. Se te empiezan a olvidar cosas más o menos obvias. Los nombres de tus amigos. Los pasos para vestirte. Tu dirección. En qué año estamos.

Por suerte, Lena está acostumbrada a esto. Se sienta a su lado en la mecedora.

—Soy yo, señor Suárez. Lena Cahill. —Se mete la mano en el bolsillo y le da un pañuelo descartable.

Abuelo le da un par de palmaditas en su cabello erizado y sonríe.

—Puntiagudo —se sopla la nariz.

—Gracias.

—Vinimos a buscar a los mellizos —le digo a abuela.

Luce aliviada, aunque jamás lo admitiría. A abuela le gusta coser en las tardes cuando el sol está lo suficientemente brillante como para ayudarla a ver. Pero es difícil hacerlo cuando los mellizos andan por aquí, eso sin mencionar el hecho de que tiene que acompañar a Lolo en caso de que él quiera salir a deambular. Si ella no presta atención, él se va calle abajo y se pierde de vista. Entonces nos empiezan a llamar los vecinos.

—¡Niños! —grita.

Unos segundos después, Axel y Tomás entran por la puerta, cada uno con migajas de galleticas por toda la cara.

—¡Grrr! —dice Axel, mientras pone los dedos en forma de garras cerca de sus ojos y se me acerca.

—Hola, Axel —digo.

—¡Quiero sangre, sangre, sangre! —Tiene un diente

delantero medio flojo que le cuelga en ángulo, así que luce tan demente que casi le creo.

—Somos monstruos —explica Tomás—. Ahora nos vamos a comer sus caras.

—Oh —digo mirando a mis primos cuidadosamente—. Bueno, qué pena. Se van a perder una oportunidad de montar sus bicicletas en el parque.

—¡El parque! —grita Tomás.

Vienen a la carrera hacia nosotras. Tomás salta a la espalda de Lena y Axel a la mía.

—¡Muchachos! —dice abuela mientras intenta quitárnoslos de encima—. ¡Eso no es manera de saludar! ¡Van a aplastar a las niñas si las aprietan así!

Me quito a Axel de la espalda y acerco mi cara a la suya. Su diente delantero medio flojo le cuelga de un hilo.

—¡Pónganse las chaquetas rápido! —les digo—. No tenemos mucho tiempo antes de que anochezca.

En un abrir y cerrar de ojos, salen a la carrera uno contra el otro hacia casa de tía para buscar sus cosas.

La cara de abuela se retuerce en una mueca de preocupación cuando ellos se van.

—¿No te parece mejor mirar un poco de televisión? —pregunta—. Hay un canal en el parque, ¿no es así? —No añade el resto de lo que se imagina. *En donde se ahogarán.*

*Donde se los comerá un caimán. Donde contraerán salmonela de un pato salvaje.*

—Hay canales en toda la Florida, abuela. Trescientas diecisiete millas nada más en el condado de Palm Beach, según el señor Ellis —digo—. No nos vamos a acercar. Lo prometo. Solo vamos a montar bicis y monopatines en el sendero principal.

Lo que no le digo es que Lena también tiene planes de enseñarme a sacar chispas de la parte trasera de su monopatín al montarlo, tal como hace Jake Rodrigo en su *zoom aeris*. Si se lo dijera, abuela daría un sermón acerca de caídas, de ropas que cogen candela, a lo mejor incluso hasta de combustión humana espontánea como vimos en *Ciencia sobrenatural*, ese programa de la televisión. La gente estallaba en llamas —*puf*— sin ninguna razón, aunque mami dice que eso es un disparate.

Abuela vacila y vuelve a intentar.

—Pero hace demasiado frío para estar a la intemperie. Los niños se van a enfermar. ¡Imagínate la factura del médico! —dice—. ¿Por qué no se quedan y hago chocolate caliente para todos?

—¡Delicioso! —dice Lolo y se relame los labios. A él le gusta el chocolate caliente tanto como a mí.

El año pasado aprendí en la clase de ciencias que no

nos resfriamos producto del clima, pero yo sé que más me vale no discutir. En su lugar, saco la artillería pesada.

—Mami dijo que yo podía ir.

Silencio.

Los labios de abuela se aprietan y forman una línea fina mientras yo salgo a la caseta a buscar las bicis, pero ella no se da por vencida fácilmente.

—Cerciórate de ir por las calles menos transitadas. La gente conduce como maniáticos —me grita y se envuelve el suéter y se lo ajusta incluso más.

—OK.

—Y no pierdas de vista a los niños. No los dejes solos ni por un minuto. Tú sabes cómo ellos son.

—Apura el paso —le susurro a Lena.

—Y hazlos bajarse de las bicis para cruzar las calles con más tráfico.

—¡Comprendido!

—Y mira a ambos lados en la esquina.

—Por supuesto.

—Y envía un mensaje de texto…

—…cuando llegue al parque.

—Y que no se te olvide…

Me doy la vuelta, exasperada.

—Abuela —digo—. ¡Yo estoy en séptimo grado! Además, Lolo está pasando frío aquí.

Me frunce el ceño. Las dos sabemos que se supone que yo no les lleve la contraria a los adultos.

—Esta juventud... —dice y niega con la cabeza. Luego le toma la mano helada a Lolo y lo ayuda a entrar.

Lolo siempre ha sido quien ha dado las instrucciones de montar bici en la familia, pero no para los mellizos. Eso es otra cosa que cambió.

El año pasado, Lolo y papi me llamaron al porche. Habían visto a los mellizos montar por el sendero alrededor de Las Casitas, tambaleándose en sus desequilibradas ruedas de entrenamiento que ya estaban gastadísimas.

—Creo que ahora tú eres la experta en bicicleta por estos lares —me dijo papi—. Además, tú eres la mayor de los hijos en casa. Es hora de poner a estos chamacos en dos ruedas.

Al principio los mellizos se opusieron. Lolo ayudaba a darles ánimo, pero era yo quien corría a su lado en vez de Lolo. Era yo quien los soltaba y los levantaba del piso cuando chocaban. Cuando le cogieron la vuelta, comimos paletas para celebrarlo tal y como Roli y yo hicimos al aprender. Me alegré por ellos, supongo. Y estaba orgullosa de que yo lo había hecho. Pero en realidad no era lo mismo que cuando Lolo estaba a cargo.

Los mellizos ahora son bastante buenos en sus bicis

de dos ruedas, si me preguntan. El parque solo está a unas cuadras de distancia, así que tampoco es tan lejos para que monten hasta allí. No es nada lujoso como *Sugar Sand Park* en Boca, a donde los llevamos el año pasado en su cumpleaños a que montaran el carrusel hasta que les dio mareo. Pero al menos podemos venir aquí en bici por nuestra cuenta cuando queremos salir de nuestro patio. Cuando Lolo solía venir, traía una enorme bolsa de pan viejo para alimentar a los patos criollos a pesar de que un letrero dice que no lo hagamos. Pero ha pasado un poco de tiempo desde que él se ha sentido lo suficientemente fuerte como para caminar hasta aquí. Y ahora hay una nueva regla de los Suárez que otro adulto también tiene que estar con nosotros. Nadie —ni mami, ni papi, ni abuela, *ni tía*— jamás dice sí a que él venga con nosotros por sí mismo.

Cuando llegamos, ya hay algunos muchachos aquí, sentados en los bancos cerca de la cancha de baloncesto para niños. Son del vecindario, pero en realidad no somos amigos más allá de decirnos hola. No sé cuándo pasó, pero en esencia me he vuelto una desconocida para los niños de por aquí. Esto comenzó cuando mami y papi decidieron hace unos años que a Roli y a mí nos hacía falta «la maravillosa oportunidad educativa» que ofrece Seaward Pines Academy en Palm Beach. Así que yo ahora no conozco a sus maestros o su mascota o ninguna otra cosa acerca de ellos. Hoy solo reconozco a una niñita en el grupo: la que tiene el impermeable fino. Creo que ella baila en el programa de después de la escuela en el que tía enseña.

Saludo con la mano al pasar. Mi bici luce en talla, como siempre, y ellos me miran fijamente, lo que más o menos hace que me sienta peor. En Seaward, me encantaría que los niños se fijaran en mi bici, pero lo cierto es que las suyas son mejores que la mía. Sin embargo, siempre que monto por acá, alguien me suelta un cumplido por mi bici o si no tan solo se queda mirándome…, como ahora. Hago lo posible por no aparentar que me estoy luciendo porque sus bicicletas están mayormente oxidadas por el salitre, al igual que mi bici vieja. Papi siempre me dice que guarde mi bici en la caseta para que se mantenga en buena forma, pero a mí se me olvida constantemente.

Nos guio hasta una higuera de Bengala al otro lado del camino y parqueo mi bici.

—Vamos a echar una competencia —le dice Tomás a Axel.

—Un momento. —Se me sale esa gracia de niña más grande de la familia—. Manténganse alejados del canal y monten donde yo los vea —les digo.

Axel saca la lengua.

—Lo digo en serio.

Cuando arrancan la marcha, los miro por un minuto

para cerciorarme de que hacen lo que les dije. Entonces Lena y yo nos ocupamos de lo verdaderamente importante.

—Primero mira. Es bastante simple —dice Lena.

Arranca en su monopatín y se desliza suavemente por el sendero como si flotara. Luego se vuelve hacia mí y se impulsa con el pie en varias ocasiones para ganar velocidad. Cuando parece que va a chocar conmigo, echa su peso hacia atrás y un lindo montón de chispas sale de la parte trasera de la tabla de metal, como si fuera una lluvia de meteoritos. Tiene razón. Es casi como Jake Rodrigo cuando sobrevuela por encima de un criminal intergaláctico que está a punto de arrestar.

—Buenísimo —digo—. Déjame probar.

Pongo el pie derecho donde Lena me dice y tomo impulso. Al principio me va bien, pero cuando intento echar chispas por los frenos, me tambaleo y me tengo que bajar.

—Estás retorciendo el manubrio —me grita Lena desde donde está parada—. Mantenlo recto y relaja los hombros y las manos.

Lo vuelvo a intentar y después de tan solo un tambaleo menor, voy a toda máquina. *Jefatura central a capitán Rodrigo*, me digo a mí misma. *¿Está ahí?, ¿nos escucha?*

¿Es tonto fingir cuando una tiene doce años? ¿Hay alguien que todavía haga eso? Me impulso mientras manejo de regreso a Lena e imagino que floto a la par de Rodrigo como su lugarteniente. Cuando estoy a unos pocos metros de distancia, me recuesto hacia atrás en el freno tan duro como puedo, tal y como ella hizo. Las chispas vuelan y parece que el fuego sale de la tabla.

—Eres una bestia —dice Lena con una sonrisa.

—¡Quiero probar de nuevo!

Y en efecto. No sé cuántas veces nos turnamos en el monopatín después de eso. Pero la diversión no dura. Un grito que hiela la sangre hace que nos demos la vuelta.

Es Axel.

Está al otro lado del sendero de las bicicletas, aullando en el suelo. Él y Tomás de algún modo se han despetroncado en las bicicletas.

Me les acerco a pie y Lena me sigue en su monopatín. Cuando llegamos a ellos, la cara de Axel está cubierta en sangre. Hilos de un rojo brillante gotean desde su boca a su camisa. También tiene un rasponazo grande en la barbilla y está lleno de tierra y piedrecitas que van a doler cuando se las quitemos al limpiarlo. En la barbilla le está saliendo tremendo chichón. Tomás luce asustado, pero al menos él no se hizo daño.

El corazón me palpita a todo galope en el pecho. La sangre siempre me pone a punto del desmayo. Cuando a los niños en la escuela les sangra la nariz, se me agua la boca y me comienzan a zumbar los oídos. En casa, mami es quien cura a la gente con su botiquín de primeros auxilios.

—¿Qué pasó? —pregunto e intento mirar a otra parte.

Pero Axel no me escucha, producto de sus propios gritos. Me da un manotazo cuando intento desabrocharle el casco y escupe un coágulo de sangre cerca de mis zapatos.

—¡Deja de lanzarme golpes! —le digo en medio de su perreta—. Tengo que ver.

Lena le revisa las manos a Tomás y les echa agua para enjuagárselas.

—Ni un rasguño —dice—. Pero me parece que ya sé lo que pasó —señala a sus manubrios, donde los mellizos han amarrados sus bicis entre sí con las mangas de sus chaquetas.

—¿Jugaban otra vez a los rancheros? —pregunta.

Miro a la evidencia, exasperada.

—¿Qué les dije respecto a simular que enlazan terneros en las bicis? —grito.

Axel aúlla aun más alto. Obviamente, yo no soy esa influencia tranquilizadora que mami es durante las emergencias. Suspiro profundamente mientras trato de pensar.

Entonces noto algo en el suelo donde escupió Axel. Es un incisivo ensangrentado.

—Mira, Axel, se te cayó el diente cuando te caíste. —Lo recojo del suelo para mostrárselo.

El pecho todavía le jadea debido a los hipidos, pero se tranquiliza un poco. Mueve la lengua por lo que ahora es un espacio vacío.

—El ratón de los dientes va a venir —dice Lena—. Te va a traer dinero.

Axel intenta calmarse, pero tiene los ojos rojos y el labio se le inflama cada vez más.

—¿El Ratoncito Pérez? —dice entre espasmos.

—Creo que sí —responde Lena, y me mira atentamente para cerciorarse. Su familia es de Filipinas, al igual que lo era el padre de Lolo. A Pérez allá simplemente lo llaman el ratón de los dientes.

—*Por supuesto* que el Ratoncito Pérez —digo. Es asombroso lo rápido que tienes que pensar a la hora de ponerte al día con los cuentos para estos dos. Les he tenido que explicar que el hada de los dientes, el ratón de los dientes y Ratoncito Pérez son todos primos lejanos que recogen dientes en equipo. Y ni me hagas que empiece con lo de que Papá Noel y los Tres Reyes Magos son amiguetes.

—Él definitivamente vendrá esta noche —digo—, pero solo si dejas de llorar. Tiene unos oídos muy delicados. Los ruidos le dan miedo.

—¿Me va a dejar algo a mí también? —pregunta Tomás.

—¿Y *tú* perdiste otro diente? —pregunto.

Enseña la dentadura, pero todas sus perlas blancas están en donde corresponden.

—Lo siento, Tomás. Ya a ti te pagaron por tu diente cuando lo perdiste el año pasado, ¿te acuerdas? Pérez tiene unas reglas muy estrictas.

Al instante, veo que he dado la respuesta incorrecta. El labio le empieza a temblar y patea unas piedrecitas en dirección a Axel.

—Eso no es justo —dice.

—Sin dar patadas —digo.

—¡No es justo! —dice de nuevo y patea más duro. Y entonces escupe a mis pies.

—¿Qué es lo que tú quieres, Tomás? Ahora y aquí mismo ¡yo te podría aflojar algunos de tus molares si quieres!

—Merci —dice Lena.

Respiro profundo, del modo que se supone que haga cuando quiero estrangular a uno de los dos. No soy tranquila del modo que Lena siempre lo es. No soy buena con niños chiquitos, como Hannah. Yo solo estoy harta. Esto es cuando odio ser la nueva hija mayor en nuestra casa. ¿Cómo se supone que sepa qué tengo que hacer?

—Tenemos que arreglarle a Axel la barbilla lastimada Tomás —digo—. A Ratoncito Pérez no le va a gustar si lo dejamos aquí desangrándose.

Me frunce el ceño, pero entonces Lena le pide que la ayude a desamarrar las chaquetas de las bicis.

—Vamos a recoger a los ponis antes de que se escapen —dice ella. Yo levanto a Axel y lo pongo en el monopatín mientras todavía lloriquea. Luego voy a buscar mi bicicleta.

La caminata a casa parece una marcha fúnebre. Solo falta esa fatal música de funerales de Chopin que nos aprendimos en la orquesta. La barbilla de Axel es un globo. Tomás no para de quejarse. Yo tengo una mancha enorme en la única sudadera que todavía me sirve.

Prepárense a que abuela nos vea.

# CAPÍTULO 8

TODAVÍA ME ZUMBAN LOS OÍDOS.

Abuela le gritó a todo el mundo en el universo. A mí, por no vigilar a los mellizos como se supone que tenía que hacer. A mami, por decir que sí a que yo fuera al parque. A tía Inés, por trabajar tantas horas de nuevo. Y hasta a Lolo, por aplaudir cuando Axel le mostró el espacio vacío donde antes estaba su diente. Se pasó la cena entera refunfuñado, hasta que papi le dijo que seguir con los regaños era malo para la digestión de todos, especialmente de Lolo.

—¡Basta, mamá! —dijo—. ¿Quieres que nos caiga mal la comida?

Ahora, todas estas horas después, tía Inés mira miserablemente al agua que hace remolinos en el spa de masajes para los pies que tomó prestado de mami. Si ella hubiese estado en casa, nada de esto habría pasado. Sin embargo, no quiero mencionarlo, porque los dedos de los pies de tía lucen como salchichas vienesas y mañana vuelve a tener otra jornada larga.

—A lo mejor abuela tiene razón con lo de tus largas horas —le digo—. ¿Por qué no te buscas otro trabajo? Como, por ejemplo, tú te podrías convertir en doble en Hollywood o algo por el estilo.

—Demasiado aburrido —dice tía con una sonrisa.

—Lo digo en serio. ¿Qué tú querías ser antes de trabajar en la panadería?

Tía mira fijamente al agua y niega con la cabeza.

—Ay, mi amor, eso fue hace muchísimo tiempo —dice—. Yo era una niña en aquel entonces. ¿Qué iba a saber yo?

—Los niños saben bastante, pero como tú digas —contesto. ¿Acaso envejecer mata los sueños o qué? Es decir: yo un día quiero hacerme cargo de la compañía de papi. Espero que no se me quite el deseo para cuando tenga la edad de tía. Ni me puedo imaginar tal cosa.

Ella apaga el spa y suspira mientras el agua se nivela.

—Mejor voy a darles las buenas noches a los mellizos y a acostarlos a dormir.

Esta será otra noche larga para mí. Como los mellizos

no se pueden despertar solos, duermen aquí cuando tía trabaja el turno de la mañana. Últimamente, eso ha ocurrido mucho. Si no pongo cuidado, se van a creer que la vieja cama de Roli es suya o, peor, que comparten cuarto conmigo. ¡Dios nos ampare!

Echo un vistazo por encima del hombro para ver si todavía están en la sala mirando televisión con mami. Papi está en su juego de fútbol y como no me ha pasado el marcador por mensaje de texto, supongo que o perdieron o siguen en el fragor de la batalla. Pero mami tiene las cosas bajo control. Los mellizos todavía están uno al lado del otro en el sofá y Axel se presiona una bolsa de chícharos congelados en la cara.

Le doy un empujoncito hacia tía a la servilleta en la mesa. El incisivo ensangrentado de Axel está envuelto adentro.

—Déjame algo de dinero, tía —susurro—. Él espera que Ratoncito Pérez venga esta noche.

Tía abre el envoltorio y mira fijamente al diente como si fuese una perla.

—Están creciendo tan rápido —dice en voz baja—. Y yo con tanto trabajo me lo estoy perdiendo.

Pongo los ojos en blanco.

—Hoy lo único que te perdiste fue un montón de sangre y de gritería.

Alcanza la toalla. Tiene la piel roja y las venas de sus pies parecen hilo de estambre.

—Yo sé que ellos pueden ser candela —dice—, pero son nuestros y tenemos que quererlos. Entonces sale de la sala cojeando para darles un beso de buenas noches.

Son las 12:02 a.m.

Tuerto hace su ronda nocturna de la casa y de vez en cuando le tira un zarpazo a la cuerda de las persianas o le salta encima a una sombra. Da un brinco a mi cómoda y me suelta una espeluznante mirada de pesadillas en la que la luz de la calle se le refleja en su único ojo. Siempre lo hace parecerse a un cíclope, una criatura que aúlla como un espíritu para salir.

OK, aquí tenemos algo nuevo. Últimamente le he vuelto a tener miedo a la oscuridad. No sé por qué mi cuarto se vuelve más aterrador en medio de la noche, pero es así. A lo mejor es la quietud, con tan solo los sapos que croan a la intemperie mientras esperan para lanzarle su veneno a cualquier cosa que los persiga. O a lo mejor es que mi cuarto es tan diferente ahora, más solitario. No se parece en nada a como lucía cuando Roli aún estaba aquí. En primer lugar, sus medias apestosas ya no están desperdigadas por los suelos y eso sin mencionar todo su amplio equipo de laboratorio. Hicieron falta seis cajas de mudanza para empacar toda la porquería de ciencias que él no quería cuando se fue a la universidad. Placas de Petri cuarteadas, bolitas regurgitadas de lechuzas y bisturíes oxidados, esqueletos con mandíbulas que se mueven, un descascarado busto de yeso de Marie Curie... y lo que se te ocurra. Lo llevamos todo a Goodwill en el camión de papi. Si los científicos locos hacen compras allí, se van a poner de suerte.

La cama de Roli, donde ahora duermen los mellizos, es una de dos cosas que sobrevivieron la purga. Yo me quedé con su constelación de pegatinas que brillan en la oscuridad. Papi se ofreció a rasparlas del techo cuando pintamos, pero decidí que se quedaran. Siempre que yo no podía quedarme dormida, Roli apartaba la cortina que separa nuestro cuarto y me contaba los mitos griegos conectados a las estrellas, hasta que se me cerraban los ojos de nuevo. Cuando no puedo dormir, como ahora, miro fijamente las pegatinas y pienso en él, que está tan lejos en Carolina del Norte.

Me doy la vuelta, con la esperanza de que los chirridos de la cama no despierten a Axel y Tomás, que por fin se durmieron. Yo sé que más me vale no dormirme antes que ellos. La última vez que lo hice, me dibujaron un bigote retorcido con un marcador permanente. Mami me tuvo que restregar la cara con desinfectante de manos y bicarbonato de sodio para quitármelo antes de la escuela.

A veces pienso que la vida sería más fácil sin estos dos. Hay niños que solo ven a sus primos una o dos veces al año. A mí me toca una sobredosis a diario.

Me pregunto si tía alguna vez se siente así. Probablemente no. A lo mejor las mamás no se permiten pensar eso. Tampoco es que le pueda preguntar. Ya ella se siente lo suficientemente mal con todas las horas que trabaja. ¿Y los mellizos se sienten tristes de no verla o será que aquí en casa somos suficientes como para que ellos no lo noten? A lo mejor a ellos no les importa en lo absoluto. Nunca lo dicen. Lo único que me dicen son cosas como «eres una cabeza de chorlito» o que me van a triturar los huesos. Anjá. Ellos son tremendos conversadores.

Me subo la colcha hasta el mentón. Todavía huele a lavanda del clóset en el que guardamos las ropas de invierno.

Papi puso la calefacción en casa de abuela y Lolo después de la cena, pero dejó la nuestra apagada, para que pudiéramos disfrutar el acurrucarnos bajo las frazadas, para variar, en lugar de las sábanas. El frío no durará mucho. Tal parece que nada divertido dura.

Echo un vistazo y escucho para cerciorarme de que los mellizos estén profundamente dormidos. Entonces me destapo y atravieso el cuarto, con las losas frías bajo mis pies descalzos. Ellos tienen puestos sus piyamas de

Spiderman y están abrazados como si fuesen cachorritos. Los mellizos nunca me han parecido exactamente iguales a mí, pero ahora sí que lucen diferentes. A lo mejor eso es lo que molestó a Tomás tanto. Axel está con todos los pelos de punta y tiene los labios un poco entreabiertos, todavía inflamados y con costra. De cerca, a la luz de la lamparita, veo el espacio oscuro de la encía dentro de su boca y el chichón en su barbilla. De tan solo mirarlo vuelvo a sentirme mal. Me pregunto si es así como se sintió Roli la vez que dejó que mi cachumbambé se estrellara contra el piso y yo terminé con un chichón tras la caída.

—Shhh —dijo—. Por favor, no lo menciones. —Y luego me dejó mirar su juego de naipes con científicos famosos.

Sea como sea, a tía se le olvidó darme el dólar antes de irse, incluso después de que se lo recordé. A lo mejor sus clientes hoy fueron unos tacaños con las propinas y ella sencillamente no lo tenía. Me tendré que hacer cargo, para que los mellizos sigan creyendo en un roedor que paga en efectivo. Ellos no saben que nuestros dientes de leche —los de Roli, los míos y pronto el de Axel— están en una cajita de metal de las que tienen caramelos de menta para el aliento, que abuela guarda en su gaveta de la ropa interior. Ella dice que los guarda para un día hacer un collar, como la flor dorada del prendedor de oro que tiene con los dientes delanteros de tía y papi. Antiguas partes del cuerpo humano como joyería: la idea me hace temblar el espinazo. Imagínense si yo me pusiera eso para ir a la escuela. La gente me llamaría «bicho raro».

Cruzo el cuarto hasta mi cómoda y encuentro el dinero que he estado guardando para el muñecón. Ha sido difícil ver a los niños soltar la plata, así como si nada, e irse con los muñecones mientras que yo tengo que esperar. Pero así es como es, supongo, y de nada vale quejarse al respecto con nadie por estos lares.

—Conténtate con lo que tienes, que es suficiente —dice abuela siempre que pido algo que ella piensa que es demasiado caro. Ahí es cuando recibo el sermón de que ella nunca se queja acerca de coser ropa para gente que le trae telas que ella misma jamás se podría dar el lujo de comprar para sí misma. Y luego ahí tienes a papi, dice ella, que a veces pinta casas tan grandes que tienen eco incluso con muebles dentro de ellas.

Meto un dólar bajo la almohada de Axel y tomo su diente para ponerlo en la cajita de abuela. Entonces le echo un vistazo a Tomás. Con tan solo la luz de la lamparita, hago lo mejor que puedo y palpo con la mano en busca de un bolígrafo y mi cuaderno de notas, para escribirle un mensaje.

Le dejo el pedazo de papel y dos monedas de veinticinco centavos bajo su almohada.

*No te preocupes. Regresaré cuando tú*
*pierdas tu próximo diente.*
*Tu amigo, RP*

Luego me vuelvo a acostar en mi cama y, durante un largo rato, me quedo despierta, pensando en cosas imposibles y estudiando las estrellas.

# CAPÍTULO 9

MIS TARJETAS DE NOTAS DE ciencias naturales todavía están amontonadas, sin tocar, cerca del tazón del azúcar, en donde mami las puso anoche. Mami me suelta una mirada y luego desliza en mi plato y en el de papi dos huevos revueltos con solo la clara y un queso gomoso y bajo en grasa.

—Concéntrate, Merci —dice.

Estoy a la mesa, mirando mi propio reflejo en la parte de atrás de la cuchara como si eso fuese la cosa más interesante en el mundo. Mi nariz se ve grande, como en un espejo de una casa de la risa.

—*Me estoy concentrando.* Estoy haciendo mis ejercicios de los ojos. —Enfoco la vista en la punta de la cuchara y la muevo hacia abajo y hacia arriba de mi nariz, como un trombón. Detesto esto, pero se supone que lo haga todos los días, aunque me hace lucir bizca y tonta. La doctora Tate dice que es como hacer planchas para los músculos de mis ojos para mantenerlos fuertes.

—Quise decir que te concentres en tu trabajo de ciencias —dice—. Tienes otra prueba pronto, ¿no es así? Y dijiste que no te fue muy bien en la anterior.

Como si me hiciera falta que me lo recordaran.

—Debería haber una ley en contra de tantos exámenes —digo—. ¿Por qué tenemos que tener uno *cada* semana?

—Para mantener tus habilidades al día —se asoma por la ventana y frunce el ceño—. Merci, ¿no te dije anoche que guardaras tu bicicleta? Se va a oxidar ahí afuera o te la van a robar un día, y lo vas a lamentar.

—La guardo en un minuto. Se me olvidó con todo el drama de ayer en el parque —digo—. Fue un poco traumático para mí también, tú sabes. Toda esa sangre…

Mami casi no me escucha.

Vuelvo la mirada hacia los mellizos, y me siento repentinamente un poco celosa.

Ya me gustaría ser yo quien pudiera ver dibujos animados antes de la escuela en lugar de las tarjetas de notas y los ejercicios de los ojos. Ellos siempre se salen con la suya. Nadie excepto yo los regañó por jugar al rodeo en sus bicis ayer.

Encima de todo, también tenemos que llevarlos hoy a la escuela. Por lo general, abuela y Lolo caminan juntos con los mellizos a la escuela, pero hoy no. Lolo se despertó con un catarro, tal y como lo advirtió abuela. Ella tocó en nuestra puerta mosquitera esta mañana incluso más molesta de lo que lucía anoche, aunque lo único que pude ver fueron sus ojos por encima de la máscara anti-gérmenes que tenía puesta. Nos dijo que teníamos que llevar a los mellizos. Entonces puso a Lolo en cuarentena y le untó tanto Vicks VapoRub que casi lo puedo oler a través del patio.

—Empaquen sus cosas. Es hora de irnos. —Mami le echa un vistazo al reloj y toma el último buche de café de pie. Luego saca camisas y *jeans* limpios de las mochilas de los mellizos y se encamina a la sala, donde el quinto dibujo animado consecutivo está a punto de comenzar.

Tomás y Axel ni siquiera quitan la vista de su programa de televisión hasta que ella va y apaga el televisor. Entonces pone las ropas y los tenis frente a ellos.

—Aquí tienen —dice.

Buena suerte es lo único que tengo que decir. Convencer a estos dos de que se vistan rápido es imposible, sobre todo cuando están conectados. Al final terminas teniendo que ayudarlos y es como ponerle medias a un pulpo. Aun así, lo de mami es la independencia, incluso cuando es imprudente. Por ejemplo, ella insistió anoche en que ellos mismos se cortaran sus propios bistecs. ¿A quién en su sano juicio se le ocurriría armar a Axel y Tomás con cuchillos?

Comienzan a cambiarse a regañadientes, pero, por supuesto, les sale una chapuza.

—Quiero que Lolo venga con nosotros —dice Tomás mientras intenta meter la cabeza por el hueco de la manga de su camisa.

—Hoy no se siente bien —dice mami, y se detiene para mostrarle el espacio para el cuello—. Lo podemos visitar de regreso a casa.

Axel está acostado de espaldas con los pantalones todavía por las rodillas y sus calzoncillos de Spiderman a la vista. Noto que tiene la barbilla magullada, pero no tan hinchada como ayer. Su nariz también tiene una postilla. Alguien seguro se burlará de él.

—Pero yo quiero a Lolo… —se queja Axel.

*Sé lo que quieres decir*, le quiero decir. *Yo también.*

Tomás se le une.

—¿Y dónde está mamá?

—En el trabajo, ¿te acuerdas? Esta mañana ella está horneando los panes. —La voz de mami se agudiza y ha comenzado a sudar al agacharse para ayudarlos en esto y lo otro.

Papi entra en el momento preciso.

—Tengo una idea. ¿Qué tal si su tío favorito los lleva hoy a la escuela?

Todos se alegran con eso, especialmente mami, que lo mira con gratitud. Los ojos de los mellizos también brillan. La camioneta de papi hace chillidos cómicos que a ellos les encantan. Ellos pueden tocar todas sus brochas y hacer percusión en los cubos vacíos.

—¡Sí! —gritan ambos.

Mami se le acerca a papi y le planta un beso en la cara.

—¿Seguro?

—Yo me las puedo arreglar con estos dos.

—No tienes ni idea —murmuro.

—No es ningún problema. Tengo que ir cerca de Dixie Highway —dice papi—. Me hace camino.

—¿Qué hay ahí? —pregunto.

—No tus tarjetas de memoria —dice.

Sabelotodo.

Se pone de pie y me aprieta suavecito la coronilla. Luego mira a Axel, que sigue enredado con sus pantalones.

—Hombre, dales la vuelta a esos pantalones para que el zíper esté en tus partes privadas. No los podemos enviar a la escuela con pinta de lunáticos.

Axel comienza a quejarse, pero papi sabe qué hacer de inmediato. Agarra a un mellizo en cada brazo y suelta un rugido mientras se mueve como un gigante pesado hacia el sofá.

—Ten cuidado con ellos, Enrique —advierte mami—. Ya Axel ha tenido bastantes chichones para largo rato.

Pero papi se ha transformado en el mejor y más juguetón tipo de monstruo. Con cada pisotón de su pie, el juego de tacitas de café de mami tiembla en la vitrina de la cocina y los mellizos chillan. Papi los levanta por todo lo alto mientras ellos señalan a lo que llaman el foso de lava de nuestro sofá, el espacio aplastado en el que papi duerme la siesta. Los miro por un segundo y recuerdo cuando era yo quien chillaba en ese juego, sin aliento, mientras papi me sostenía por encima de su cabeza y yo contemplaba mi catástrofe de mentiritas.

¿Cuándo exactamente dejamos de hacerlo? No lo recuerdo. Me quedo ahí parada, pestañeando y deseando ser todavía pequeña y estar en el juego y solo tener que fingir que tengo miedo.

—¿Lista? —dice mami, mirándome fijamente.

Tiro las tarjetas de memoria dentro de mi mochila y salgo a guardar mi bicicleta.

# CAPÍTULO 10

DETESTO TENER EDUCACIÓN FÍSICA en segundo periodo este año. Te tomas el trabajo de lavarte la cara, de cepillarte el pelo y de ponerte el uniforme en la mañana tan solo para quedarte todo sudorosa después de una hora en la escuela.

Pero he aquí un secreto.

La mayoría de las niñas no se ducha después de la clase, aunque se supone que lo hagamos, según el manual de salud que todos firmamos al principio del año. Nos secamos y nos ponemos enormes cantidades de espray corporal y salimos andando. Yo uso esos pañuelos desechables que abuela tiene para los días en que no puede convencer a abuelo que se dé una ducha. Ya era suficientemente malo arriesgarme a que alguien me viera en mi ropa interior en la escuela. Pero Edna, cuyo padre es podólogo, nos dijo que se puede contraer hongos en los pies en las duchas públicas, incluso en las que sean más lujosas, como las de Seaward. Nos enseñó fotos de pies con pústulas y todo. Eso de los dedos purulentos no es para mí.

Me pregunto si es lo mismo con los varones en educación física. Probablemente. Algunos de ellos huelen un poco a cebolla después del gimnasio, con la excepción tal vez de Wilson, que siempre, no sé cómo, huele a detergente. Tampoco es que yo ande por ahí oliéndolo, por supuesto. Es que la Tienda de los Carneros es pequeña. Si él apestara, a mí no me quedaría otra opción que usar una máscara antigás. Creo que Wilson huele bien porque él no suda tanto, sobre todo si nos dividen en equipos para una práctica de baloncesto, como hicimos esta mañana. Incluso cuando está en el partido, no juega tanto. El problema es que Wilson no corre mucho, a causa de su pierna, y se las tiene que arreglar para mantener el equilibrio antes de tirar a canasta. Lo he visto encestar mejor que muchos de los que están por aquí, pero *alguna* gente, es decir Jason Aldrich, ni siquiera se molestan en pasarle la pelota.

En cualquier caso, Wilson estaba debajo de la canasta, con Edna que casi no le hacía guardia, ya que recientemente se hizo el manicure. Estaba en la posición perfecta para anotar. Pero Jason, que era el capitán de nuestro equipo en ese momento, ni siquiera le dio un pase de rebote. En vez de eso, con el marcador empatado, buscó alrededor a cualquier otro niño. Por último, en la desesperación, me lanzó la pelota a mí para que yo pudiera clavarla desde la línea de tres puntos.

Naturalmente, el otro equipo tenía a su tipo más duro para interponerse, ya que todos saben que soy bastante rápida en la cancha. No era otro que Michael Clark, quien estoy segura de que creció dos pulgadas más desde ayer. Intenté hacerle una finta, ¿pero qué podía hacer?

El tipo ahora tiene brazos de orangután. Al final, lo único que pude hacer fue un disparo desesperado que dio en el aro. El equipo de las camisetas rojas atrapó el rebote y marcaron.

—¡Oohh! ¡Dije que no! —gritó Michael mientras chocaba los cinco con sus compañeros de equipo.

Jason me puso los ojos en blanco en señal de repulsión. Con él, la cosa es ganas o… ya sabes lo que te espera.

—Eres malísima, Merci —murmuró.

—Yo juego mejor que tú cualquier día —bufé—. Y tú tenías a un tipo debajo de la canasta… la jugada perfecta de porcentaje alto. ¿Por qué no le pasaste el balón?

—¡Trabajo en equipo! —nos gritó el señor Patchett. Luego señaló a nuestro banco—. ¡Sustitutos!

Yo todavía echaba humo por las orejas cuando fuimos a las gradas, pero Wilson se mantuvo bastante tranquilo.

—Jason es una plasta de porquería —dijo mientras nuestros reemplazos entraban a la carrera a la cancha—. Buen intento.

Para el almuerzo, ya me he olvidado completamente de Jason y su boca malvada. Eso es porque Wilson y yo hemos estado abarrotados de clientes otra vez. *¡Ca-chin!* Estamos tan ocupados que Lena, que por lo general lee afuera durante el almuerzo, se ofreció a ayudar. Tal como predije, los muñecones han volado de aquí. O al menos *volaban* hasta que Edna se parqueó delante de la cola a fastidiarme.

—La respuesta es no —le digo—. Bien, ¿hay otra cosa en la que pueda ayudarte, Edna? Estás demorando la cola.

Los niños se aferran a sus billetes de diez dólares y estiran el cuello para ver qué anda mal. Darius está justo detrás de ella y suelta silentes miradas mortales mientras espera, pero a Edna no le importa.

Ella y Hannah están aquí, producto de lo que ella llama «una grave emergencia». La señorita McDaniels les informó de que el fotógrafo que habían reservado para el Baile de los Corazones se había comprometido para otro evento y tenía que cancelar. Ahora no tienen a nadie más que haga el trabajo y el baile está a solo dos semanas. ¿Y adivina la ayuda de quién quieren?

—¿Y por qué tú no puedes tomar algunas fotos para nosotros? —pregunta Edna por décima vez—. Tú eres buena con la cámara y una opción obvia de fotógrafa suplente.

Me muevo el índice dentro de la oreja. A lo mejor escuché mal, pero, por un segundo, pensé que Edna me había dado un cumplido. Eso no ha pasado en los tres años que la conozco. Titubeo por dentro. A mí me encanta tomar fotos, pero aun así eso quiere decir que yo de hecho tendría que ir al baile. Dios mío. Eso es como echarle aceite de hígado de bacalao por encima a mi barra de chocolate favorita. No puedo superarlo.

—Lo siento —digo—. Pero no voy a ir al Baile de los Corazones.

Edna pone los ojos en blanco.

—Claro que vas a ir. *Todos* van a ir. ¿Quieres una entrada gratis o algo por el estilo? —Esto lo pregunta tan alto como puede—. Yo puedo resolver eso, tú sabes. La asociación de padres tiene fondos especiales para los menos afortunados.

Wilson levanta la vista del bulto de billetes que cuenta cerca de la caja y niega con la cabeza. Él también está aquí con una beca financiera. Su mamá trabaja en Lowe's.

—A mí no me hace falta una entrada gratis —digo—. Yo simplemente no bailo, eso es todo.

Edna suelta una sonrisa de oreja a oreja.

—Entonces, ¿cuál es el problema? —dice—. A ti nadie te va a sacar a bailar.

Cierro los ojos y me imagino a Jake Rodrigo dándole una patada voladora en la mandíbula.

Lena da un paso al frente para ponerse a mi lado, pero esta vez no me da con el codo. Sus puntiagudos pelos de color púrpura casi tiemblan como púas. Si tan solo pudiera dispararlos como un puercoespín de verdad.

—Ya aquí terminamos —digo—. Próximo.

Le hago una señal a Darius, que hace ademán de avanzar, pero Edna solo se hincha, convirtiéndose en un dragón más grande.

—Échate para atrás —le sisea—. Yo *no* he terminado. —Entonces me clava la mirada—. Sé egoísta entonces, Merci Suárez, pero le voy a decir a la señorita McDaniels que tú no nos quieres ayudar. Eso a ella no le va a gustar ni un poquito.

—¿De qué tú estás hablando? —digo—. ¡Nosotros vendemos tus entradas al baile!

—Y escribimos anuncios cómicos para ti en los anuncios matutinos —añade Wilson desde el fondo.

Agradecida, lo miro por encima del hombro.

—Así es..., y funcionan. Ya que estamos, ¿cuántas hemos vendido hasta ahora? —pregunto.

—Ciento ochenta y siete —dice.

—¿Ves? —digo—. Nosotros *ayudamos*... de ciento ochenta y siete maneras, para ser exactos.

—¡Ustedes reciben una porción de las entradas! —dice Edna—. Tampoco es que estén trabajando gratis.

La fulmino con la mirada. Ella tiene razón, pero aun así. ¿Acaso es un crimen ganarse unos pesos..., sobre todo cuando tienes que hacer algo en contra de tu voluntad?

—¿Vas a comprar algo hoy? Porque, si no, tengo clientes que pagan detrás de ti.

Edna se cruza de brazos e intenta intimidarme con la mirada.

Ahí es cuando Hannah por fin se mete.

—Muy bien, chicas. No nos peleemos. —Se inclina en el mostrador y me implora con la mirada—. Merci, en serio que tu ayuda nos vendría muy bien. ¿No lo harías por mí?

La miro y me pregunto qué decir. Los mejores amigos se supone que se ayuden entre sí. Eso lo sé.

—Además, Edna todavía no te ha dicho la mejor parte —continúa—. Si prometemos ser cuidadosos, su papá nos prestará el equipo de su cabina de hacerse selfis. —Me da una mirada cómplice y se inclina incluso más. Es un IMA Paparazzi 10 Selfie Station. ¿Te acuerdas?

Siento que se me doblan las rodillas. ¿Cómo podría olvidarlo? Ese kit fotográfico de primera clase fue parte de la subasta de primavera del año pasado. Tiene una pantalla de fondo profesional y un enorme soporte para un iPad con luces integradas para que la gente se tome todos los selfis que quiera. Lo mejor de todo es que si sabes lo que haces, puedes crear GIF y fotos Boomerang. También puedes añadir personalizaciones para cada foto. El año pasado, Hannah y yo nos pusimos a cacharrear bastante con el aparato. Ya yo había dado con la clave para ponerle un tutú de bailarina y un hocico de cerdo a la foto del director de nuestra escuela cuando cerró la puja. El papá de Edna Santos la ganó con $3000. ¿Qué iba a hacer el doctor Santos con todo eso?, me pregunté. ¿Tomar fotos de los uñeros de sus pacientes?

Edna se inclina y sonríe como un gato que se acaba de comer un canario.

—¿Crees que te puedes hacer cargo?

Miro a Hannah. ¿Esto es justo? Ella es mi amiga. Ella sabe lo mucho que a mí me gusta tomar fotos. ¿Pero vale la pena ayudar a Edna?

—¿En qué otra ocasión tendrás la oportunidad de trabajar con un aparato como ese? —pregunta Hannah.

Suelto un suspiro.

—¿No tengo que estar dentro del gimnasio?

Hannah niega con la cabeza.

—Nananina. Tu cabina estará afuera en el pasillo. Yo te

ue tía coja un *break*, pero yo no. Con eso quiero decir ue la última vez que yo tuve un examen de ciencias y ne quise quedar en casa, mami me quitó la sábana de un rón y me ordenó que me vistiera… ¡inmediatamente! A ella le importó mi espíritu enfermo? No, no le importó.

Me cruzo de brazos y observo el carro un poco más.

—En serio. ¿Cómo se supone que quedarse en casa on los mellizos sea un descanso?

—Ella es su mamá y quiere estar con ellos —dice nami—. Los echa de menos cuando está en el trabajo.

Yo estoy casi sin palabras. ¿Echar de menos a Axel y a más? ¡Vaya concepto!

—¡Ellos la vuelven loca, mami! Ella siempre lo dice. Me van a mandar de cabeza a un asilo de locos!». ¡Esas n sus palabras exactas!

—Todos los niños vuelven locos a sus padres. —Me da na mirada cáustica—. Y aún así no nos es suficiente. Un a lo entenderás.

Siempre detesto cuando ella habla de cosas que van a sar *un día*, como si nada de lo que yo sé ahora importara.

Me da un beso en la frente y me huele el pelo intensa- nte, tal y como hace en algunas ocasiones.

—Ahora, termina de limpiar tu clóset. Voy a llevar gunas cosas a Goodwill esta tarde.

ayudaré a instalarla y a recogerla. —Me toma la mano y la aprieta—. Por favor —dice—. Hazlo por mí.

Le doy un vistazo a Lena, que se encoge de hombros.

En ese momento, suena el timbre. Un coro de quejidos se alza de los niños que se quedaron en la cola. Wilson intenta calmarlos a todos.

—Relájense. Mañana todavía tendremos inventario —le dice a la multitud—. Tú serás el primero, Darius —añade.

Me vuelvo hacia Edna.

—¿Ya estás contenta? Has hecho que todo el mundo se ponga bravo contigo, como de costumbre.

Ella pestañea, momentáneamente sorprendida. Y a lo mejor hasta yo estoy un poquito sorprendida también. Las palabras suenan más crueles fuera de mi cabeza.

Pero entonces se cruza de brazos.

—Y bueno, Merci Suárez, ¿trato hecho? —pregunta—. Le tengo que decir a la señorita McDaniels.

Hannah me vuelve a mirar con ojos de cachorrito.

—Está bien —digo—. Lo voy a hacer.

Hannah suelta una enorme sonrisa y nos envuelve a Lena y a mí en un abrazo grupal. Edna tan solo nos mira durante un segundo, con los brazos fuertemente cruzados sobre el pecho.

Entonces gira sobre sus talones y se va a buscar a la señorita McDaniels.

# CAPÍTULO 11

MAMI DICE QUE LOS SENTIMIENTOS tienen su maña, pues a veces se enmascaran. Como cuando Roli estaba empacando para la universidad y los mellizos no le hablaron durante toda la semana. El día que se iba le dijeron cabeza de chorlito y pusieron una rana muerta que encontraron aplastada en la acera dentro de su bolsa deportiva. Sin embargo, tan pronto como él se fue, se desplomaron en medio del llanto. La tristeza se enmascaró de enojo.

Pienso que los adultos tampoco entienden bien lo de los sentimientos. Al menos, eso fue lo que aprendí hoy.

—¿Tía está enferma? —le doy una mirada cuidadosa desde dentro de mi clóset, que ella llama el hueco negro. Intenté decirle que estaba equivocada, pues Roli ya me había

explicado los huecos negros. Pero ella solo le
y dijo que yo tenía que limpiarlo hoy o de l

Pero he aquí lo que es extraño. Hoy es
más ajetreado en la panadería, y desde la
cuarto veo que el carro de tía aún está en
estómago me pega un brinco. La gente aquí
secretos acerca de cosas importantes. Eje
uno: no me dijeron nada del Alzheimer de
yo sola tuve que descubrirlo por mi cuenta
¿Y si ahora guardan otro secreto, esta vez a

—No, en realidad, no —dice mami y
pulóveres viejos en un montón.

—Bueno, y en realidad, ¿qué es? ¿No v
ningún motivo?

—Hoy se tomó un descanso, eso es too
también puede sentirse enferma de espírit
te sientes sola o abrumada. ¿Te ha pasado

*Todos los días*, quiero decirle, pero
encojo de hombros porque ella está hus
mí no me gusta. Además, hay demasiadas
como para nombrarlas. El señor Ellis que
nombre completo, en vez de Merci, como
que dice que yo soy malísima. Hannal
Edna. Echar de menos todas las cosas en
ayudaba. Y ya que estamos, no entiendo

Me toma la mayor parte de la mañana vaciar mis trofeos y mis mejores zapatos de fútbol y los casi mejores y los casi casi mejores y toda la ropa que me queda ahora demasiado apretada, incluso mi vieja camiseta de los Mets que Lolo me compró en Port St. Lucie hace unos años. El polvo me hace estornudar como loco. Pero al final, es posible que todo mi trabajo valga la pena porque mientras amarro la última bolsa de la basura, se me ocurre una idea para ganar un dinero rápido.

Voy hasta casa de tía, con mis bolsas de ropa a cuestas, como Papá Noel. Para mi sorpresa, no está cuidando a su alma para que recupere la salud. En vez de eso, está pasando el trapeador a cada pulgada del piso de su cocina mientras Shakira canta en la radio.

Los mellizos juegan con dragones de plástico en la habitación de al lado.

—¿Y tú estás limpiando?

Incluso en sus mejores días, lo de ella no es el trabajo doméstico.

—¿De qué me sirve? —ella siempre dice cuando abuela la acusa de tener una casa desordenada—. ¡Los mellizos van a armar un caos diez minutos después de que yo limpie!

—Súbete en el mostrador, Merci. Se me pasó esta esquinita cerca de tu pie.

Me encaramo cerca del lavamanos, en donde los pozuelos de cereal de los mellizos todavía están en remojo.

Tía parece un marinero en la cubierta de un barco a cargo de la limpieza mientras empuja el reguero de carritos de Matchbox y juguetes plásticos hacia la cenefa, con gestos fuertes y decididos.

Un olor vagamente familiar sube desde el cubo. Fresas, arándanos y miel o algo por el estilo. ¿Qué será? Agarro la botella con el rociador que está en el alféizar de la ventana para ver qué es.

Oh-oh.

ABRE CAMINO. ¡ÁBRELE PASO
AL TRABAJO, AL AMOR Y A LA FELICIDAD!

Tía ha ido de nuevo a la botánica en Forest Boulevard. Va cada vez que tiene un problema que no puede resolver sin intervención divina, como en noviembre pasado, cuando ella estaba ahorrando para los regalos de Navidad de los mellizos y a su casa le hacía falta un aire acondicionado nuevo. Compró sales de baño de Abre Camino y estuvo tanto tiempo en la bañera que se le arrugaron los dedos. Y le funcionó. Uno de los hombres de papi se ofreció de voluntario a arreglarle el aire acondicionado por un precio muy barato. De cualquier modo, parece que ahora Abre Camino se ha expandido a productos para limpiar el piso.

Abro su lata de galleticas de animales y me como una cebra rota, mientras la miro de mal humor.

—Deberías haberme dicho que ibas a ver a la señora Magdalena —le digo—. Tú sabes que a mí me gusta ir.

Una botánica es como una bodega, una iglesia y una tienda de arte, combinadas en uno, dependiendo de lo que busques. Hay urnas y velas como las que abuela tiene en su cuarto para Lolo. Y la muestra de aceites de baño cerca de la caja me recuerda los frasquitos que a Hannah y Lena les gusta probar en Lush, excepto que en lugar de cosas que se llamen «Te dimos mango por liebre» —vete a saber lo que eso significa—, estos ponen Romance, Miedo, Finanzas, Protección contra el Mal de Ojo. Mi favorito es Objetos Perdidos. He encontrado mis llaves de la casa un montón de veces gracias a ese frasco.

Sin embargo, esta es la cosa. Esto no le hace gracia a todos en nuestra familia. Y con todos quiero decir mami. Ella insiste en que cada cual puede creer en lo que quiera, pero, aun así, niega con la cabeza respecto a los productos que vende la señora Magdalena. Mami dice que las cosas deberían tener *prueba de eficacia*. Ahí quien habla es la científica aburrida que tiene por dentro. Por eso es que ella casi nunca enciende la vela de Más Riqueza en los Negocios que yo le compré a ella y a papi la última vez que tía me llevó de compras ahí. En realidad, es una lástima. Yo hasta solté el billete por el tamaño jumbo con los signos de dólares de brillantina en la cera y todo.

—¿Estás ocupada hoy?

—Depende de quién pregunte —dice.

—Se me ocurrió que como estás en casa podríamos ir de compras.

Tía hace un alto en lo que está haciendo. Pone el trapeador en el cubo y viene en puntillas de pie a tocarme la frente.

—¿Tú estás enferma? Tal vez se te pegó el virus de Lolo.

Le echo a un lado la mano. Por lo general, ir de compras me atrae tanto como que me corten los dedos uno a uno, incluso cuando es con tía. Todo el mundo sabe eso. Pero esto es cuestión de negocios.

Señalo a la bolsa de ropa que me queda chiquita que dejé cerca de la puerta.

—Se me ocurrió que a lo mejor yo podría vender algunas cosas que se me han quedado chicas en La Sombrilla Roja y ganarme unos pesos. Le tengo echado el ojo a unas nuevas decoraciones para mi cuarto y la plata me vendría bien.

(Con lo de «decoraciones», me refiero al nuevo muñecón, por supuesto).

Tía duda un momento. La Sombrilla Roja es su tienda de segunda mano favorita.

—Apuesto a que los mellizos también van a querer ir —añado.

—¿Y por qué no? —Hala la cadena del ventilador de techo para que las cosas se sequen más rápido—. ¡Niños! —dice, camino a la sala—. ¡Hora de vestirse! ¡Nos vamos de compras!

En menos de lo que canta un gallo, salimos con nuestras bolsas y los mellizos al retortero.

# CAPÍTULO 12

PUEDES ENCONTRAR CUALQUIER cosa en La Sombrilla Roja, desde videojuegos hasta vestidos de gala, lo mismo que en un pulguero, excepto que es bajo techo y la mercancía es más buena. Aun así, abuela siempre se queja de que compremos cosas usadas.

—¿Por qué comprar la ropa vieja de alguien? —Asegura que le recuerda cuando llegó a este país y tenía que ponerse ropas del centro de refugiados. Y no la dejes que empiece con lo de los gérmenes. Cuando los mellizos llevaron a casa un juego de tractores de aquí, abuela se los arrebató y les dio lejía hasta que el plástico se puso rosado, por si acaso eran portadores de la plaga.

Pero a tía no le importa. Dice que el precio es bueno para comprar ropas con un presupuesto ajustado, sobre todo para los mellizos, que están dando el estirón.

La tienda es pequeña y desorganizada y huele al interior de un clóset con moho. Hay unas cuantas personas delante de nosotros, así que tenemos que ponernos a mirar mientras esperamos nuestro turno. Tía ya tiene tres vestidos en sus percheros colgados sobre el hombro y ahora está mirando la selección de zapatos en busca de tenis de la talla de los mellizos y tacones para ella. Yo estoy sentada sobre mi bolsa de ropas, echándole un vistazo a mi teléfono para pasar el tiempo. Hannah me textea que está a punto de comenzar su lección de piano. Lena está recogiendo basura en la playa con el Club de la Tierra.

Justo en ese momento, Tomás corre por un pasillo con la mano metida dentro de un solo guante inflable de boxeo. Es tamaño jumbo, así que lo hace lucir como una caricatura, ya que sus brazos son tan flacuchos. Axel viene detrás con el otro guante puesto. Las dos mitades de un sándwich malo. Sin ni siquiera advertirme, cada uno toma impulso y me pega un gancho en la espalda. Mi teléfono salta por los aires.

—¡*Pow!* —dice Tomás.

—Vas a hacer que nos boten de aquí de nuevo —advierto mientras ambos se preparan para asestar el próximo golpe.

—*¡Pow! ¡Pow!* —responde Axel mientras me da una combinación uno-dos. Luego se vuelve a tía—. ¡Queremos esto!

Tía levanta la vista de un par de tacones que ha estado considerando. Son zapatos rojos de charol y tienen lacitos en la correa del tobillo.

—¿Guantes de boxeo? Mi amor…

—¡Por favor! —dice.

Tía le da un vistazo a la etiqueta con el precio, que está pegada a un pulgar, y lo considera.

—Está bien —dice.

Se me cae la quijada mientras me paso la mano por el costado. Daño renal, aquí me tienes.

—¿Tú acaso te imaginas lo que ese juguete va a representar para mí? —Le suelto una mirada suplicante mientras ellos salen a la carrera para molerse a golpes un poco más—. En caso de que no lo sepas, su juego favorito es «Matar a Merci, la Gigante Fea». Eso incluye bates de plástico.

Ella descarta mi preocupación.

—Relájate. A ellos se les olvidará esa cosa tonta dentro de un día. —Entonces alza los zapatos—. ¿Veredicto?

Recojo mi teléfono del piso. Algunas de las niñas en la escuela dicen que se van a poner tacones para el Baile de los Corazones, ya que no tenemos que ponernos el uniforme. Me pregunto si sus zapatos serán como estos, todo puntiagudos y que dificultan el caminar, así que se van a mover como Tuerto aquella vez que se paró encima de la masilla mojada. Yo no tengo idea de cómo nadie es capaz de mantener el equilibrio en tacones como estos, muchos menos bailar. Los zancos de yeso serían más fáciles.

—¿Lacitos? —digo y niego con la cabeza—. Para decir verdad, eso no es lo mío. Y, de todos modos, ¿para ir a dónde te los vas a poner? ¿A la panadería?

—Una nunca sabe —dice en voz baja. Entonces echa un vistazo a mis manos vacías—. ¿Y no quieres escoger algo para ti?

Miro la larga fila de ropas y suspiro. Esto es abrumador, que es como me siento cuando pienso en ropas o maquillaje. Además, ¿yo debería siquiera comprar ropas aquí? He escuchado que algunos niños en Seaward compran las ropas en Goodwill. ¡Niños ricos! Lo hacen a propósito, porque han puesto de moda ponerse pantalones a cuadros que pertenecían al abuelo de alguien. Pero no creo que sería lo mismo para mí. Estoy bastante segura de que si alguien supiera que yo compré ropa de segunda mano, solo dirían que parezco una pordiosera.

—No sé cómo hacerlo —digo.

—¿Cómo que no sabes *cómo* hacerlo?

Cuando le pongo la mirada en blanco, se me acerca y echa unos cuantos percheros hacia atrás.

—Mira.

Saca un par de *jeans* blancos muy estrechos y comprueba la talla. Luego encuentra una camiseta, con un nudo en la cadera, y la sostiene delante de mí.

—Le añades un par de Jordans y el pelo bien arreglado y tienes tremendo *look* —dice—.

¿Pelo bien arreglado? ¿Un *look*? Miro fijamente nuestro reflejo en el espejo e intento imaginarme en estas ropas. Toda la semana me pongo una chaqueta con un pañuelo al cuello. En los fines de semana, es estrictamente, *shorts* y camisetas, excepto en los días más frescos, en los que uso *leggings*.

—Dale. —Y me indica a las cortinas del vestidor—. Pruébatelos. Es algo que te puedes poner cuando vayas al centro comercial...

—¿Tú quieres que yo me arregle para ir al *centro comercial*? Eso es una tontería.

Pero incluso cuando lo digo, pienso en las muchachas que Lena, Hannah y yo vemos cuando vamos a Gardens Mall. Algunas son de Seaward. Suben *posts* de lo que compran a Insta. Atuendos, aretes, brillo de labios...

—Es solo un ejemplo, niña. Te puedes poner estas ropas cuando vayas a algún lugar elegante.

—Yo no voy a ningún lugar elegante.

—Bueno, ¿y ese baile al que vas a ir?

Mami le debe haber dicho. Como de costumbre, en esta familia hay absolutamente cero privacidad. No te puede caer un catarro ni puedes comenzar a usar ajustadores o suspender una prueba o ser reclutada para un baile tonto sin que esto se convierta en la noticia del momento que ellos susurran a tus espaldas.

—¿El Baile de los Corazones? —De solo decirlo en voz alta me provoca arcadas—. Es en el gimnasio. ¿A santo de qué hay que vestirse elegante para eso?

Ella sonríe.

—Esta combinación sería perfecta. De hecho, estoy tan convencida de eso que te la voy a comprar. —Entonces me suelta una mirada pícara—. ¿Y a quién le toca la suerte de acompañarte?

Me enojo con ella de inmediato. ¿Qué es esto de que los adultos se entrometan en tu vida amorosa? O dicen que eres demasiado joven o te hacen preguntas como esta y te sonríen con esa risa superbabosa. Además, no te explican nada útil, como, por ejemplo, si alguien te invita y dices que sí, ¿acaso eso quiere decir que también tienes que estar dispuesta a besarlo? Creo que no, pero tampoco es que le vaya a preguntar. Porque me dirá: «¡Tú eres demasiado joven!».

—No te hagas ideas —digo—. Voy conmigo misma, tía. Yo soy la fotógrafa, así de sencillo. Además, yo no bailo, ¿lo recuerdas? Yo no soy como tú.

—¿Qué tú dices? Tú tienes doce años. ¿Cómo tú sabes lo que te gusta y lo que no? —me dice.

Le achico los ojos.

—Sé bastante…, sobre todo que no me gusta bailar.

Me vuelvo a considerar en el espejo cuando una de las vendedoras nos saluda con la mano desde el principio del pasillo.

—Estamos listas para ustedes, damas —dice—. Gracias por esperar.

Justo en ese momento, un dardo de poliespuma atraviesa el aire y le da en las sienes. Los mellizos corren por el pasillo, chillando por haber dado en la diana. Encontraron escopetas de Nurf en una de las cestas.

—Lo siento —dice tía.

—Mira lo grandes que están ahora —dice la vendedora a regañadientes. Es obvio que está enmascarando algunos sentimientos propios, pero a duras penas.

Aun así, tía sonríe espléndidamente.

—Sí que lo están —dice—. Vamos, muchachos. Es nuestro turno.

# CAPÍTULO 13

NO SÉ CÓMO NO lo vi venir.

Simón ya está en Las Casitas cuando regresamos. Está aquí para reparar el estuco en la casa de tía, ya que el clima se ha calentado lo suficiente como para poder trabajar de nuevo.

O eso dice él.

Más que nada, él ha estado hablando con tía.

Yo estoy en el cuarto de costura de abuela, al que se supone que yo debo poner orden, cuando escucho su voz. Mami y yo siempre venimos los fines de semana para ayudar con los quehaceres de los que ya ella no se puede hacer cargo: recoger alfileres del piso, doblar las colchas después de lavar la ropa, pasar la aspiradora. Terminé de recoger los alfileres superrápido para poder ver un video en YouTube acerca de las características avanzadas de la aplicación de fotos del IMA Paparazzi. Estaba recibiendo algunos buenos consejos cuando ellos me interrumpieron.

Él está hablando con tía Inés en el lado de su casa que está más cerca de la de abuela. La ventana está abierta para que entre el aire fresco, así que no estoy fisgoneando. ¿Acaso es culpa mía que tengo oídos?

Me deslizo a un lado de la Boba, la maniquí de abuela, y echo un vistazo a través de las persianas.

Sus implementos de pintura están todos muy bien organizados cerca de la pared… y sin tocar, según noto, cosas que no es su estilo. Él siempre es el primero en empezar un proyecto, siempre el que trabaja más horas y el que hace la mejor labor. ¿Qué diría papi si lo viera holgazaneando?

Doy una ojeada y noto que los mellizos tampoco están por el patio. A lo mejor están en un trance, jugando videojuegos adentro. Así que son solamente tía y Simón. Solos.

Estoy a punto de llamarlo y preguntarle si él y papi pudieron encontrar un terreno vacío para el juego de mañana, tal y como querían, pero algo me detiene cuando veo del modo en que están parados. ¿Qué es diferente? Es como mirar uno de esos acertijos en los que tienes que encontrar la cosa que no es igual entre una foto y la otra.

Miro cuidadosamente durante un minuto, detalle tras detalle, y entonces por fin lo veo. Están parados demasiado cerca, o sea, muchísimo más cerca de lo habitual.

Tía se cubre los ojos del sol y le irradia su más radiante sonrisa.

—Ya sé, pero es que hoy es tu día de descanso. ¿No te gustaría hacer otra cosa en tu tiempo libre? —pregunta ella con dulzura.

Simón se recuesta contra la casa, con una sonrisa.

—Aquí es donde quiero estar: pintando la casa de una hermosa dama.

¿Tía *es* una hermosa dama? Nunca he pensado mucho en eso. Ella es solo mi tía, la mamá de los mellizos, Inés. Tía se ríe de una manera que es nueva. Se pone un pelo suelto detrás de la oreja.

—¿Y tú qué? —pregunta Simón—. Apuesto a que hay cosas que te gustaría hacer cuando no estás trabajando.

Mantienen las voces bien bajas, como si no quisieran que nadie los escuchara. Simón se inclina más cerca de ella, con una cara que no reconozco. Así que me deslizo un poco más cerca de las persianas, metiéndome entre la Boba y la pantalla mosquitera. Siento que las orejas se me estiran más mientras escucho. ¿Qué está diciendo él que tiene que ser susurrado? Entrecierro los ojos e intento leerle los labios.

Otra vez la risa de tía.

El corazón me palpita. Es culpa del Abre Caminos. Debería venir con una etiqueta de advertencia. *Posibilidad de inapropiados encantamientos amorosos. Descontinúe el uso si se presentan los siguientes síntomas: miradas sensibleras, sonrisitas, aceleración de los latidos del corazón, incapacidad de concentrarse.*

—¡Merci! ¿Todavía no has terminado por aquí? Me hace falta ayuda con la ropa.

Doy un brinco al encontrar a mami en la puerta del cuarto de costura. Me alejo un paso de la ventana y cojo un alfiletero cualquiera.

—Lo siento —digo—. Se demora un poco en encontrar todos los alfileres que abuela deja caer al suelo.

Pero mami es demasiado inteligente para esa excusa. No hay un alfiler en el piso, así que se me acerca a ver qué me ha robado la atención. Cuando mira hacia afuera y ve a tía y Simón, cierra la ventana y se vuelve hacia mí, con las cejas enarcadas.

—¿Qué te dije acerca de darle privacidad a la gente? —murmura—. No deberías andar escuchando a escondidas.

Yo le frunzo el ceño.

—Yo solo estaba sentada aquí cuando sus voces entraron flotando, mami —digo—. Tampoco es que yo vine a espiar. Además, si le doy privacidad a la gente, ¿cómo me voy a enterar de lo que pasa por aquí?

—A lo mejor a ti no te hace falta saber todas las cosas. ¿Acaso se te ocurrió eso?

—¡Yo no tengo seis años! —Con rabia, señalo bruscamente con el pulgar hacia la ventana—. Yo veo que se gustan.

—Muy bien. Entonces, eso es lo único que te hace falta saber. El resto es un asunto personal de tu tía.

Me quedo boquiabierta.

—¿Desde cuándo tenemos asuntos personales en esta familia? ¡Abuela nos envió ciruelas la semana pasada cuando oyó que papi estaba estreñido!

Mami camina hasta la puerta y me la abre.

—La ropa te espera.

Me paso la tarde recreando lo ocurrido en mi mente, mientras Simón trabaja afuera.

Es solo más tarde, mucho después de que él se ha ido y los vapores de la pintura fresca por fin comienzan a abandonar el patio, que doy con la repugnante verdad. Tía y mami están en la cocina de abuela llenando el pastillero de Lolo mientras él y yo jugamos dominó en la habitación de al lado. Me inclino sobre mis fichas, fingiendo que considero mi jugada, pero en realidad me están creciendo los orejas de nuevo.

Se acerca el Día de San Valentín, le dice tía. Ella y Simón por fin tienen una cita para salir.

—Eso es fabuloso, Inés —dice mami—. Creo que ya es hora de que te permitas divertirte un poco.

Ni siquiera levanto la vista cuando las dos estallan en risitas tontas.

¿Cómo era aquello de «métete en tus propios asuntos personales»?

# CAPÍTULO 14

LOLO Y YO SOLÍAMOS ir en bici a El Caribe los domingos. Teníamos la tarea de buscar el pan y los postres de nuestras cenas de los domingos. Ese tiempo era nuestro, solo él y yo, sin los mellizos robándole la atención, sin abuela diciéndonos qué hacer.

Ya Lolo no monta bicicleta. Se le olvida cuándo frenar o hasta cómo mantener el equilibrio al doblar. En los días buenos, lo dejábamos montar en casa y dar una vuelta alrededor de Las Casitas. Pero hace unos meses, chocó con el árbol de toronja y, desde entonces, abuela ha tenido su bici encadenada en la caseta.

Supongo que debería alegrarme de que abuela confíe en mí para que vaya sola en bici a la panadería. Pero la verdad es que, sin Lolo, esto es más un quehacer común y corriente que la diversión que solía ser. Me siento sola al no tenerlo a él para hablarle.

Sobre todo hoy.

Tomo mi bici de la entrada y seco el sillín con mi camisa. Anoche la volví a dejar afuera. Por suerte, me desperté antes que mami o de lo contrario me iba a poner como un zapato viejo porque me la podían haber robado o, peor, porque nunca me hago cargo de nada, lo que no es verdad. Para ella, todo lo que yo poseo tiene que durar por años. Las blusas de la escuela. Las mochilas. Los tenis. Y, por sobre todas las cosas, las bicicletas. De hecho, me dijo que habían comprado esta en la talla de los adultos para que yo pueda montarla incluso cuando sea mayor.

—Te va a durar si la cuidas —dijo. A mí me encanta mi bicicleta, pero madre mía. Apuesto a que más nadie en Seaward Pines tiene que preocuparse por la suya como yo. Si la bici se les queda chiquita o simplemente se cansan de ella, pueden comprar una nueva sin armar tanto rollo. Yo no puedo.

De todos modos, Lolo ya está despierto y en la mesa de la cocina cuando yo paso a recoger la lista de abuela. Tan pronto entro, me tengo que tapar la nariz. La habitación entera todavía huele a alcanfor y eucalipto y la piel le brilla con VapoRub. Aún tiene puestos los piyamas y está envuelto en una colcha hasta el mentón. Un tipo de té fangoso está sin tocar y enfriándose en la mesa frente a él.

—Hola, Lolo —digo y le tiro un beso.

Él levanta la vista hacia mí y tose un poco.

—Preciosa —dice.

—¿Una de las pociones de la señora Magdalena? —Huelo su taza mientras me siento. Corteza y algo asqueroso.

Él la mira fijamente y luce muy decaído mientras asiente con la cabeza.

Aguzo el oído para escuchar a abuela. Está en la ducha. Así que me apuro y nos caliento un poco de leche en el microondas. Luego la mezclo con un poco de azúcar y café instantáneo, como a él le gusta.

—Toma —digo y empujo una de las tazas hacia él—. Pero nos tenemos que apurar.

Me da una palmadita en la mano mientras me siento a su lado para bebernos nuestros cafés con leche. Ninguno de los dos decimos nada durante un largo tiempo, pero en mi interior, los pensamientos se revuelven y tienen que salir. Así que me inclino hacia adelante y susurro, con la esperanza de que hoy sea uno de los días buenos de Lolo.

—Tía tiene una cita con Simón para San Valentín. ¿Escuchaste? Es decir, todos sabíamos que se gustaban, pero… —Me encojo de hombros dramáticamente.

Lolo se da un buche largo.

—¿Simón?

Me sube un aire frío por el espinazo. Lolo solía ir a trabajos con papi y Simón. Se ha sentado al lado de Simón durante la cena en muchas ocasiones. ¿Cómo puede desaparecer de tu memoria alguien a quien ves todo el tiempo?

—Sí. Simón. El que trabaja con papi. Nuestro amigo. —Busco en mi teléfono y le muestro una foto de las Navidades pasadas. Simón está en nuestro patio con una bengala.

Lolo asiente con la cabeza y se toma otro buche, pero no dice nada más.

Miro fijamente a las moscas de la fruta que bailan alrededor de los platanitos en la cesta de alambre. *Llamando al viejo Lolo. Responde, Lolo. ¿Me copias?*

—¿Qué pasará sí tía se enamora y todo eso, Lolo? —pregunto en voz alta. No añado todas las demás cosas que revolotean en mi mente. *¿Y qué hay de los mellizos? ¿Simón querrá darme órdenes como si él fuese mi tío? ¿Y tía aún tendrá tiempo para mí?*

Lolo tose un poco y se aprieta la colcha más alrededor de los hombros.

—No sé —dice.

Espero que diga más, y me pregunto si él en realidad entiende lo que le estoy preguntando.

—No sé nada —dice. Luego me toma la mano en sus dedos de papel y me la aprieta.

Yo me tomo un largo buche de café, aunque el calor me quema la lengua.

Hay un juego de fútbol después de la cena. Jugamos contra un equipo de mamposteros de Lantana. Mami me deja venir ya que el terreno está cerca y porque al equipo de papi le faltaba un jugador y él se lo suplicó. Ahora deseo que no me hubiera dejado.

—Pon la cabeza en lo que estás haciendo, Merci —me dice papi.

Él y Simón han venido al trote hasta mí después de que fallé otro gol, el tercero seguido. La tiré muy por afuera y demasiado alta en esta ocasión, como si no tuviera control en lo absoluto.

—Lo siento —les digo.

—Presta atención a la cancha, como te dije. Podías haber pasado un centro —dice—. Teníamos a un hombre en posición. —Le da una dura palmada a Simón en la espalda. Trato de no fulminarlo con la mirada. ¿Van a actuar como hermanos ahora que Simón y tía se traen lo suyo?

No miro a Simón. Yo *sabía* que él estaba en posición, por supuesto. Solo que no quise darle el pase. Por lo general, Simón y yo jugamos muy bien juntos, nuestros ojos se encuentran una fracción de segundo antes de que yo driblee a un defensa y luego le pase a él para el gol. Pero todas esas risitas tontas al lado de la casa lo han cambiado todo. Le echo un vistazo a sus manos: manos que podrían sostener las de tía. Así de un golpe, se ha convertido en el novio de tía y no sencillamente en un jugador de fútbol. Siento que me han dejado fuera.

—Dije que lo sentía —digo irritada.

Papi le echa un vistazo a su reloj y hace una mueca. Tuvo que trabajar duro para que mami me dejara jugar hoy y ¿cuál es el saldo? Estamos perdiendo tres a cuatro, con tan solo cinco minutos antes de que todos tengamos que irnos. Pero si perdemos, de regreso a casa, papi tendrá que comprarles cerveza a los mamposteros. Esa es la regla y no es barato. Yo sé que él no quiere gastar dinero.

—¿Todo bien? —pregunta Simón—. No pareces tú misma.

Lo miro con frialdad. Nada está bien, pero no voy a decir por qué, especialmente no delante de papi, que es alérgico a cualquier idea de mí pensando en cosas del amor. Además, ¿qué le diría? «¿Detesto que tú y mi tía se miren con esos ojos locos de amor?». ¿Cómo puedes estar celosa de alguien que quiere a alguien a quien tú quieres? Ya sé que es ridículo, pero no puedo evitarlo ni un poquito.

¿Y si hay besuqueo? Qué asco. No puedo ni siquiera

132

mirarle a la cara en caso de que mis ojos se queden pegados a su boca. Le echo un vistazo a la banda, donde Vicente se ha estado parando de cabeza y haciendo otros trucos para matar el tiempo, mientras se envía mensajes de texto con una de las tantas muchachas que le gustan.

—Pongan a Vicente —digo—. Luce aburrido.

Papi y Simón intercambian miradas.

—No, Enrique —dice Simón. Él jugó toda la primera mitad. —Me mira a mí—. Es tu turno. ¿No quieres jugar?

—Estamos perdiendo —digo—. Y yo no estoy siendo de mucha ayuda.

—¿Qué te dije de no darte por vencida? —dice papi—. ¿Y del trabajo en equipo?

Veo que no van a ceder ni un ápice, así que paso a medidas desesperadas.

—Es solo que no me siento bien, ¿OK?

Es un truco sucio, lo sé. Pero esas son las palabras mágicas para hacer que papi me deje en paz en estos días. Él siempre supone que si no me siento bien está relacionado con mi menstruación, que, sí, todos en mi familia probablemente han hablado de eso. Papi es alguien que ni siquiera puede colgar ajustadores y blúmeres en la tendedera sin sentirse incómodo.

Se pone los dedos en los labios y silba para llamar la atención de Vicente. Luego se vuelve a mí.

—No vas a jugar —dice—. Bébete algo frío.

Salgo de la cancha y me siento sobre la nevera con las espinilleras zafadas a mirar el resto del partido. Vicente da la talla, por supuesto, con esos pies rápidos y esas piernas musculosas que Hannah siempre nota. Dios mío. ¿Y si Simón y Vicente se vuelven parte de nuestra familia? Ya era suficientemente malo tener que compartir la vida con un supercerebro. Luego tengo que lidiar con ser la compinche de un dios del fútbol que es además un supermodelo.

No le cuesta mucho meter un gol. Driblea el balón y se le va a un defensa. Luego asiste a Simón para el segundo gol, un precioso disparo al ángulo que cae justo encima de la cabeza del portero. Cuando marcamos, nuestros jugadores estallan en vítores. Simón le frota la cabeza a Vicente con los nudillos y por un segundo me siento mal por haberlo odiado.

Después de eso, todos salen de la cancha y cogen sus botellas de agua y sus toallas.

—¿A dónde vamos? —pregunta Junior, el capitán de los mamposteros, al estrechar la mano de papi.

—¿Yo? A ningún lado. Tengo a la chamaca —le dice papi—. Llévate a mis muchachos a que se tomen un trago si quieres. Se lo han ganado.

Se dicen bravuconadas con respecto a la próxima vez

mientras todos se dirigen a sus carros, pero yo no me uno a ellos. Empaco nuestras cosas en silencio.

Simón se limpia la cara. Tiene la camiseta toda sudada y el pelo le gotea más que cuando hicimos un trabajo de pintura a la intemperie en agosto. Vicente se echa una nevera de poliestireno al hombro.

—Que te sientas mejor, Merci —me dice Simón. Camina de espaldas unos pasos, esperando a que le responda.

Papi me frunce el ceño y me da un empujoncito.

—¿No lo escuchaste? —pregunta en voz baja y severa. Ser maleducada no es permisible en sus reglas.

Así que le doy un rápido vistazo a Simón y le digo:

—Gracias.


Al menos papi no habla en el trayecto a casa, del modo que mami lo haría, y lo agradezco. Pone la radio y yo miro por la ventana durante todo el viaje. Cuando por fin llegamos, veo a tía a través de las persianas abiertas de nuestra ventana del frente. Está en nuestra casa y les lee a los mellizos en el sofá. Ellos se chupan los dedos y la escuchan. Tomás le tiene puesta la mano en la mejilla mientras ella pasa las páginas del libro. Pronto ella los volverá a acurrucar en la cama de Roli y los dejará que duerman aquí la noche.

¿Los voy a echar de menos si ella y Simón se casan y se mudan? El pecho se me aprieta. Los ojos se me aguan.

Papi se vuelve a mí.

—No luces muy bien —dice—. ¿Tal vez se te ha pegado el catarro de Lolo?

—¡No tengo el catarro de Lolo! —Me limpio la nariz y abro la chirriante puerta de la camioneta de un tirón. Luego me apresuro para entrar a la casa.

# CAPÍTULO 15

TENEMOS UN MONTÓN de cosas en el maletero del carro de mami para el Fab Lab, que es como llamamos a nuestro laboratorio fabuloso. Ese es nuestro taller de creación. El Fab Lab tiene una impresora de 3D y cosas digitales, como la biblioteca del pueblo, pero también tiene herramientas eléctricas que puedes tomar en préstamo si recibes entrenamiento, dos máquinas de coser y una cabina de audio en la que podemos hacer pódcast en vez de escribir reportes de libros. Los estantes están llenos hasta el tope con porquería, como tuberías de PVC, hueveras, telas, pedazos de madera y cinta adhesiva. El trabajo de Hannah es organizarlo todo. Ella es una de las supervisoras de los suministros como parte de su tarea de servicio comunitario, así que recibe las donaciones y se asegura de que todo sea colocado en su sitio después de que la gente termina sus proyectos. No es un trabajo malo, dice, a no ser que el equipo de robótica de la escuela superior esté aquí con todas sus placas de circuito y sus piezas de LEGO. Se ponen mandones porque son mayores, como cuando comen aquí, incluso luego de que ella les recuerda que no deben hacerlo. Se lo tuvo que decir a la señorita McDaniels y todo, lo que es difícil para Hannah. Ella detesta discutir con nadie.

Mami pone el carro en *park* y se baja cuando entramos en la rotonda para dejar y recoger a los estudiantes, aunque sabe que eso me incomoda. Lleva puesta su ropa quirúrgica con cupidos por todas partes, su favorita para febrero.

—¿Tenías que ponerte eso? —pregunto.

Ella se mira a sí misma de arriba abajo.

—¿Qué tiene de malo?

—Es que hay ropa quirúrgica perfectamente decente sin ángeles desnudos con arco y flecha. El Día de San Valentín no es hasta dentro de dos semanas.

Ella mira al cielo y suspira profundamente.

—¿Y a ti qué te pasa estos días?

Así como así, yo sé que ella y papi han estado hablando de mis supuestos estados de ánimo.

—¡Nada! —le digo—. Yo solo pienso que ponerse querubines desnudos es un poco tonto.

—Lamento escuchar eso. —Me da la caja de su maletero, con los labios apretados en una línea fina—. Aquí tienes. —Cuando se inclina para darme un beso, como siempre hace, tomo la caja y me doy la vuelta rápido. Las demostraciones públicas de afecto están bien para la primaria, pero ya no. ¿Cómo ella no sabe eso?

—Chao —digo, y me apresuro para entrar.

La caja está llena de CD que ella encontró mezclados con sus cosas de la escuela nocturna. Ella ha estado en un maratón de limpieza últimamente. Me pregunto en qué se convertirá esta basura. Los estudiantes del curso de Arte IV hicieron mosaicos con CD rotos el año pasado. Algunos de los verdaderamente buenos todavía están colgados en la galería frente a las oficinas administrativas. A lo mejor, estos también se convertirán en algo por el estilo.

A Hannah, Lena y a mí nos encanta trabajar en proyectos en el Fab Lab cuando no hay nadie por estos lares, que por lo general es después de la escuela. Nuestro mejor invento hasta ahora fue el robot reciclador para el Club de la Tierra. Hannah quería asegurarse de que la gente reciclara sus latas y botellas en vez de tirarlas en el cesto de la basura en la cafetería. Los letreros que nos recuerdan que una lata de aluminio puede tomar unos 200 años en descomponerse en un vertedero, por lo visto, no bastaron. Así que hicimos un contenedor enorme que luce como un robot espacial. Usamos un viejo latón de basura para el cuerpo y un cubo para la cabeza. Tubos flexibles de papel de aluminio (de papi) se convirtieron en los brazos. ¿La mejor parte? Cuando se abre la boca, una pequeña grabación dice: «La tierra te da las gracias». Los sangrones del club de robótica nos ayudaron con eso luego de que la señorita McDaniels les dijera que tenían que hacerlo por haber roto las reglas de no comer en el Fab Lab.

Por desgracia, Lena, Hannah y yo no hemos estado ahí últimamente. No puedo ir durante el almuerzo, a causa de la Tienda de los Carneros. Hannah ha estado ocupada en las tardes con el Baile de los Corazones. Y Lena sale para sus anuncios matutinos tan pronto su papá la deja en la escuela. Tenemos que esperar a un periodo de estudio o por un pase especial para venir ahora al laboratorio.

La puerta no tiene echado el cerrojo cuando yo llego, y escucho voces.

—¿Hola? —digo al entrar. Me llega la luz del último espacio que está a la vuelta de la esquina, detrás de las bambalinas, así que me acerco.

Es Hannah.

Está parada frente a una mesa de trabajo con Edna.

Cada una está armada de un salero lleno de brillantina que ambas apuntan a un enorme cartón acorazonado, que supongo que será para el Baile de los Corazones. Pero las dos se ríen juntas tan alto que no escuchan cuando entro.

—Hola —digo de nuevo.

Hannah se da la vuelta.

—Ah, hola, Merci —dice mientras intenta recuperar el aliento. Tiene las mejillas rojas y algunos puntitos de brillantina están pegados en sus brazos. Edna no dice ni pío.

Me acerco un poco más.

—¿Qué es tan cómico?

—Nada —dice Hannah, pero la cara se le pone rosada y se ríe un poco por la nariz.

—Besarse —suelta Edna.

Hannah le tira un puñado de brillantina a Edna.

—Qué asco —dice Hannah, y entonces las dos estallan en risitas una vez más.

¿Qué tiene de cómico besarse? Recuerdo las dos versiones que Edna nos contó en detalles grotescos en el taquillero no hace mucho. Casi me dieron ganas de vomitar. Su hermana se lo había dicho todo, dijo, mientras nos apilábamos cerca de las duchas no usadas para escuchar. Hay besos secos y mojados, todo depende, y las lenguas podrían estar involucradas. Este año a Edna le gusta un muchacho llamado Brent, de octavo grado, que tiene músculos y la sombra de un bigote, como si fuera un estudiante de la escuela superior. Da un poco de miedo mirarlo. A lo mejor ahora ella sabe de verdad en qué consiste besarse.

—¿Quién se va a besar? —La caja en mis manos se siente más pesada de repente mientras mantengo la vista en Hannah. Estoy pensando una vez más en tía y Simón.

—Yo *no* —dice Hannah y siento una ola de alivio.

—Por supuesto que no —digo.

Edna se encoge de hombros.

—Bueno, tendrás que besar a alguien en *algún* momento —dice—. Todos lo hacemos. Ya casi tenemos trece años.

La miro fijamente y pienso *¿y eso acaso es una ley?*

Hannah mantiene la vista hacia abajo en el corazón que está decorando y considera las áreas descubiertas. Tiene las mejillas coloradas.

—¿Qué hay en la caja? —me pregunta de pronto.

La sostengo mientras ella echa un vistazo en el interior y saca un CD.

—Oh. Podríamos hacer esculturas móviles. Brillarían en la pista de baile. —Me mira—. ¿Quieres quedarte hoy después de la escuela y trabajar en eso conmigo?

Edna abre el pico antes de que yo pueda responder.

—¿No te parece que ya tenemos suficientes decoraciones, Hannah? —dice—. Además, esos CD lucirían demasiado pequeños y baratos colgados desde el techo del gimnasio. —Me echa un vistazo—. Sin ánimo de ofender.

El timbre de advertencia suena y Edna agarra su mochila. Le hace un puchero a Hannah y emite unos sonoros ruidos sentimentales mientras camina hacia la puerta.

—Adiós, Hannah-Hannah-Bo-Bana —canta.

Hannah se ríe. Luego mira al reloj y se queda boquiabierta.

—*¡Agh!* Solo tenemos unos minutos para llegar a nuestro salón de clase. ¿Me ayudas a organizar esto, Merci? No quiero llegar tarde.

Le doy un vistazo a Edna y me pregunto por qué *ella* no se quedó para ayudar y por qué a Hannah parece no importarle.

Hannah se pone las pilas y coloca mi caja de CD en el estante mientras yo me muevo en lo que parece cámara lenta para poner las botellas de pegamento de vuelta en su sitio. Ella agarra la escoba y el recogedor y comienza a barrer. Mientras tanto, recuerdo el año pasado cuando Edna destruyó el disfraz que abuela me ayudó a hacer para Michael Clark, y como Edna invitó a todos excepto a mí a una fiesta de piyamas. ¿Por qué a Hannah le cae bien? ¿Por qué ella está en este estúpido comité?

—¿Y ahora tú y Edna son amigas? —Suena como si la acusara. *¿Vas a empezar a besuquearte con la gente?* es lo que le quiero preguntar.

Hannah suelta la escoba y mueve los corazones al tendedero. Luego se vuelve hacia mí.

—Estamos en el comité del baile. Eso es todo.

—Ella es mandona y horrible —puntualizo.

Hannah dice:

—A veces, sí. Pero no siempre. Además, declaramos una tregua, ¿lo recuerdas? Tú también tienes que intentarlo.

Me planto en mis trece.

—Ya a casi nadie le cae bien —digo—. Ni siquiera a Rachel.

Hannah se hala el pelo nerviosamente.

—Merci, eso es cruel.

—Pero es verdad.

Antes de que Hannah pueda discutir, la voz de Lena llega a través de los altoparlantes para comenzar los anuncios matutinos. Hannah apaga las luces y nos damos prisa por el pasillo.

—Buenos días, Carneros. Somos Lena Cahill y Darius Ulmer. Hoy es *Tater Tot Day*, el día nacional de la patata.

Les pide a todos que se pongan de pie para el juramento a la bandera. Hannah y yo nos quedamos congeladas en nuestro sitio, como se supone que hagamos. Sin embargo, no veo una bandera por ninguna parte, así que tenemos que simular. Nos ponemos las manos en nuestros corazones y prometemos lealtad al aire.

# CAPÍTULO 16

**JUSTO ANTES DEL TIMBRE** del almuerzo, abro la puerta de la Tienda de los Carneros y cuelgo mi mochila al lado de la de Wilson.

—Tengo una idea para más mercancía —le digo—. Memorias USB. Las podríamos tener en unos días si las ordenáramos esta misma tarde.

Wilson está sentado en el borde de una silla en la esquina, dándome la espalda, como si estuviera castigado. Solo tiene un zapato puesto. Su media está hecha un rollo y su aparato ortopédico está en el suelo.

Me le acerco.

—¿Qué haces?

Pega un brinco y alcanza su media rápidamente.

—Nada.

Intento no mirar el aparato. Pero tampoco es como si yo nunca hubiese visto uno antes. Algunos de los pacientes de mami también los usan. El de Wilson tiene una correa negra que se amarra por encima del tobillo con velcro; la otra correa va alrededor del arco de su pie. Un broche ajustable las conecta, como en una mochila.

Me cruzo de brazos.

—¿Nada? ¿O solo que sacaste las patitas a coger aire? —Le miro los pies. Tiene dedos largos y muy flacos.

—¿Y tú por qué te metes en mis asuntos? —pregunta—. Eso es feo.

—No tan feo como la peste a sicote. —Muevo la mano delante de mis narices.

—Que yo no tengo —dice—. A diferencia de alguna gente que yo conozco.

Probablemente tiene razón. Tengo puestas las medias de ayer y ni siquiera me las cambié para educación física.

—Vale, está bien —digo—. Pero en serio. ¿Qué haces?

Suspira y se cerciora de que estemos solos.

—Mis ejercicios, ¿OK? No tuve tiempo esta mañana y me tengo que quitar el aparato para hacerlos. Se supone que me fortalezcan el tobillo y la cadera, para que tenga más equilibrio.

—Oh. —Pienso en él en el gimnasio, en cómo a veces

parece como que se irá de bruces cuando se mueve demasiado rápido. Ahora me siento como una imbécil por ser tan entrometida.

Así que le ofrezco una rama de olivo.

—Yo también hago ejercicios estúpidos —le digo—. *Verdaderamente* estúpidos.

Me suelta una mirada escéptica y me mira los mocasines.

—No es mentira —digo—. Los míos son para el ojo. Así, por ejemplo. —Tomo un bolígrafo de mi mochila y demuestro el movimiento del trombón, cruzando y descruzando los ojos.

—Eso es ridículo.

—Sí. Eso fue lo que ya dije.

—¿Todos los días?

—Anjá. Y esto no es algo que yo tampoco pueda hacer a la hora del almuerzo —le digo—. Entonces, ¿cómo lucen los tuyos?

Wilson suelta un suspiro. Se desabrocha el aparato que ya se había vuelto a poner y el pie se le cae hacia adelante. Entonces se aguanta la pierna para mostrarme.

—Haces el alfabeto —dice. Hace una *A*, una *B* y una *C* en el aire, como si su dedo fuese un lápiz—. ¿Quién quiere hacer esto delante de la gente? Es material de burla garantizado.

Asiento con la cabeza. Triste pero cierto. Cualquier imperfección puede ser usada en tu contra. A veces los muchachos se quejan de que no saben si les estoy hablando porque mi ojo se extravía.

Despacio, levanto una pierna en el aire e intento hacer una A. Wilson se queda muy quieto y me mira hasta que llego a la D.

—Si vamos a ser precisos, deberías estar descalza —dice.

Me quito el zapato y la media, rezando que mis pies no apesten mucho a vinagre. Tan solo un poquitico, decido.

Comenzamos a mover nuestros pies para hacer las letras. Yo empiezo a cantar la canción del abecedario, como a veces hago con los mellizos. La letra W resulta difícil de hacer sentados, así que decidimos acostarnos de espaldas y hacer la prueba con las dos piernas a la vez. Es como conducir una orquesta con tus pies.

En poco tiempo lo convertimos en un juego. Uno de los dos escribe y el otro adivina la palabra o la oración.

Él escribe: *Hola, Merci.*

Yo escribo: *Asere, qué bolá.*

Él escribe: *Mocosa.*

Yo escribo: *Aliento de ratón.*

Nos reímos con ganas y nos divertimos un mundo hasta que escuchamos el chirrido de las sillas de metal.

Wilson se sienta y se abrocha el aparato. Yo también me pongo las medias de un tirón y meto los pies en mis mocasines. Los dos sabemos que es hora de parar sin decir una palabra. Tenemos doce años, el último año antes de convertirnos en adolescentes, como dijo Edna. ¿Y si alguien nos hubiera visto? Nos podrían señalar con el dedo y burlase de cosas peores que mi ojo o su pie.

*Míralos,* susurrarían. *Todavía actúan como si fueran bebitos.*

O si no: *Están hablando. Él le gusta a ella. Ella le gusta a él.*

Y eso es malo porque… Bueno, yo simplemente no sé por qué.

# CAPÍTULO 17

YA EN CUARTO GRADO, MAMI me dio la gran charla respecto al amor, los cuerpos y los bebés. Tenía diagramas y todo. Yo estaba horrorizada, especialmente por todas las partes del cuerpo dentro de mí que yo no conocía y lo que se supone que hagan juntas con las de otra persona.

—¿Y yo *tengo* que hacer eso? —pregunté. Tenía el estómago que me daba brincos.

—No —dijo ella—. Pero un día serás mayor y estarás enamorada y esto no parecerá tan terrible en lo absoluto.

¿Un día? ¿Y cuándo es eso?

Pero he aquí la cosa que me saca de quicio de mami. No dijo nada acerca de las cosas de las cuales yo quería saber, como tomarse de las manos o besarse por primera vez o salir o pelearse una y otra vez como Michael y Rachel hacen todo el tiempo. O de que te gusten los muchachos o las muchachas o ninguno o ambos. Es como si se hubiera saltado la parte más importante de la historia y se metió de lleno a lo científico con palabras como *óvulo* y *esperma,* que hicieron que los pelos se me pusieran de punta. Pero igual, ¿qué va a saber mami? Ellos hacían las cosas de un modo diferente hace mucho tiempo cuando ella era joven. Vamos, que tenían que hablar por teléfono con la gente que les gustaba. No había mensajes de texto. ¡Qué incómodo!

De todos modos, ahora me estoy enterando de que «un día» no llega así de sopetón. Se te acerca sigilosamente poquito a poco, como un asesino experto. Tú estás en lo tuyo en la tienda de la escuela y al día siguiente te quedas mirando a unos labios embarrados de pastel de limón y te preguntas si habrán besado a alguien.

—¿Y tú qué miras? —me pregunta Wilson. Él ha estado leyendo en voz alta nuestras cifras de ventas mientras se ha ido comiendo bocados de mi pastel, que yo no he tocado. Yo no me di cuenta de que me había quedado con la mirada fija en el espacio, pero mi mente le ha dado vueltas a lo que Edna dijo ayer. Ella dijo que yo *tengo* que besar a alguien en algún momento. Pero ¿y quién será?

Y ahora me pregunto si Wilson está en esa lista de

candidatos. La sola idea me hace sentir como si estuviera sentada al borde del salto más grande de la montaña rusa Iron Gwazi en Busch Gardens: aterrorizada de que estoy a punto de descender en caída libre, pero de algún modo igualmente emocionada.

—¿Yo? ¡Nada! —Alejo mi silla de él y le frunzo el ceño por si acaso—. Y aléjese de mi pastel, señor. Usted ya se comió el suyo.

—Sí, pero mi pedazo era más pequeño —dice.

—Problema muy tuyo. —Una vez más, él está sentado cerca en un modo que me pone nerviosa, así que le lanzo una directa—. Y cómete un caramelito de menta, hazme el favor.

Él sonríe y exhala en mi dirección a propósito. A veces se olvida de cepillarse los dientes en la mañana y su boca huele a huevo pasado por agua. Pero ahora no. Solo huele a limón y es agradable.

—A veces eres tan asqueroso, Wilson —digo.

—Eso intento, asere. —Agarra otra cucharada del pastel.

Lo fulmino con la mirada.

¿Acaso alguien quiere besarme a *mí*? ¿Lo quiere hacer Wilson?

Más le vale que no.

Odio a Edna y todas sus reglas una vez más.

El señor Ellis debió haber notado que estamos a punto de caer en un coma gigantesco. ¿Y qué esperaba? Estamos comprobando las respuestas de nuestra prueba acerca de la identificación de minerales.

Mucha gente respondió incorrectamente la pregunta seis. Escribieron una lista de las *características* de los minerales, en lugar de cómo *identificarlos*. Pero yo no. La respuesta correcta es *color*, *lustre*, *rasgos*, *dureza* y *clivaje*. Yo no levanté la mano cuando él preguntó quién sabía. ¿Quién va a querer decir *dureza* con gente como Jason en el fondo del aula? Por estos días, él está obsesionado con chistes acerca de las partes del cuerpo de la gente, sobre todo las partes privadas. La semana pasada se puso dos vasos plásticos de los de yogurt en el pecho en el Fab Lab y dijo que eran ajustadores. Y le dieron una detención por eso.

De todos modos, justo cuando yo estaba segura de que mi cerebro se estaba fosilizando como una de sus muestras, el señor Ellis anunció nuestro último proyecto de la unidad. Vamos a hacer pasta de dientes. Tengo que admitir que el proyecto suena extrañamente divertido. Y también hay una buena recompensa. Cuando terminemos, nuestros productos serán juzgados por los niños en la clase de la señorita Kirkpatrick, al otro lado del pasillo.

Sus estudiantes no saben la suerte que tienen. Ella no les asigna ni la mitad de lo que nos pone el señor Ellis.

Tengo el pelo recogido y las gafas protectoras ajustadas, pues el señor Ellis es más serio que un cadáver en lo que respecta a los procedimientos. Nada de pelo suelto. Nada de mochilas en el piso. Nada de hablar en voz alta en caso de que haya una emergencia y nos tenga que dar instrucciones. Absolutamente nada de tocar el vidrio si algo se rompe. Y *tenemos* que ser organizados con respecto a nuestros suministros.

—A nadie le gusta un compañero de trabajo que sea desorganizado —declara. Todo es un poquito exagerado, pero al menos las gafas protectoras tienen su onda. Él usó algo de su presupuesto de suministros para comprar colores neón. Las mías son de un naranja brillante y son lo suficientemente grandes como para ponérmelas por encima de mis espejuelos normales, así que no tengo que trabajar a ciegas.

Wilson pone los suministros en una fila mientras Lena nos lee las instrucciones una vez más.

—OK, ¿dónde está el bicarbonato de sodio? —pregunta ella, levantando la vista de la tableta.

—Aquí. —Alcanzo la caja de bicarbonato de soda sin siquiera pestañear. Una vida entera con Roli me ha enseñado el vocabulario elegante para casi todo.

—Entonces creo que esto es el carbonato de calcio. —Agarra el rollo de pastillas Tums sin sabor—. Oye, mi mamá come esto todo el tiempo.

—Tenemos que pulverizarlas y hacer una mezcla pastosa —dice Lena.

Wilson deja caer las tabletas en el mortero y las machaca. Entonces Lena llena su gotero con agua.

Ahí es cuando el señor Ellis pasa para lo que él llama «observaciones en sitio», que quiere decir que anda espiando para cerciorarse de que no estamos payaseando o enviando mensajes texto a sus espaldas. Tiene puestas las gafas protectoras, con los rastas recogidos, como el resto de nosotros. Tenerlo cerca me hace sentir incómoda instantáneamente. En parte es porque algunas de las niñas tienen un enamoramiento no tan secreto con él, aunque eso sea retorcido. Él es un maestro. Pero más que nada, es porque a él le gusta calificar nuestras destrezas de laboratorio mientras trabajamos. Dice que le gusta ver cómo «resolvemos problemas como científicos». Olvídate de relajarte, como puedes hacer en la clase de la señorita Kirkpatrick. En lo que respecta a los laboratorios de ciencia, él no quiere ningún tipo de juego.

Abre su libreta de calificaciones mientras comenzamos a mezclar. Lena añade el agua a nuestro polvo y lo revuelve.

—Oh-oh —digo cuando nos muestra los resultados. De algún modo, hemos acabado con algo que parece medio lechoso. Nada que ver con una pasta en lo absoluto.

Nos quedamos ahí parados pensando por un segundo, mientras Wilson anota nuestros primeros resultados. Es un fracaso, pero el señor Ellis siempre dice que la mayor parte de la ciencia está compuesta de intentos fallidos.

—¿Siguieron las instrucciones? —pregunta el señor Ellis.

Eso quiere decir «no lo hicieron». Así que yo enciendo la pantalla de la tableta y vuelvo a leer las palabras.

—¿Cuánta agua le pusiste? —le pregunto a Lena.

—Cuatro mililitros.

—He ahí el problema. Cuatro mililitros es demasiado —digo—. Esto dice que usemos cuatro *gotas*.

—¿Eso dice?

—Buen ojo, Mercedes —dice el señor Ellis.

No levanto la vista. Yo desearía que él no mencionara ojos a mi alrededor, jamás, incluso si lo hace para ser amable. Y me gustaría que me llamara Merci como la gente normal. Cuando usa mi nombre completo, prácticamente puedo sentir que me está comparando con «Rolando».

—Probablemente queremos cero punto veinticinco mililitros o incluso menos —dice Wilson. Señala a la primera línea cerca de la punta del gotero.

—¿Puedo machacar el polvo esta vez? —Yo soy una experta con el mortero gracias a abuela, que me pide que machaque el ajo y las especias todo el tiempo cuando le brota la artritis. Esto es mucho menos apestoso.

Lena mide las nuevas gotas de agua y las añade lentamente esta vez. Por fin obtenemos una mezcla pastosa, así que Wilson saca el colorante de alimentos del contenedor para nuestro próximo paso.

—Pintémosla de rojo —dice Wilson—. La podemos llamar «Chicles sangrientos» y venderla durante Halloween o algo por el estilo.

Lena se ríe y hace su sonido de vampiro: *v-lah*, *v-lah*, *v-lah*. Edna se da la vuelta desde su mesa, en la que trabaja con Darius y Ana, los dos chivos expiatorios de este ejercicio de laboratorio. Mira lo suficiente como para poner los ojos en blanco, como si la estuviéramos irritando.

El señor Ellis toma nota.

—Innovación… —dice.

Wilson deja caer unas gotas y comienza a mezclarlas con nuestra muestra. Al principio tengo esperanza, pero entonces notamos que sin importar cuánto tinte añada Wilson, el color se mantiene de un rosado claro. Lena frunce los labios mientras Wilson sigue mezclando.

—Parece más goma de mascar que sangre —dice él.

—En el lado positivo —digo—, ¿de veras queremos

chicles sangrientos? Vamos, que nadie compraría pasta de dientes color sangre después de octubre. El mercado de temporada es un desafío. —Me vuelvo hacia Wilson—. Mira lo que pasó con esos borradores de copos de nieve que no hemos podido vender.

—Cierto —dice—. Además, la sangre no es un buen sabor en los labios. Una vez a mí me dieron puntos en el labio de abajo. —Nos muestra una pequeña cicatriz—. ¿Ven?

¿Labios? ¿De los que besan? Miro fijamente mis manos.

—Dios mío, Wilson —murmuro—. Nadie quiere verte estirar la trompa.

—¿Eh? —dice.

El señor Ellis sigue escribiendo.

—Puntos extra. Buenas mentes de negocios —dice—. Pero ustedes tienen una ventaja injusta, ¿no es así? Estar involucrada en la construcción te hace más o menos una experta en ciencias naturales, ¿no es cierto?

Lo miro con una expresión perpleja. Papi y yo *no* estamos para nada interesados en las ciencias naturales, pero sería superarriesgado decirle al señor Ellis que está como una cabra, sobre todo cuando tiene su libreta de calificaciones abierta.

—¿A qué se refiere? —pregunto, en vez de lo que quiero decir.

Me mira a través de las gafas y frunce el ceño.

—Bueno, un negocio como el tuyo depende casi por completo de todo lo que estudias este año. Hay yeso para los paneles, y eso sin mencionar el fertilizante para el césped. Todas las piedras para los cimientos, las obras viales y los acabados decorativos. La lista no tiene fin.

Siento que se me pone la cara como un tomate. ¿Debería haber sabido eso? Eso parece el tipo de cosa que Roli sabría.

El señor Ellis se pone de pie para irse, pero se detiene a empujar la banqueta hacia adentro. Me debe haber leído la mente. Su voz se vuelve más baja mientras se me acerca.

—He estado por preguntarte antes: ¿Cómo está Rolando en la escuela este año? ¿Todo bien?

Cambio un poco mi pie de apoyo. Veo que el señor Ellis no pregunta para ser educado. Pregunta del modo en que papi lo hace cada vez que está al teléfono con Roli. *¿Estás bien, hijo? ¿Te hace falta algo? ¿Te están tratando bien? ¿Estás haciendo amigos?*

—Bien, supongo —digo, y luego, porque la situación es incómoda, añado—: nevó por allá arriba. Nos envió una foto.

Saco mi teléfono y busco la foto. Roli está afuera de su dormitorio nevado. Lleva un gorro de cazador, pantalones de piyama, una sudadera y botas.

El señor Ellis hace una pausa en la foto, con una expresión difícil de leer. A lo mejor intenta imaginarse a Roli en este pueblo de postal, del mismo modo que hago yo a veces, un lugar con grandes columnas y céspedes que están cubiertos de blanco.

—Mándale un saludo de mi parte. Lo echamos de menos en el laboratorio.

Se ajusta las gafas protectoras y le echa un último vistazo a nuestras cosas.

—Están trabajando bien —dice—, pero estén pendientes del reloj. Hay que considerar cómo se administra el tiempo.

Entonces vuelve su atención a la mesa de Jason, donde están jugando con las muestras de pasta de dientes.

—Mesa cuatro, ustedes me confunden profundamente —dice con una voz de acero que hace que paren de inmediato.

Durante el resto de la hora, se escucha en el aula un zumbido tranquilo que me gusta. Lena nos pide que hagamos la prueba con un color azul oscuro para nuestra pasta. Su idea es añadir extracto de arándano y llamarla «Pasta antiplaca azul galáctico». Pero luego de medio tubo de gel azul, lo único que conseguimos es un color pálido, como las paredes de una piscina. Debe ser el blanco lo que hace que los colores se mantengan pálidos. Así que tenemos que apuntar los resultados de otro intento y entonces empezar una vez más a medir, mezclar y teñir.

A medida que se nos agota el tiempo, me voy poniendo nerviosa. Un grupo tras otro termina y nosotros todavía ni hemos llegado a añadir el sabor.

—Cinco minutos y se acabó —anuncia el señor Ellis—. Comiencen a limpiar sus mesas de trabajo.

Nos lanzamos a nuestro proyecto como los competidores de uno de esos alocados programas de televisión de cocina que tía mira. Juntamos las cabezas, susurramos nuevas ideas, nuestras manos se mueven rápidamente para terminarlo. Añado las gotas finales de sabor y lo mezclo, justo a tiempo para que Lena lleve nuestra creación a la mesa de muestras, en donde será juzgada. Miro las otras creaciones, preocupada.

—Se acabó el tiempo. Muy bien, investigadores —dice el señor Ellis—. Siéntense. Nuestros jueces están afuera en el pasillo.

Cinco estudiantes de la clase de la señorita Kirkpatrick entran en fila con portapapeles en las manos. Caminan alrededor de la mesa oliendo, probando sabores, si se atreven, y frotando la mezcla entre sus dedos para examinar la textura. Cierro los ojos y envío mensajes mentales, con la esperanza de que escojan la nuestra. Es solo una pasta de dientes estúpida, pero una semana sin tarea sería un sueño.

Por fin, los jueces se apiñan para tomar su decisión. Cuando terminan, una de las niñas le murmura los resultados finales al señor Ellis, que los apunta en su libreta de calificaciones.

—El finalista es…: Menta Periodontal —dice—. Las notas de los jueces dicen: «buena consistencia, apariencia agradable y un sabor familiar». —Hay un leve aplauso mientras Edna lleva a Darius y Ana hasta el frente del aula—. Tienen dos puntos en su próxima prueba.

—*Merci beaucoup* —dice Edna con amargura. Segundo lugar para ella es lo mismo que perder.

Cuando están de regreso en sus asientos, el señor Ellis se aclara la garganta y hace una pausa para enviar una mirada fulminante a quienes están susurrando al fondo del aula. Cuando se callan, continúa.

—Y ahora los ganadores de nuestro desafío…: Bocado Cítrico.

—¡Oye, esos somos nosotros! —suelta Wilson.

El señor Ellis levanta nuestra pasta naranja brillante.

—Las notas de los jueces dicen: «Consistencia suave, sabor inusual pero agradable, buen color».

¿Yo me gané algo en ciencias? Y aun más: ¿derrotamos

al equipo de Edna? ¿Quién lo iba a creer? Por la cara de asombro que tiene, Edna definitivamente no. Vamos al frente del aula a recoger nuestros pases de no hacer la tarea. Le paso por al lado lentamente, para que pueda absorberlo todo. *Trágate esto por bocazas, Edna*, pienso.

—Bien hecho, equipo —nos dice el señor Ellis y no hay manera de que yo pueda parar de sonreír.

# CAPÍTULO 18

ES TARDE EN LA NOCHE DEL DOMINGO y le paso un texto a Roli:

> ¡Feliz día de la tabla periódica!

No quiero que vaya a pensar que nos olvidamos, ya que eso es como un festejo sagrado para él. Cuando vivía en casa, se ponía su pulóver favorito —el que tiene la tabla de elementos— debajo de su uniforme y nos desafiaba a que le hiciéramos preguntas. Nunca respondió una incorrectamente. Todavía puedo escucharlo gritando sus respuestas.

—¡Actinio, número atómico 89! ¡Gadolinio, número atómico 64!

No hubo ninguna prueba esta noche en la mesa de abuela. No hubo nada de diversión. Simón se quedó a comer, para variar. Luego se sentó al lado de tía en la mecedora del porche acaparando toda su atención mientras los mellizos se lucían para ellos en el patio, actuando como animales del circo en el árbol de toronja. Ellos no están acostumbrados a tener a Simón de audiencia, así que tenían muchísima energía extra.

—Vayan a jugar adentro un rato —les dijo tía por fin.

Ahí fue cuando vinieron y empezaron a pegarme con esos tontos guantes de boxeo que ella les compró, sin importar cuántas veces les dije que pararan. Por supuesto, abuela no me iba a dejarme que «interrumpiera» a tía para darle las quejas.

—Por Dios, niña, ella está ocupada —susurró como si yo fuera a interrumpir una cirugía o algo por el estilo. No puedo entender cómo sentarse con alguien en una mecedora sea más importante que el hecho de que te maten a golpes, pero abuela no cedió.

Por fin, los mellizos comenzaron un rompecabezas nuevo con Lolo. Entonces pinché esos horrores inflables con uno de los alfileres de abuela y me fui para no estar ahí cuando descubrieran los cadáveres.

Mi teléfono vibra. Roli me envía de vuelta un emoji de un científico sonriente, pero nada más. Quería decirle a Roli lo de haber ganado el desafío de la pasta de dientes esta semana, especialmente ya que Lolo no pareció tan interesado cuando intenté explicárselo. Además, quiero saber si ha nevado más por allá y a lo mejor comentarle de tía y Simón, a ver qué piensa.

¿Estás ocupado?

Pero él no me responde, así que me acuesto en la cama, inquieta.

Toda la casa está tranquila excepto Tuerto, que anda merodeando detrás de la lagartija que atrapó adentro. Aunque está esquivándolo debajo de los muebles, se enfrenta a su perdición segura. Es asombroso lo buen cazador que es Tuerto, incluso con un solo ojo.

Le echo un vistazo a mi afiche favorito de Jake Rodrigo. Es de tamaño natural y cuelga de la parte trasera de la puerta del clóset, así que puedo verlo desde dondequiera que esté. Sus brazos fornidos están cruzados sobre su pecho mientras mira valientemente a alguna parte de la galaxia. No importa a dónde camine, sus ojos me siguen, como una intergaláctica Mona Lisa en masculino.

Adoro a Jake Rodrigo. Yo sé que él no es real, pero no puedo evitar desear que lo fuera. No real como un muchacho normal de séptimo grado, por supuesto. A Jake Rodrigo no le importaría mi ojo o que yo no sepa bailar o besar o nada de eso.

Me levanto de la cama y camino hasta el afiche, mirando esos ensoñadores ojos reptiles. ¿Y si algún día él fuera real? ¿Querría *él* besarme a mí?

Sí, decido. Lo querría.

Me acerco un poco y me inclino. Cuando estoy a tan solo una pulgada de su cara, cierro los ojos y le planto el más suave de los besos en su boca de afiche.

Plano.

Papel.

Raro.

Y aun así el corazón se me desboca.

# CAPÍTULO 19

TÍA ME PIDIÓ QUE LA ayudara durante el programa de clases después de la escuela que ella enseña. Quiere que controle a Tomás y Axel «en caso de que se le vayan de las manos». *En caso de que* fueron sus palabras. Yo habría escogido *cuándo*.

De todos modos, ella ha estado de buen humor últimamente, incluso ayer cuando tuvo que cambiar su horario para llevar a Lolo a hacerse su radiografía de tórax. Creo que de tanto pensar en Simón está flotando en las nubes.

Insufrible.

Entramos por el salón central del centro comunitario de la Iglesia de Cristo de la Segunda Avenida. Es un edificio viejo que está conectado a la iglesia de al lado. Tía tiene puestos sus pantalones de yoga y zapatos marrones de zumba, y está completamente lista para enseñar a sus «bailadores», lo cual confieso que es una manera bastante generosa de describir a este grupo. Ninguno de estos muchachos luce como un bailador, al menos no a la manera de las niñas de Seaward que toman clases en estudios de baile. Esas niñas llevan bolsas de gimnasio personalizadas, con zapatillas de punta adentro. Los niños de tía, por su parte, llevan *jeans* y medias. En su mayoría, lucen como si vinieran de jugar en el parque.

Lou Luchazo, que está a cargo del lugar, nos detiene en el pasillo. Luce serio.

—¿La puedo ver en mi oficina, señorita Inés? —dice—. Tenemos que hablar.

Tía y yo intercambiamos miradas. A nosotros nunca nos ha caído bien Lou. Para ser un hombre de iglesia es medio espeluznante. Siempre se está alisando el bigote fino mientras piensa. Además, él siempre se come a tía con los ojos cuando piensa que nadie está mirando, cosa que ella detesta. Así que ella me toma de la mano y me hace entrar en la oficina con ella. Está desordenada, pero encontramos un par de sillas plegables y tomamos asiento. Ahí es cuando nos da el bate. Nos dice que el programa de clases después de la escuela del centro va a cerrar. Resulta que la iglesia no tiene gente suficiente como para mantenerse como congregación, así que van a vender este edificio y unirse a otra iglesia que está calle abajo en Greenacres. Eso significa que no habrá más centro comunitario…, ni más clases de baile para tía.

—¿Quieres decir que esto se me acabó? —pregunta tía.

—Sé que esto es un *shock* —dice Lou—. Pero tenemos que abandonar el edificio el próximo mes. No hay nada que yo pueda hacer.

Tía luce como si la hubieran cartereado a plena luz del día. Sus ojos se deslizan a la entrada que conduce al gimnasio en donde los muchachos ya la esperan. Algunos de los varones están jugando baloncesto bajo el aro. La niña que vi no hace mucho en el parque está comiendo papitas en la esquina, justo debajo de un letrero que dice: *Prohibido comer o beber*. Dos niñas excavan como topos en el contenedor para tomar prestados un par de zapatos de baile, de los que Ballet Palm Beach envía si todavía están en buen estado. Tomás y Axel están dentro de un cajón jugando a «Puf, la comadreja» y riéndose histéricamente.

—¿Y qué será de todos estos pequeñines? —le pregunta tía a Lou—. ¿Ahora qué van a hacer después de la escuela?

Lou se frota la parte de atrás del cuello.

—Yo sé que es difícil, Inés. Pero la junta no tiene otra opción ahora mismo. Tenemos que cerrar. Sus padres pueden contratar a una niñera o algo por estilo.

—Tú sabes que ellos no se pueden permitir ese lujo —dice ella.

—Lo siento. Tendrán que encontrar una solución. —Le entrega un bulto de papeles—. Estas son las notas que hay que enviar a las casas hoy —dice él—. Al menos les podrás decir adiós en persona.

Tía se pone de pie y sale sin decir ni una palabra.

Aurelia, la supuesta recepcionista, toma esto como su señal. Ha estado sentada en su escritorio con los ojos rojos, escuchando cada palabra, demasiado molesta como para arreglar las partes descascaradas de su pintura de uñas tal como hace usualmente cuando está aquí. Parece que a ella también la han despedido.

—¿Y qué me hago ahora? —susurra cuando le pasamos por al lado—. Yo también tengo que pagar el alquiler.

—Ya te aparecerá algo, Aurelia —le dice tía amablemente—. No te preocupes.

Echo un vistazo alrededor. Las dos actúan como si esto fuera una tragedia, ¿pero acaso lo es? Quiero decir que esto le dará más tiempo en casa a tía, ¿no es así? Con los mellizos que aparentemente no la sacan de quicio. Además, tampoco es que este lugar sea un lujo. Las alfombras en el pasillo huelen un poco a moho. La sala de juegos es demasiado pequeña, con solo unos pocos juegos de mesa, como el ajedrez para la gente tranquila y una mesa de billar con una regla muy estricta que prohíbe las apuestas. Solo hay una pantalla para videojuegos, así que tienes que tener la suerte de venir temprano. Un par de voluntarios de Palm Beach State College ayudan a la gente con la tarea en una oficina al final del pasillo. Y luego están los dominios de tía: un escenario que da pena a un lado del gimnasio.

Aun así, tía luce bastante triste. Toma un gran suspiro y marcha rumbo a la puerta.

—¿Dónde están mis bailadores? —dice con voz firme, como si fuese un día cualquiera—. ¡Al escenario para los calentamientos, por favor!

Me siento en una silla plegable hundida al fondo y la miro reunirlos a todos en un círculo para los estiramientos. Los guía con las rotaciones de tobillos y los ejercicios para tocarse los dedos y mientras tanto pregunta cómo van las cosas en las escuela y eso. Axel y Tomás son un poquito jóvenes para este grupo —se supone que tengas ocho años—, pero resulta que son unos Romeos para las niñas mayores, sobre todo la que comparte sus Doritos.

Tía conecta su equipo de música a las bocinas y les dice que se pongan en posición. La música merengue comienza y tía da palmadas para marcar el ritmo:

—Cinco, seis, siete, ocho…

Miro durante un segundo antes de ponerme a practicar mis tiros en bandeja a la canasta. He visto estos bailes toda mi vida en cumpleaños y fiestas de Nochebuena. Pero tampoco es que nada de esto vaya a servirme de algo en el Baile de los Corazones. Tenemos unos pocos niños latinos en cada grado, pero no los suficientes como para que nadie se ponga a bailar merengue en frente de toda la escuela.

Cuando por fin se acaba la hora, tía se sienta de nuevo en un círculo. Escucho su voz subir y bajar mientras apunto y tiro, con el eco de la pelota contra la tabla medio desprendida ahora que la música está apagada. Trato de mantener los ojos en lo que hago, pero cuando atrapo el rebote y dribleo, escucho mi nombre.

—Merci, por favor —grita tía.

Veo en sus caras que les está diciendo que van a cerrar el centro.

Así que dejo de hacer ruido como ella quiere y sus palabras llenan el salón. Les dice que los echará de menos, que tienen que hacerles caso a sus maestras en la escuela, que deberían mantenerse ocupados con cosas que sean divertidas. Hace un pausa para tomar aliento y veo que tiene los ojos aguados. Siempre he sabido que a ella le encanta bailar, pero solo ahora me doy cuenta de que les tiene cariño a estos muchachos a quienes yo no conozco en lo absoluto. Aquí parada, con la pelota de baloncesto bajo el brazo, me siento culpable por querer que esté en casa y conmigo.

Cuando por fin se ponen de pie, hay muchos abrazos. Creo que a nadie le importa que este lugar no sea agradable, tal vez del mismo modo que a mí no me importa que Las Casitas no sea una de esas casas cerca del agua que tienen algunos niños en la escuela.

La niña que se estaba comiendo las papitas es quien más tiempo pasa abrazada de la cintura de tía.

—Nos veremos por ahí, Stela —le dice tía—. Ven a visitarme a la panadería y te voy a dar una galletica gratis.

Stela le da un apretón más antes de salir corriendo por la puerta.

Tía empaca su música lentamente. Deja su portapapeles con Aurelia y le suelta una mirada gélida a Lou al salir.

—Dile a tu junta que los niños del vecindario van a echar de menos este lugar.

El trayecto a casa es tranquilo excepto por el claxon de tía cuando les pasamos por al lado a los niños que caminan a casa por la acera. Hasta los mellizos están silentes mientras se dan la vuelta para verlos hacerse más chiquitos en la distancia.

Tía se ha quedado callada. Casi se le pasa doblar en la

calle a nuestra casa y cuando entramos se queda sola en el carro un largo rato.

Yo regreso a ver cómo está.

—No te preocupes, tía —digo—. A lo mejor Lou tiene razón. Sus padres les van a encontrar otras cosas que puedan hacer.

Ella asiente lentamente.

—Es que también echaré de menos darles clases —dice en voz baja—. Detesto tener que dejarlo.

Caminamos juntas a la casa.

Hay una cosa que tengo por seguro. Tía no es del tipo de gente que se da por vencida, al igual que tampoco lo es papi.

La pregunta es: ¿qué planes tiene?

# CAPÍTULO 20

HOY DEBE SER EL DÍA de traumatizar a un estudiante, pues me han asignado a Edna de compañera de trabajo en el laboratorio en la clase del señor Ellis. Y, con solo un día antes del baile, está especialmente estresada. Solo a Wilson le ha tocado algo peor. Su compañero de trabajo es Jason.

Edna trae todas sus cosas y se desliza en el asiento al lado mío con una mueca en la cara, como si yo oliera a pescado muerto. Creo que todavía está dolida por la victoria de la pasta de dientes. Pues bien. Pongo mi pase de una semana sin tarea en la esquina de mi escritorio donde tanto ella como el señor Ellis lo pueden ver cuando el pasa a recoger los deberes.

Hoy trabajamos en geodas, que son en esencia rocas con una gran sorpresa adentro. El señor Ellis nos trajo algunas muestras para que las veamos. Mi favorita es la geoda amatista. Por fuera es una fea roca redonda, como cualquiera que te encontrarías en tu patio. Pero cuando la abrió, los cristales de amatista brillaban dentro como si fuesen trocitos de hielo púrpura. Esa es la belleza de las geodas, según el señor Ellis. Son una sorpresa de la naturaleza.

La geoda más o menos me recuerda lo que Lolo decía de la gente. Que todos tenemos sorpresas dentro. Como el hombre callado en El Caribe que se pasó un año entero en su mesa. Tía y las demás camareras inventaban historias acerca de él y se preguntaban si era un fugitivo en fuga. Fue Lolo quien dio con la verdad con sus chistes sin gracia y algunos batidos de mamey compartidos. Resulta que el hombre se llamaba Jacinto, un botánico de Venezuela que echaba de menos a todos los que había dejado en casa. Le gustaban las plantas más que la gente, dijo.

De todos modos, hoy con el señor Ellis vamos a hacer nuestras propias geodas con cáscaras de huevo. O al menos las comenzaremos. No estarán listas hasta mañana.

—Tú busca los suministros. Yo leeré las instrucciones —dice Edna, sin siquiera preguntar si a lo mejor *yo* quiero ser quién dé las órdenes en esta ocasión.

Pero da lo mismo. Al menos puedo alejarme de ella un par de minutos.

Reúno todas las cosas y regreso lentamente con una

bandeja que incluye dos huevos crudos, un vaso de agua, colorante de alimentos, pegamento, pinceles, tachuelas y un talco llamado alumbre.

Por lo general, yo pensaría que este ejercicio de laboratorio es divertido, ya que es bastante como el arte. Pero es difícil trabajar con alguien que te fastidia.

—No te olvides de que tienes que estar en el baile media hora antes.

—Lo sé.

—Y tenemos dos precios. Las fotos normales y las fotos que tú vas a editar. No lo eches a perder.

—No lo haré.

—Y tienes que lucir profesional...

—Edna. —Te juro que me está chupando la fuerza vital—. El ejercicio de laboratorio. —Me pongo los guantes de látex y las gafas protectoras.

Ella se pone los suyos y lee las instrucciones.

—El primer paso es vaciar el huevo —dice—. Haz un hueco en la cáscara con una de las tachuelas.

Me echa un vistazo y sonríe con aires de superioridad.

—Sin ánimo de ofender, pero ¿nadie te ha dicho que luces ridícula? ¿Cómo puedes trabajar con las gafas protectoras encima de tus espejuelos?

Miro al otro lado del aula a Hannah y Lena, que trabajan juntas alegremente.

—De algún modo me las arreglo —digo—. ¿Un hueco de qué tamaño?

—Pequeño.

Comienza a trabajar en la cáscara, pero intenta darle golpecitos como si fuera un martillo.

—Mejor inserta poco a poco la tachuela, como un taladro —le digo—. Así no se va a romper.

—Yo soy quien da las instrucciones hoy —ladra—. Y yo sé lo que hago. Yo tengo un promedio de 103 en esta clase, para que lo sepas.

—Que te aproveche, entonces —digo, con la secreta esperanza de que el huevo se le haga añicos.

Meto mi tachuela suavemente y luego dejo que la clara y la yema del huevo chorreen fuera del cascarón. Es triste pensar que esto podía haber sido un pollito algodonoso como los que Lolo nos llevaba a ver en Loxahatchee en el sitio en que se intercambiaban aves de corral.

—Señor Ellis, ¿deberíamos trabajar con huevos crudos? Usted sabrá que la salmonella es un riesgo —dice Edna—. Causa más de 450 muertes al año en Estados Unidos.

El señor Ellis se acerca a nuestra mesa.

—Eso es correcto. Pero nosotros estamos usando precauciones sanitarias aprobadas para el manejo, tal y como se describe en las instrucciones —le dice.

Edna sigue intentando vaciar su huevo, pero ya yo

terminé, así que paso al próximo paso, que es cortar el huevo a la mitad. Ella intenta seguirme el ritmo y me parece que no es lo suficientemente cuidadosa, pues ahí es cuando mi mal de ojo se hace realidad. El cascarón se le desbarata en pedazos, con la yema chorreándole por los dedos.

Me suelta una mirada homicida.

—Me trajiste un huevo cuarteado, Merci —dice, con la cara roja. Le echa un vistazo a la libreta de calificaciones del señor Ellis.

—Hago constar —digo—, que el huevo que te traje *no* estaba cuarteado. Te dije que lo perforaras suavemente.

—¡Cosa que hice!

—Hay más al fondo —le dice el señor Ellis—. No es problema.

—Búscame otro —ordena Edna.

Yo no me muevo.

El señor Ellis me mira, con una expresión difícil de interpretar. A él no le hace ninguna gracia permitir rencillas en su clase o ningún otro tipo de «distracciones». Pero ¿se supone que a mí me vengan a mandonear así? Las manos me tiemblan y el ojo se me comienza a desviar. Una parte de mí quiere gritar. Pero en vez de eso, lo único que me sale es una palabra.

—No.

—Tú eres la encargada de los suministros, Merci —dice Edna.

—Y yo *traje* los suministros —digo—. Tú puedes ir a buscar un reemplazo. Están en la cesta verde.

Luego finjo que estoy fascinada con el siguiente paso de las instrucciones.

Edna camina a paso de tortuga mientras yo perforo el cascarón vacío tan suavemente como puedo con la punta de mis tijeras. Corto lentamente para que la cosa no se desbarate en mis manos. Todo parece tan frágil.

El estómago me salta de los nervios al leer el siguiente paso: *esparce en el interior del cascarón y los bordes el pegamento blanco.*

—¿No vas a esperar a que tu compañera de trabajo se ponga al día, Merci? —pregunta el señor Ellis.

*¿Compañera? ¿Edna? Por favor.* Le doy un vistazo al reloj. Se está acabando el tiempo. Aun así, yo sé que a él le gusta mucho el trabajo en equipo.

—Está bien —digo—. Esperaré a que regrese Su Alteza.

El señor Ellis levanta las cejas todo lo que dan, pero para ese entonces, Edna ya regresa.

—Las voy a dejar que terminen —dice el señor Ellis—. Se pueden ocupar de eso, ¿no es cierto?

Las dos asentimos.

Esta vez, Edna mueve la tachuela como le sugerí y

espero a que limpie el interior. Cuando está lista, le ponemos el pegamento y sumergimos los cascarones en un poco de polvo de alumbre.

—La parte final es añadir treinta gotas de colorante de alimentos —dice Edna.

Yo alcanzo el tubo azul.

—Este color será más lindo —dice Edna y me da el rojo.

—Pero yo quiero el azul —le digo—. Es mi favorito.

Estamos cara a cara, echando humo por las orejas y con la esperanza de que el señor Ellis no lo note. Yo quisiera que acabara este periodo para no tener que trabajar más con ella. También tengo tremendas ganas de renunciar como su fotógrafa para el Baile de los Corazones. A lo mejor *eso* le enseñará a no ser tan malcriada.

—¿A dónde vas? —susurra Edna cuando me levanto.

—A hervir más agua —digo—. Quiero mi propio vaso.

—Siéntate. Las instrucciones dicen que tenemos *un* vaso de agua. ¿O tú no sabes leer?

Eso le pone la tapa al pomo.

—Sí, yo sé leer —digo—. Y también veo que contigo es imposible trabajar, igual que siempre.

Ella pestañea un par de veces. Es como si yo le hubiera pegado.

—Yo no voy a sacar una mala nota por cuenta tuya —sisea.

—¿Cuándo exactamente tú has sacado una mala nota, Edna? Tú misma lo dijiste. Tienes un A+ aquí. Una nota perfecta para una perfecta sangrona.

Por un segundo, casi parece como si se fuera a echar a llorar y yo me pregunto si acaso lo que le dije es tan malo. Pero no espero a su respuesta. Busco otro vaso y mido las treinta gotas de colorante hasta que el agua está del color de mis mejores *jeans*. Las dos hundimos nuestros cascarones dentro de nuestros vasos y los empujamos al fondo suavemente con nuestros pinceles.

Hannah y Lena ya están poniendo sus naranjas geodas-en-proceso en la vitrina cuando Edna y yo llevamos las nuestras, una azul y la otra roja. Ellas la han pasado tan bien que ni siquiera notan que Edna y yo nos estamos tirando dardos de odio con la mirada.

—¿Quieres que yo vaya por tu casa justo después de la escuela para prepararme para el baile mañana? —me pregunta Hannah—. Mi mamá quiere saber. Va a llamar a tu mamá para eso. Tú sabes cómo ella es.

—Oh, yo también. Tal vez sería más fácil para mí ir a tu casa en vez de mandarme hasta la mía y luego regresar desde allá —dice Lena. Ella es quien vive más lejos.

—Claro —digo, mientras el corazón me palpita más despacio—. Las dos pueden venir. Pediremos pizza para la cena antes de salir.

Edna nos mira como la niña que espera su turno para entrar a saltar la suiza.

Pero no salta, ni siquiera para ser cruel. En vez de eso, pone su vaso en la mesa y se va ofendida a recoger sus libros y esperar a que suene el timbre.

Al día siguiente en toda la escuela hay un alboroto en torno al Baile de los Corazones. Edna recibe un pase de la señorita McDaniels que le da permiso para no asistir a la clase de ciencias para poder ir al gimnasio temprano y hacer los preparativos. Al señor Ellis no le gustan las excusas para faltar a su clase, pero yo digo llévatela, viento de agua. Ella hoy está aun más mandona que ayer.

De todos modos, la parte divertida es que los cascarones de huevo de nuestra clase se han transformado en hermosas joyas, como por acto de magia. Soltamos *oohs* y *aahs* al sacarlos del líquido con un mini colador y ponerlos a secar en toallas de papel. Como Edna no está aquí, el señor Ellis me dice que saque su geoda y le ponga una etiqueta. La saco del líquido rojo y la coloco en una toalla de papel con su nombre. Tengo que admitir que es verdaderamente linda, como si fuese un pequeño pozuelo de rubíes. Es difícil pensar que algo tan hermoso venga de Edna. Es una sorpresa, una pequeña maravilla, como dice Lolo, justo frente a mis ojos.

# CAPÍTULO 21

HANNAH, LENA Y YO estamos encerradas en mi cuarto preparándonos para el Baile de los Corazones con mi caja de chocolates del Día de San Valentín abierta en mi cama. Me he pasado la tarde comiendo por los nervios, así que lo único que nos queda a estas alturas son las cerezas cubiertas de chocolate y los chocolates con caramelo, los cuales detesto. Hannah ha estado siguiendo las instrucciones de un canal de YouTube en mi portátil mientras me arregla el pelo. Una muchacha llamada la Esencia de Zoe demuestra paso a paso cómo hacer algo que se llama moños dobles. No estoy muy segura de esto. Cuando oigo esa palabra en inglés, *buns*, pienso en pan o en nalgas. ¿Qué va a hacer nada de eso en mi cabeza? Pero Hannah está como poseída. Me ha hecho la raya en medio y ha reunido cada uno de mis rizos en bucles gigantescos.

—Ay —digo mientras otro gancho de pelo me rasguña el cuero cabelludo—. ¿Intentas sacarme sangre?

—Lo siento, pero tu pelo es grueso. Nos hacen falta más ganchos para mantenerlo en su lugar. —Busca entre las cosas que tomamos prestadas de tía cuando llegamos a casa. Yo todavía me siento un poco mal por haberle dicho a tía que no podía ayudarnos a que nos arregláramos, aunque *yo tengo puesto* el atuendo que ella me compró en la Sombrilla Roja. Además, ella tenía la cabeza llena de sus rolos calientes, a la espera de su cita esta noche.

—¿Tú estás segura de esto? —le pregunto a Hannah mientras me palpo la cabeza para ver qué está pasando ahí.

Me aparta la mano de un manotazo.

—Quédate quieta o lo vas a arruinar. Esta es la parte final. —Pone un poquito de gel de brillantina en un cepillo de dientes y me alisa los contornos alrededor de mi cara.

—Eso no está usado, ¿verdad?

Ella me ignora y da un paso atrás para admirar su obra.

—¿Qué te parece, Lena? —pregunta.

Lena suelta el libro que ha estado leyendo en la cama de Roli. Ella no se tiene que preocupar por su pelo, por supuesto. Sus púas púrpura están arregladas a la perfección, como siempre.

—¡Partiste el bate! —canta dramáticamente.

Me acerco al espejo a ver. Dos perfectamente simétricas bolas de pelo reposan a ambos lados de mi raya al medio. Giro lentamente la cabeza a un lado, con miedo de hacer ningún movimiento repentino.

—Relaja la cabeza —dice Hannah—. Tienes una postura un poco rara.

—Pero es que siento que tengo dos globos de agua pegados a mí.

Papi toca el claxon desde la entrada para avisarnos de que es hora de salir. Le pasó la aspiradora al carro de mami y puso un aromatizante ambiental para la ocasión.

—Mejor nos apuramos —dice Lena. Está vestida con una ligera blusa púrpura y unas *leggings* que le hacen juego. «Son mejores para moverse», nos dijo, ya que tiene planes de poner a prueba lo que ella llama «movimientos de danza interpretativa» que ha estudiado en internet—. ¿Lista? —pregunta.

—Lista —digo, aunque no estoy tan segura. Una vez que termine este baile tonto, voy a hacer palomitas de maíz y mirar *La nación Iguanador renace* otra vez, aunque ya la he visto. A lo mejor borra la memoria de todo esto.

Le echo un vistazo a la casa de tía mientras comenzamos a salir en una fila. Pienso en esos tacones altos con encajes y el vestido brillante que vi colgado en la puerta de su clóset. Saco mi teléfono y le paso un texto.

Que te diviertas.

Luego me meto un último chocolate en la boca y apago la luz.

Papi nos deja cerca de las puertas del gimnasio, que están abiertas de par en par. El comité del baile y los voluntarios todavía están trabajando. El señor Vong, que hace horas extra, ya se ve harto.

Para mi sorpresa, Wilson ya está aquí. El baile no comienza hasta dentro de una hora, pero él está ayudando a la señorita McDaniels a inflar los globos. Casi no lo reconozco. Se debe haber cortado el pelo después de la escuela y lleva una camisa de vestir, como lo exige el código de vestuario de un baile para los niños. Además, tiene unos tenis con tremendo *swing*, en lugar de los mocasines negros o marrones que se pone para la escuela. Estos son marca Sk8-Hi Zip y le llegan hasta los tobillos.

Está agachado para desempacar las cajas de cintas y globos metálicos. Una caja ya está abierta. Tienen palabras impresas en forma de espiral. *¡Sé mía! El amor está en el aire. Love.*

—Yo no sabía que tú ibas a venir —le digo.

Él levanta la cabeza, sorprendido.

—¿Merci? —dice.

Madre mía. Se ha quedado boquiabierto mirándome la cabeza y luego la ropa. Nerviosamente, me ajusto los *jeans* por la cintura, añorando mis *shorts* de correr.

La señorita McDaniels corta la última de las cintas y me ve también.

—¡Oh, hola, Merci! ¡Mira qué encantadora luces! —Se vuelve a él—. Te voy a dejar que infles el resto, Wilson. Recuerda que más nadie toca el tanque excepto tú. Nadie usa el gas para que se le ponga la voz de ardilla rayada, ¿entendido? De lo contrario, habrá una detención no negociable en tu futuro.

—Sí, señora.

—Eso sin mencionar el daño cerebral —añado.

La risa de Wilson se marchita bajo la mirada severa de la señorita McDaniels. Él rápidamente inserta el primer globo en la boquilla y lo infla con un ruidoso *pfffft*.

Michael y Jason vienen cargando una pesada mesa entre ellos, que ponen cerca de la puerta.

—¿Y ustedes dos qué están haciendo? —la voz mandona de Edna es inconfundible—. ¡Ahí no!

—Dijiste: «pongan las mesas cerca de las puertas» —le dice Jason—. Estas son puertas.

190

—¡Los refrigerios van cerca de las puertas del *taquillero* al otro lado! ¿No han seguido el plano que les hice? —Ella sacude el mapa en la dirección de ambos, disgustada, y señala al otro extremo del gimnasio—. Allá.

No puedo evitar mirarla mientras se va dando pisotones. Se ve alta en sus sandalias de plataforma y también tiene puesto maquillaje que la hace lucir mayor. De repente quiero saber qué le pasa al crayón labial como el suyo cuando besas a alguien. ¿Se embadurna por toda la cara de la otra persona?

Al echar un vistazo alrededor, tengo que admitir que Edna ha hecho un buen trabajo aquí. El gimnasio se ha transformado. Todos los aros de baloncesto están doblados y las gradas han sido echadas hacia atrás. Hay serpentinas y corazones gigantescos por las paredes…, los corazones que Hannah y Edna hicieron en el laboratorio.

Hannah se me acerca.

—Las cosas de tu cámara están allá, Merci. —Señala a dos bolsas negras de gimnasio apoyadas en el pasillo cerca de las puertas del gimnasio. Lena ya ha abierto una y está desdoblando la cabina para el fondo.

Las tres montamos la cabina en un santiamén. Parece que el doctor Santos ni siquiera la ha usado. ¿Es eso lo que pasa cuando la gente rica gana rifas? ¿Tan solo se quedan con las cosas para lucirlas como esas elegantes toallas con bordes de satín en el baño de abuela que tenemos prohibido usar jamás? Los tubos y herramientas todavía están dentro de sus bolsas de plástico, así que las rompo todas y pongo manos a la obra. Cuando ya lo tengo armado, pruebo todo y tomo unas cuantas fotos de Lena y Hannah para poner de muestra.

—¡No se pierdan esto! —Subo una foto y les pongo alas de ángel a Lena y Hannah.

Wilson para de hacer ramilletes de globos y viene a ver lo que estamos haciendo.

—Oye, yo también quiero una foto —dice con una voz de ardilla rayada de los dibujos animados.

—¿Ya tú estás tomando un descanso? —pregunta Lena riéndose—. Que no te vea Edna.

Huelo el aire.

—¿Eso es colonia de después de afeitarse, Wilson? —le pregunto.

—¿Qué? *No* —dice, todavía sonando como Alvin, la ardilla rayada. Pero sí lo es. Roli se pone la misma. Marca Axe.

—Párate aquí —digo—, y cerciórate de que puedas verte en la pantalla. Posa y quédate quieto.

Se para con las piernas separadas y cruza los brazos encima del pecho. La cámara toma la foto y yo la descargo.

Él viene a echar un vistazo por encima de mi hombro mientras intento decidir qué hacer con la imagen.

—Conviérteme en Jake Rodrigo —dice.

—Señor —digo severamente—, solo hay un Jake Rodrigo —En vez de eso, hago clic en el ícono del pincel y dibujo audífonos y cables que serpentean hacia un reproductor de música en su bolsillo. Luce lindo, tengo que admitirlo.

—Tú eres una buena artista —dice—. Ahora haz una de ti.

—De eso nada. Yo absolutamente detesto aparecer en fotografías.

Lena me suelta una mirada.

—Dale, Merci. Es divertido.

—Sí. ¡Muestra lo que tú sabes! —dice Hannah.

—¿Eeh? —dice Wilson.

—Ella se refiere a esto —digo, señalándome a la cabeza.

—¡Muéstralas, dale! —dice Hannah en un susurro jocoso.

—¿Una foto y luego todos me dejan en paz? —pregunto.

—Trato hecho —dice Lena.

Yo le muestro a Wilson cómo usar el cronómetro electrónico y luego me paro frente a la cámara. Pongo cuidado en no mirar directamente al lente para que el ojo no se me desvíe.

Espero la foto y luego observo a la muchacha en la imagen. Cuando la veo, me sorprendo un poco. De algún modo, ella no soy yo. Ella luce mayor y más elegante que la Merci verdadera.

Pienso en cómo voy a arreglar la foto. Con unos cuantos ajustes, dibujo un vestido de lunares de Minnie Mouse y un lazo en mi cabeza. Añado también unas manos de guantes grandes. Luego la publico en la galería de presentación que se muestra desde el portátil.

—¿Idéntica, verdad? —digo. Es mejor burlarme de mí misma antes que alguien más lo haga.

Wilson se está quieto por un segundo.

—Luces bien en esa foto, Merci —dice.

Lena y Hannah intercambian miradas y hay un silencio raro.

—Quiero decir, para un roedor de tamaño natural y todo —añade rápidamente.

Me quedo ahí parada, pestañeando mientras las mejillas de Wilson se ponen como tomates. ¿Dijo que luzco bien? ¿O dijo que me parezco a un roedor? No puedo decidir cuál.

—Qué cómico —digo y le doy un puñetazo un poco más duro de lo que debería.

Justo entonces, la voz de Edna perfora el aire otra vez. Marcha hacia Wilson, con llamas en los ojos.

—¿Dónde están los globos rojos para la mesa de la comida? ¡Eso está en el plan! Tenemos cinco minutos antes de que abran las puertas, gente, ¡y no hay globos en la mesa!

Por primera vez en su vida, Wilson luce contento de verla.

—¡Ya me ocupo, Edna! —dice todavía frotándose el brazo—. Regreso a ayudar en un rato —dice—. Si no me pegas. —Y luego se va, cojeando un poco, como hace cuando intenta caminar más rápido de lo habitual.

Le echo un vistazo a mi foto, la de antes de convertirme en Minnie Mouse. Me parezco un poco a tía cuando ella tenía mi edad. Lo sé porque hay una foto de ella y Lolo colgada en el pasillo de la casa de Lolo y abuela, justo al lado de la foto de mami y papi en su boda. Ella tiene quince años, justo tres años mayor que yo ahora, y celebra su quinceañera. Tiene puesto un vestido azul con tirantes muy finos, el que le hizo abuela especialmente para ese día. En la foto, Lolo se lleva la mano de tía a los labios al pedirle que le conceda un baile. Los ojos le brillan con las lágrimas, aunque está sonriendo.

Levanto la vista y veo a Wilson que me mira. Se da la vuelta, pero no antes de que el estómago me brinque un poquito. Debe ser la libra de chocolate que me he comido hoy.

Intento eructar, por si acaso, y comienzo a prepararme para mis clientes.

# CAPÍTULO 22

EL RESTO DE LA NOCHE ME la paso superocupada. La cabina del IMA Paparazzi pega tan bien que la cola serpentea hasta el fondo del pasillo toda la noche. La gente se puede sacar un selfi normal o registrarse para una versión editada por mí. Casi todos quieren una editada, hasta Edna, créanlo o no. La lista tiene cuatro páginas y nuestra caja está llena de dinero.

—Es una lástima que yo no sea dueña de un IMA Paparazzi. Haría una fortuna —digo cuando la cola comienza a menguar. Los moños se me han caído un poco a cada lado de la cabeza, así que me quito los ganchos y me suelto el pelo para que quede voluminoso, como a mí me gusta. Me froto el cuero cabelludo y me siento en la banqueta. Hannah y Wilson, que tomaron los pedidos de las fotos, comienzan a empacar.

Wilson niega con la cabeza.

—Deberíamos haber pedido una porción de estas ventas también.

—Despiadado —digo—. Eso me gusta.

—De veras lo aprecio mucho, Merci —dice Hannah—. ¡Salvaste el día! —Revisa su teléfono—. Solo quedan diez minutos para que termine el baile. ¿Quieren beber algo? —pregunta—. A lo mejor todavía queda algo en el gimnasio.

—Yo sí —dice Wilson.

—Violación del contrato —le digo—. Dijiste que yo no tendría que entrar, ¿lo recuerdas?

Hannah suspira.

—OK. Tú guardas las cosas y nosotros buscamos los refrescos.

Desaparecen a través de las puertas del gimnasio.

Yo no empaco de inmediato. En vez de eso, chequeo mi teléfono. Tengo dos mensajes.

Uno es de mami.

¿Te estás divirtiendo?

No respondo. Ya ella tendrá tiempo suficiente para comerme a preguntas más tarde en el trayecto a casa.

El otro, más temprano, es de tía. Es una foto de ella en su cuarto.

¿Cómo luzco?

Tiene el pelo recogido hacia arriba y lleva puestos esos zapatos de tacón alto con los lazos. Es como si ya no fuese tía, como si no fuera para nada la persona que conozco. Debí haberme despedido de ella antes de irme al baile, tal vez darle las gracias por dejarnos usar sus cosas para el pelo. Pero al mirar la foto vuelvo a sentirme con el estómago revuelto.

Me meto el teléfono en el bolsillo, con una tremenda sed repentina y preguntándome por qué les toma tanto tiempo.

Decido echar un vistazo dentro del gimnasio a ver si veo a Hannah o a Wilson. Hago un paréntesis con mis manos a los lados de los ojos cerca de la ventana para ver mejor. Algunas de las serpentinas y los corazones se han desatado y unos cuantos de los globos que Wilson infló flotan contra el techo en busca de una vía de escape.

*Amor. Sé mía. Love.*

El DJ está cerca de los colchones de lucha libre. Viste de negro y tiene un enorme par de audífonos puestos a un lado de la cara mientras toca inquietamente los botones y las teclas. Wilson ha abandonado su misión del refresco, atraído por todos los equipos.

Nadie baila, noto, excepto unos cuantos varones que hacen ese bailecito del *flossing* con Jason para hacerse los cómicos. Madre mía. Alguien debió haberme dicho que nadie en realidad baila en un baile. Podían haber llamado a todo este brete «pasar el rato». Entonces a lo mejor yo habría querido venir.

De repente, las puertas del gimnasio se abren y casi me tumban al suelo.

—Oh, ¡lo siento! —dice un muchacho. Es Brent, el niño de octavo grado que le gusta a Edna. Está con una niña que se llama Madison. Me apartan para abrirse paso y corren hacia las puertas de la entrada principal que conducen afuera. Yo sé que hay un lugar al cual los muchachos mayores van cuando los chaperones no prestan atención. ¿Es ahí a dónde se dirigen?

Justo antes de que la puerta se cierre de nuevo, meto la cabeza a ver si puedo encontrar a Hannah. Tampoco está por ninguna parte cerca de la mesa de los refrigerios. A lo mejor se distrajo como Wilson, o de lo contrario Edna la tiene en otra tarea de trabajo forzado. Si quiero beber o algo de comer, parece que tendré que buscarlo por mí misma.

Me adentro en la oscuridad. El aire se siente tenso

aquí, del mismo modo que cuando tenemos el show de porristas. *Apúrate*, me digo a mí misma, y agacho la cabeza e intento moverme como una *ninja*.

No hay mucho para escoger en la mesa de los refrigerios, por desgracia. Es como si los buitres se hubiesen alimentado. Las únicas cosas que quedan son unas cuantas galletas rotas y esos cubitos de queso con pimientos que a nadie le gustan de verdad. Aun así, estoy hambrienta y el estómago me suena. Así que pongo lo que puedo dentro de una servilleta y luego meto el brazo en el contenedor de hielo derretido para sacar el último *ginger ale*.

Estoy a punto de escabullirme, sin que me detecten, cuando una voz ruidosa retumba a través del salón.

—¡Último baile de la noche, Carneros! —anuncia el DJ de pronto. Mueve la cabeza rítmicamente mientras la nueva canción se desliza por encima de la anterior. El ritmo es tan fuerte que lo siento a través de mis zapatos. Es «Dale fuerte», que salió hace un par de semanas y ya es la favorita de todo el mundo. Las niñas la cantan en el taquillero todo el tiempo, intentando lucirse, a ver quién se conoce toda la letra, gran parte de la cual es en español. Es una canción acerca de pompis lindas y otras cosas que hacen que abuela se queje de «los valores morales modernos» cada vez que la ponen en la radio de tía.

Al echar un vistazo alrededor, es un poco raro ver a

niños que no hablan español (excepto cuando están en la clase de la señora Greene) inventar una jerigonza y cantar *dale, dale fuerte* en los momentos correctos. Es incluso peor que escuchar a las niñas blancas cantar *Asere, qué bolá* en nuestra aula principal.

Sin embargo, unos cuantos niños me pasan por al lado emocionados, a la carrera, rumbo al centro del gimnasio. Cuando llegan, se miran fijamente entre sí durante un segundo, intentando ver quién será quién va a tirar el primer pasillo. Nadie lo hace. Toda esa energía crece y crece sin sitio a dónde ir, como uno de los globos atrapados en el techo.

Pero entonces unas cuantas niñas comienzan a bailar en un grupo. Pronto unos cuantos más se envalentonan y se les unen hasta que un montón de ellos están haciendo los pasos del video que se suponía que yo no podía ver. Veo a Michael y a Rachel bailando. Lena baila con Darius, nada más y nada menos, haciendo sus movimientos como del espacio, una mezcla de algo que parece *hip-hop* y danza del vientre.

Ahí es cuando también veo a Wilson mover la cabeza al ritmo de la canción. El corazón se me desboca.

¿Él baila?

¿Y eso por qué me sorprende?

Estoy casi congelada en mi sitio, apretando los

sudorosos pedazos de queso contra mi pecho. Todo es un revoltijo en mi interior. Una parte de mí se quiere mover, hasta bailar, pero no puedo evitar sentirme ridícula. Es mi pelo y mi maquillaje, estas ropas. El ojo se me está desviando y estoy sudándome hasta la ropa interior.

De repente, Wilson levanta la vista y me ve desde el otro extremo del salón.

*¡Ay! ¿Me va a invitar a bailar? No. Por favor. Me voy a morir.* No quiero enterarme. Tiro mis cubitos de queso al cesto de basura más cercano y hago la única cosa que se me ocurre: correr.

Por suerte, la canción está a punto de terminar, y de un tirón se encienden todas las luces. Todos pestañean ante el brillo, como ladrones atrapados en medio de un robo. Hay un quejido sonoro cuando la señorita McDaniels toma el chirriante micrófono para traernos a nuestro aterrizaje forzoso.

—Gracias por venir, estudiantes. Por favor, caminen como damas y caballeros a la puerta de salida, en donde pueden hacer una cola para que los pasen a buscar en la rotonda de la recogida —anuncia—. Buenos modales, por favor. Sin empujar.

—¡Merci! —me llama Wilson desde algún sitio a mis espaldas.

Pero no me doy la vuelta. Quiero irme de aquí.

Sin embargo, la gente ya está abarrotando las puertas como un tumulto, aunque los chaperones intentan hacernos formar una cola. No sirve de nada con todo el mundo entre risitas y empujones.

Por fin, me escurro a través de la puerta y veo la cabina fotográfica. Ahí es donde yo debería estar, a salvo detrás de la cámara, mirando a la gente, capturando los momentos.

Todo el equipo está donde lo dejé, pero de repente me doy cuenta de que una manada de muchachos se dirige hacia ella. La dejé ahí, a la intemperie, y ahora la gente empieza a pasarle muy cerca. Los hombros chocan con la cabina y la hacen tambalearse cada vez que la rozan.

—¡Oye, cuidado con eso! —Trato de pasar a toda velocidad a través de los cuerpos como si fuera un *linebacker* de fútbol americano para llegar al IMA Paparazzi antes de que sea demasiado tarde. Pero los muchachos están demasiado acelerados por los refrescos y la música como para escuchar. Van a toda prisa hacia las salidas que conducen al estacionamiento.

—¡Paren! —vuelvo a gritar mientras la cabina es zarandeada aún más.

Para ese momento, Wilson ya ha visto lo que ocurre y también intenta llegar a la cabina fotográfica. Agarramos a la gente y tratamos de apartarlos cuando lo peor por fin ocurre. El hombro de alguien le da a la cabina. Se tambalea una, dos, tres veces y entonces, como en una dolorosa cámara lenta frente a nuestros ojos, el recién estrenado IMA Paparazzi se desploma al suelo como un árbol talado.

Liberadas de su agarre por el golpe, el juego de luces LED da vueltas en el piso y se arrastra por debajo de los pies de todo el mundo.

—¡Agarren eso! —grito.

Wilson y yo nos caemos de rodillas intentando alcanzarlo mientras la gente nos pisa las manos. Por fin, logro agarrarlo de debajo del zapato de plataforma de alguien y lo abrazo contra mi pecho. Wilson me hala para sacarme del tumulto y nos apiñamos cerca de la pared. Mi cara está bañada de sudor. Él tiene las marcas grises de la suela de un tenis en la manga de su camisa nueva.

Al principio, no me atrevo a mirar la pantalla. Tampoco lo dejo a él.

—Tenemos que hacerlo —dice.

Los ojos de Wilson son del tamaño de un platillo volador cuando la saca para ver. Así es como sé que esto es peor que malo. El juego de luces LED está muerto y la pantalla del iPad está resquebrajada en un millar de piezas de rompecabezas. Wilson suelta una palabrota cuando ve el destrozo.

En un pánico a ciegas, se lo arrebato de las manos y corro a donde yo había dejado los estuches. Meto los equipos rotos dentro y cierro el zíper del maletín.

—Merci, ¿qué estás haciendo? —dice Wilson—. No puedes...

—Silencio —siseo.

Entonces agarro la cabina, doblo las patas y las deslizo dentro de su bolsa. El corazón me palpita en los oídos mientras miro los estuches y rezo porque la luz y el iPad roto se arreglen por arte de magia, fingiendo tanto como puedo que yo guardé todo como se suponía que debí haber hecho, que la multitud no ocurrió, que nada fue destrozado, que Wilson no me está mirando como si yo fuese una criminal.

—¿Terminaron? —pregunta alguien.

Nos damos la vuelta para encontrar a Hannah. Tiene una lata de refresco en cada mano y me ofrece una.

Gotas de sudor se han formado en mi frente y el ojo se me ha desviado todo lo que da. *Dile lo que pasó*, dice una voz dentro de mi cabeza. *Explícale.*

Pero la boca no se me mueve.

—¿Estás bien, Merci? —pregunta Hannah.

Los ojos de Wilson se disparan de mí a ella, a la espera.

—Solo estoy cansada —murmuro. Aguanto la respiración y rezo porque Wilson mantenga la boca cerrada. Lo hace.

—Entonces, deberías irte. Yo termino de recoger —dice Hannah.

—No —chilla Wilson. Me da una mirada punzante. *Dile*, parecen decir sus ojos.

Abro la boca para intentarlo de nuevo, pero ahí es cuando veo a Edna y la señorita McDaniels, que caminan hacia nosotros. El estómago se me convierte en plomo una vez más.

—Nos vemos el martes —suelto. Y entonces, antes de que Wilson pueda protestar, salgo a la carrera a la rotonda de la recogida en donde ya mami me espera.

—¿Qué tal el baile? —me pregunta cuando entro de un salto—. ¿Te divertiste?

No la miro.

—Ahora no, mami —digo, y me hundo en el asiento.

—Solo es una pregunta, Merci —suspira y me da una mirada de disgusto antes de arrancar.

Wilson cruza la puerta de la escuela justo cuando nos vamos.

Recuesto la cabeza hacia atrás y le cierro los ojos al mundo. El IMA Paparazzi está muerto.

Y, ahora, yo también lo estoy.

# CAPÍTULO 23

WILSON ME HA ENVIADO TRES mensajes de texto, pero no los voy a responder. Él solo tiene que quedarse callado hasta que a mí se me ocurra qué hacer. El problema es que aquí no hay nadie que pueda ayudarme. Roli está en la escuela. ¿Y dónde está tía en los momentos difíciles? Todavía fuera de casa en el baileto.

Son las 3:09 de la mañana. Quisiera tener un poco de Abre Camino ahora: sales de baño, limpiapisos, velas…, lo que sea. Pero no lo tengo y cada vez que abro los ojos, me imagino a Edna gritándome por lo que le pasó al equipo de su papá. Todo el desastre se repite como un ciclo en mi cerebro.

*¡Lo hiciste a propósito! ¿Y esto quién lo va a pagar? ¿Cómo pude haber confiado en ti, Merci Suárez?*

Fue un accidente, pero incluso si trato de disculparme ahora, eso no cambiará el hecho de que intenté ocultar el daño. Edna me va a delatar y la señorita McDaniels con toda seguridad va a llamar a mami y papi.

Y entonces estaré aun más muerta.

Esto es peor que cuando rompí la figurita favorita de abuela en la mesita de la sala y luego intenté pegar la cabeza de vuelta con un poco del pegamento Gorilla Glue de papi. Solo que esto no es algo que viene de la tienda de todo por un dólar y que yo puedo pagar con mi propio dinero. Busqué en internet el precio de arreglar un IMA Paparazzi roto en ocho tiendas electrónicas distintas hasta por allá por Fort Lauderdale. Incluso si solo es la pantalla, el arreglo me va a costar al menos $300. Si lo tengo que reemplazar todo: $2000. ¡Eso es lo que le pagan a papi por pintar una casa entera!

Todavía estoy dando vueltas y más vueltas en la cama un poco después cuando escucho un carro que llega a la entrada que comparten nuestras casas, con las luces atenuadas para evitar que alumbren nuestros cuartos. A lo mejor es un asesino que está aquí para cortarnos el cuello mientras dormimos si hemos dejado las puertas abiertas, de la manera que abuela siempre teme. Incluso esa horripilante idea parece más fácil que tener que decirles a mami y a papi lo que hice.

Saco las piernas por el lado de la cama y atravieso en puntillas de pie el suelo de losas hasta la ventana para chequear. Es tía, que regresa de su cita con Simón. Gracias a las luces en el porche de tía, veo sus siluetas dentro del carro.

Quiero correr y contarle a tía lo que pasó y preguntarle qué hacer.

Pero entonces veo que están sentados cerca de un modo que dice *No te acerques*. Sé que si Roli estuviera aquí me tiraría una almohada y me diría que deje de ser entrometida. Me haría regresar a la cama. Pero él no está, así que me quedo quieta, deseando que pudiera correr a tía para contárselo todo.

Sin embargo, después de unos minutos, Simón se inclina y la hala hacia sí. El corazón me empieza a palpitar mientras se besan. No es el besito en las mejillas que él le da cuando él y Vicente vienen a cenar y todos estamos alrededor mirando. Este es tremendo beso en la boca y dura muchísimo tiempo.

No puedo apartar la vista.

¿Esto da miedo, es agradable o qué cosa es? ¿Se siente blando, como lo describió Edna? ¿Puedes respirar cuando besas? ¿Te mareas de mover la cabeza así? ¿Tus dientes chocan con los de la otra persona?

¿Y cómo se supone que sepas estas cosas?

Tía abre la puerta después de lo que parece una eternidad. Yo me escondo en las sombras y la miro desde una esquinita en las persianas. Simon espera a que ella entre. Cuando enciende el carro, me echo hacia atrás y lo veo irse mientras sus focos bañan mi cuarto de luz.

Me arrastro hasta la cama con la más intensa tristeza.

Tuerto, que se ha estado lamiendo las patas, me clava su brillante mirada nocturna y suelta un maullido. *Patético*, parece decir mientras se escabulle por ahí. Me dejo caer bajo la colcha, avergonzada, e intento dormir de nuevo.

# CAPÍTULO 24

RECUESTO MI TELÉFONO CONTRA la almohada tan pronto amanece y marco el número de Roli para hablar por video chat. Al principio, no contesta, pero sigo colgando y llamándolo. Por fin, al octavo intento, responde. Está en cama y luce fatal. La barba de varios días, los ojos hinchados, el pelo todo despeinado. Él solo luce así cuando trabaja en un proyecto de ciencia y se le acerca la fecha de entrega.

—¿Qué, Merci, *qué*? —gime.

—Me hacen falta dos mil dólares de inmediato. Eso o un escondite —digo sin siquiera musitar un *hola*.

Frunce el ceño y se frota las legañas de los ojos.

—Más despacio. ¿Dos mil dólares? ¿De qué tú estás hablando? —Chequea la hora en el despertador en la mesa de noche y vuelve a gemir.

Así que le cuento lo que pasó, con lujo de detalles. Cuando termino, él inhala profundamente y suelta el aire a través de sus mejillas infladas. Entonces me da el consejo más estúpido de todos.

—Díselo a mami y papi.

Me le quedo boquiabierta.

—Ya veo. Tú *quieres* que me maten —digo.

—Por despertarme a esta hora, sí, un poquito. Pero, Merci, piensa un poco. ¿Qué opciones tienes? Ellos se van a enterar tan pronto como tú regreses a la escuela, si no antes.

—¿Y entonces qué va a pasar? —digo—. Nadie por aquí tiene esa cantidad de dinero extra.

Él se recuesta en su almohada y suspira. Sabe que tengo razón.

—Lo que nos lleva a la opción número tres: huir a Carolina del Norte —digo—. Ya he revisado el horario de los autobuses y…

Ahí es cuando noto algo que me hace parar en seco. Ahí mismo, en el lóbulo de su oreja, hay un broche reluciente. Yo no tengo nada en contra de los aretes. Yo también tengo huecos en las orejas. La doctora Ortiz, mi pediatra, me los hizo en su clínica cuando yo tenía seis meses de edad. Pero esto es diferente. Este es Roli.

—¿Qué es eso en tu oreja? —pregunto.

Él sonríe y mueve la cabeza al lado para darme una mejor vista.

—¿Te gusta?

Esto es demasiado escandaloso para él. A él ni siquiera le gusta ponerse pulóveres en colores brillantes. ¿Y ahora esto?

—¿Cuándo te hiciste eso? —digo.

Se encoge de hombros.

—Hace un par de semanas. ¿Qué te parece? ¿Se da un aire a Jake Rodrigo, no es cierto?

Pongo los ojos en blanco, mientras se me acaloran las mejillas nuevamente al pensar en la vez que besé el afiche.

—Por favor. Por lo menos te harían falta seis más en cada lóbulo para acercarte un poco —digo—. Además, piel verde.

Él se ríe por la nariz.

—Lo que tú digas. Solo asegúrate de quitar esos afiches para cuando yo regrese por las vacaciones de verano. Si estás viva, por supuesto.

—Los afiches se quedan —digo—. Y tampoco me pongas esa carita. A mí no se me ha olvidado que a ti te gustaba Kim Possible. Sus iniciales todavía están talladas en el fondo de mi clóset, por si no lo sabías.

—*Touché* —dice, con un bostezo.

—¿Qué voy a hacer, Roli? —digo.

—Sí que estás hasta el cuello —dice.

Nos quedamos callados, que es algo que pasa a veces cuando lo llamo últimamente. No es como cuando vivía aquí en el mismo cuarto y podíamos hablar cuando nos daba la gana. Por ese entonces, nunca tuve que pensar qué decirle o preguntarle cómo estaba. Eso venía naturalmente. Pero ahora que estamos lejos, todas esas millas entre nosotros hacen que se nos acaben las cosas que decir.

—¿Sabes qué otra cosa es horrible? Tía y Simón tuvieron una *cita* anoche —le suelto—. Los vi besarse. Uno de esos besos de comerse la cara. Fue asqueroso.

Las cejas se le enarcan al máximo.

—¿Y ahora tú andas espiando a la gente?

—¡No es culpa mía que la gente se bese en público! Y ahora tengo todas estas preguntas, como, por ejemplo: ¿la saliva de otra persona tiene sabor?

Él cierra los ojos y se pellizca el puente de la nariz. Es un hábito que se le pegó de mami.

—Mira, Merci —dice—. Obviamente hay mucho más de que hablar, pero yo no puedo hacerlo sin un café de verdad. Anoche salí y regresé bien tarde.

—¿Tú nunca te cansas de estudiar en la biblioteca?

—¿Y quién dijo que yo estaba estudiando? Para que sepas: yo estaba en una fiesta.

Lo miro fijamente. ¿Mi hermano es el mismo que

me está soltando una sonrisa pícara? ¿Primero un arete y ahora una vida social? Una fiesta quiere decir que él salió con otros seres humanos. ¿Quién es este Roli universitario que va a fiestas? El pelo le ha crecido, noto de repente. Su barba ya no luce descuidada tampoco. Y luego está el arete que brilla cada vez que mueve la cabeza. Me pregunto si alguien en este mundo llamaría al Roli universitario «lindo». Oh, Dios, ¿*él* también anda besando a la gente? De solo pensar en ello, me dan ganas de cerrar los ojos.

Así que lo hago.

—Oye. —Su voz es amable—. ¿Estás bien?

—Sí. —Pero el mundo de veras me da vueltas. Estoy asqueada de todos los problemas en los que me he metido y también estoy harta de todas las cosas que son diferentes este año. Lolo y yo ya no hablamos más de cosas importantes. Tía sale con Simón. Y ahora este estúpido arete en la oreja de mi hermano que no usa aretes. Nadie es como se suponía que fuera.

Pienso en aquel fin de semana de familia en Carolina cuando fui en carro con mami y papi a ver un partido de fútbol americano gratis en la escuela de Roli.

Lolo y abuela no podían subir y bajar todas esas colinas, así que se quedaron en casa con tía y los mellizos. Fue difícil imaginarse a Roli ahí, aunque lo estábamos viendo con nuestros propios ojos. Creo que papi también lo sintió. Él se la pasó echándole un vistazo al estadio, mirando fijamente a la enorme banda musical en la cancha con sus plumas cómicas y sus zapatos brillosos. Mami intentó sonar entusiasta. Dijo que le gustaban los senderos sombreados y los hermosos edificios viejos del campus, que era diferente a la escuela nocturna donde ella estudió. Dijo que Emory, el compañero de cuarto de Roli, parecía agradable. Sin embargo, papi estuvo callado ese día, incluso cuando le estrechó la mano al papá de Emory, un tipo grande que tenía puesta una camisa de golf y una chaqueta. Emory nos invitó a cenar con su familia esa noche, pero Roli le respondió al instante que no, gracias, en otra ocasión. En vez de eso, nos condujo a pie al restaurante de comida a la barbacoa en el que trabaja a tiempo parcial y comimos sándwiches y mazorcas de maíz con mantequilla derretida en cestas rojas de plástico.

—¿Te gusta? —pregunto.

—¿Me gusta qué?

—La universidad. Vivir lejos de casa *¿Besarte con alguien, tal vez?*

Roli se lo piensa un minuto y se encoge de hombros.

—Una vez que descubres a tu gente, está bien.

Abro los ojos y le clavo la mirada.

—¿Tú tienes *gente*?

Se vuelve a encoger de hombros.

—Tienes que encontrar a gente que más o menos te comprende. Si no, es difícil —dice—. Y eso no incluye a todo el mundo de por aquí.

—¿A qué te refieres? —pregunto.

—Tú sabes a qué me refiero. Imagínate a Seaward en esteroides.

—Oh.

Hay otro silencio largo y luego le hago un gesto con la mano.

—Acércate a la pantalla.

—¿Para qué?

—Hazlo, por favor.

Mira por encima del hombro para cerciorarse de que está solo. Entonces se inclina.

—¿Y bien?

Su cara es grande ahora y el Roli universitario desaparece por fin. Ahora veo al Roli normal, el que tiene una partidita en el diente y la pequeña cicatriz en una ceja de cuando se cayó del columpio. Sigue ahí, del mismo modo que Lolo es Lolo en sus días buenos. Es suficiente como para ayudarme a tragar de nuevo.

Después de unos segundos, Roli pone los ojos enfrente de la cámara para lucir ridículo. Entonces me da un súper *close-up* de su nariz.

—*Puaj*. Échate para atrás y búscate un pañuelo —le digo—. Te vi los mocos.

Se inclina hacia atrás con una sonrisa.

Alguien llama a la puerta y Roli mira fuera de cámara.

—¿Quién es?

Se escucha una voz de muchacha al fondo.

Roli se envuelve la sábana en la cintura y salta de la cama. Me quedo mirando las almohadas. Subo el volumen con la intención de escuchar, pero lo único que oigo es un murmullo. ¿Quién podría ser ella? ¿Es parte de su gente? ¿Es ella a quien él ha estado besando?

Cuando regresa, no se vuelve a sentar.

—¿Quién era ella?

—Una amiga. Oye, me voy a buscar algo de comer. —Se inclina sobre su teclado—. Te hablo en un par de días. Todavía pienso que deberías sincerarte con mami y papi, Merci. Pero si no lo haces, al menos no hagas más nada estúpido.

Asiento con la cabeza y ya le echo de menos. *No te vayas*, le quiero decir.

Pero antes de que pueda detenerlo, él cuelga y desaparece.

# CAPÍTULO 25

CUANDO SE NOS ROMPIÓ EL refrigerador hace un par de años, papi nos compró uno nuevo a plazos. Dijo que a veces hay que romper un problema grande en partes pequeñas. He decidido disculparme con Edna y pagarle poco a poco, del mismo modo que compramos nuestro refrigerador. Si logro que Edna se ponga de acuerdo conmigo, tal vez no tenga que contarles a mami y papi. Lo único que me hace falta es un buen primer pago inicial para restregárselo en la nariz.

No he dormido nada y tengo tremendas ojeras. Siento una pesadez general en todo el cuerpo mientras voy en bici hasta la Sombrilla Roja por la tarde a ver si me espera algo de dinero. A lo mejor uno de sus clientes se enamoró de las ropas que se me quedaron chiquitas y las compró todas. No es tan difícil de imaginar. Abuela las cosió, así que se parecen a cualquier cosa que puedas comprar en una tienda por departamentos. Mejores, en realidad, diría alguna gente. Las blusas hasta tenían unas etiquetas que dicen *Teresa Designs*, las que quedaron de cuando abuela tenía una tienda en nuestra sala.

—Sí, *tienes* unas ganancias esperando por ti —me dice la vendedora cuando revisa el libro de contabilidad—. Enhorabuena.

Entonces abre la caja y me entrega unos míseros treinta y seis dólares.

Miro fijamente los billetes. Por lo general, yo estaría loca de contenta. Es más que suficiente para el muñecón para el que estaba ahorrando. Pero bajo estas circunstancias, no me sirven de nada.

—¿Eso es todo? —pregunto.

Ella frunce el ceño y vuelve a echar un vistazo a las ventas.

—Vendimos dos pares de *shorts*, un vestido, tres blusas. —Sonríe con delicadeza—. Yo diría que te ha ido muy bien.

—¿Y qué hay de la camiseta de los Mets de St. Lucie? —pregunto—. Eso debe haber traído un montón de dinero.

Ella se quita los espejuelos y los deja colgando de su cadena mientras me contempla.

—Me temo que todavía está en la percha. Las manchas de kétchup son un problema —dice—. Le vamos a bajar el precio.

Debo lucir tan desesperada como me siento, pues me da una charla motivacional.

—Todavía tienes unas cuantas semanas para el resto —me dice—. Ven a ver qué tal la próxima semana. O tal vez trae más mercancía para vender —sonríe—. Tal vez juguetes viejos o libros. Cualquier cosa con superhéroes vuela.

Trago en seco. ¿Cuánto costarían mis muñecos de acción de Jake Rodrigo? ¿Mis afiches?

—Pero, mira, veo aquí que tengo un cupón para Inés también. Cincuenta y tres dólares. ¿Quieres firmarlo y le ahorras el viaje? —pregunta—. Sus cuentas están conectadas.

La mente me da vueltas mientras hago matemática mental de la que se enorgullecería Wilson. ¿Y si junto mi dinero y el de tía, más los dólares que tengo en mi cómoda? En total son unos 100 dólares. Eso no sería un mal primer pago, ¿no es cierto? A lo mejor sería suficiente para mantener a Edna en silencio.

—Claro. Yo se lo llevo. —Firmo mi nombre y me meto el dinero de tía en el bolsillo.

La vendedora camina conmigo hasta la entrada de la tienda y me ve quitarle el candado a mi bici.

—Qué manera tan elegante de ir de un lado a otro —dice—. Tiene mucho estilo.

Me monto y me abrocho el casco.

—Gracias —digo, y tomo impulso.

Me paro en el sillín y pedaleo rumbo a casa. Me siento más cansada de lo que jamás he estado. Ni siquiera la brisa en la cara logra reavivarme.

¿Le estoy robando a tía?

*No*, me digo firmemente. Estoy tomando prestado durante una emergencia. Nosotros le hemos prestado bastante dinero a tía a través de los años. Para las cosas de la escuela de los mellizos. Para un nuevo juego de neumáticos para su carro. Ella lo entenderá. Yo se lo devolveré todo tan pronto como pueda. Además, yo soy lo suficientemente mayor como para arreglar esto por mi cuenta. Y ella está tan ocupada con Simón ahora que probablemente ni siquiera se dé cuenta.

Pero aun así, todavía hay algo que me come por dentro mientras me acerco a casa. Me inclino sobre el manubrio y doblo rápido la esquina y doy un patinazo tan grande en un montón de arena que la bici se desliza por debajo de mis pies y me estrello en la acera. Me siento ahí, estupefacta. El pedal se me ha clavado en la pantorrilla y la carne rosada pronto se llena de sangre que me corre por la pierna. Los oídos me zumban como hacen siempre que empiezo a llorar. Me levanto y me sacudo el polvo, mareada y enojada conmigo misma por llorar…, por todo.

Me obligo a subirme en la bici de nuevo y trato de montar como si no hubiera pasado nada. *Solo es un arañazo*, me digo. Pero me duele, incluso si no se lo digo a nadie. Y no importa cuán duro pedalee ahora, mis piernas son como las pesas de papi. Es como si el dinero de tía se hubiese convertido en un ancla y ahora no me puedo escapar.

# CAPÍTULO 26

EL DOMINGO, MAMI ESTÁ DE pie al lado de Lolo frente al fregadero de su cocina.

—Vamos a ver si te podemos levantar la pierna derecha por diez segundos esta vez —le dice.

Lolo mira al frente, con la mirada perdida, y no mueve la pierna en lo absoluto. Su catarro más reciente debe haberle hecho tremendo estrago. Sin embargo, mami le sonríe de nuevo y le da un golpecito en la pierna derecha.

—Esta, viejo. Solo unas pulgadas. Tú lo puedes hacer. Imagínate que estás haciendo el *windup* para pichear.

Abuela y yo estamos en la mesa de la cocina esperando a que terminen. Abuela quiere ir a buscar muslos de pollo que están a la venta en Walmart por el fin de semana del

Día de los Presidentes y mami va a ir a buscarme antiácidos. Está segura de que mi dolor de estómago y mi decaimiento son porque me comí casi una libra de chocolates.

—Le *dije* a tu padre que toda esa azúcar era mala idea —había dicho antes.

De todos modos, doy gracias por el hecho de que no estarán por aquí durante un rato, incluso si eso quiere decir que tenga que estar pendiente de Lolo y los mellizos.

—¿Cuánto más te vas a demorar, Ana? —pregunta abuela—. Lolo ha estado un poco enfermo, tú sabes. No creo que sea buena idea que lo pongas a trabajar tan duro.

Mami mira por encima del hombro.

—Él solo tuvo un catarrito, apenas un poco más que tener la garganta carrasposa. Eso no es motivo para dejarse de mover. De todos modos, este es su último ejercicio.

Durante los últimos meses, Lolo ha estado trabajando con mami, del mismo modo que ella trabaja con sus propios pacientes en el centro de rehabilitación. Ella dice que la terapia física puede ayudar a Lolo a mantener sus habilidades y el ánimo. Caminar con los mellizos a la escuela con abuela es bueno para él, dice, pero le vendría bien muchísimo más ejercicio.

—¿Pero su problema no está aquí arriba? —pregunta abuela. Se toca la sien.

—El cerebro está conectado al resto del cuerpo, Teresa

—le dice mami—. Tenemos que mantenerlos a ambos fuertes. De lo contrario, se nos hará más difícil cuidarlo aquí en casa.

—Por favor, Ana —murmura abuela—. No empieces.

Yo en realidad no la culpo por ponerse de mal humor cuando la gente habla de que Lolo va a empeorar. ¿Quién quiere imaginárselo poniéndose más débil o pensar en cómo tendremos que ayudarlo aun más mientras más pase el tiempo? Abuela ya se sienta al inodoro mientras él se ducha y lo mangonea diciéndole que se tiene que agarrar de la barra que papi atornilló en los azulejos. Ella hasta le dice dónde tiene que lavarse… y luego revisa en caso de que a él se le haya olvidado. ¡Dios mío! ¡Qué vergüenza! Yo no les hago eso ni siquiera a los mellizos.

Mami no le hace caso y se vuelve a Lolo, quien por fin levanta la pierna para los ejercicios finales.

—¡Primer *strike*! —dice, como si hubiera acabado de pichear. La voz le suena más fina hoy, como si todavía tuviera telarañas en la garganta.

—Bien hecho —le susurra mami.

Entonces papi asoma la cabeza por la ventana de la cocina.

—Gente, hace falta que muevan los carros de la entrada. Me han vuelto a bloquear la salida. Simón y yo tenemos media hora para llegar a Broward y tengo que mantener contento a este cliente. —Me mira y frunce el ceño—. ¿Y tú por qué tienes el teléfono apagado? Intenté llamarte desde la camioneta.

He mantenido el teléfono apagado todo el fin de semana para evitar a Wilson, por si acaso.

—Se me olvidó cargarlo —murmuro—. Lo siento.

—Nos vamos ahora mismo —le dice mami—. ¿Dónde está Inés? Yo pensé que para esta hora ya habría terminado su turno de trabajo. Ella iba a ayudar a cuidar a Lolo cuando nosotros saliéramos.

Papi le da una mirada.

—Sirviéndole un poco de café a Simón en la panadería. —Mira al cielo y sacude la cabeza—. Me consideraré dichoso si recuerdan traerme también un café para llevar.

Mami sonríe.

—Déjalos en paz. Son adorables. Merci, dame las llaves.

Sienta a Lolo en una silla de la cocina y va hasta el antiguo reproductor de CD que está en el alféizar de la ventana de abuela. Mami siempre termina cada sesión con canciones que a Lolo siempre le han encantado. Dice que la música crea las memorias más duraderas en nuestros cerebros, aunque nadie sabe realmente por qué.

Debe tener razón, pues mientras ella recoge sus cosas, Lolo comienza a tararear. Es una canción de amor en español que suena como un gorjeo que yo no reconozco.

Pero abuela sí.

—¡Es Benny Moré! —dice.

Ella también tararea las últimas notas con él. Luego le pone la mano encima de la suya.

—Nosotros bailábamos ese viejo bolero en La Habana, viejo —dice ella suavemente—. ¿Te acuerdas?

La cara completa de Lolo sonríe. Entonces le da una serenata a abuela con su vocecita. Se sabe toda la letra, palabra por palabra.

Cuando él termina, abuela le da un beso en la cabeza.

—Guárdame la última pieza —dice ella—. Regreso pronto.

Se cuelga la cartera del hombro y me susurra:

—Déjalo que duerma la siesta.

Mami también me besa al pasarme por al lado.

—En la sala les dejé el videojuego conectado para todos ustedes —dice—. Haz que hagan al menos quince minutos.

Le digo que sí con la cabeza.

*A bailar* es una de las formas favoritas de los mellizos de jugar con Lolo estos días. Tía se lo compró… Es un juego de baile, por supuesto. Lolo se sienta en una silla al lado de ellos mientras un alce y un panda de neón bailan al ritmo de las canciones de Daddy Yankee. Los mellizos les copian los movimientos exactamente, del mismo modo que tía hace cuando ella juega. Cuando llega el momento, Lolo mueve los brazos con unos manotazos similares a los animales en el video y canta la única parte que se sabe. A los tres, ese «pum pum» les parece comiquísimo.

¿Y yo? Por lo general, los observo desde el sofá.

Le echo un vistazo a Lolo, quien todavía canta con los ojos cerrados. El año pasado, tal vez yo habría esperado a un momento en privado con él, igual a este. Le podría haber contado todo lo que pasó en el baile y el me habría abrazado y me habría dicho qué hacer ahora. Pero *ese* Lolo se ha ido.

*Concéntrate en sus habilidades.*

Veo a mami y abuela en el carro salir de la entrada y saludar con la mano. Dejo a Lolo en la silla de la cocina, tarareando, y me encierro en el baño. Enciendo mi teléfono por primera vez desde el viernes en la noche. Y, tal y como supe que ocurriría, los mensajes de texto empiezan a caerme encima como balas. El primero es de Lena, de ayer:

¿Quieres ir al cine? Llámame.

Pero luego hay seis de Hannah, uno detrás del otro.

Merci, llámame cuando recibas esto.

Merci, tengo que hablar contigo. ¡¡¡Es importante!!!

Merci, es sobre la cabina fotográfica. Llámame. Pasó una cosa muy rara.

Oye. ¡¡¡El equipo fotográfico lo han desbaratado!!! ¡¡¡Edna está superbrava!!!

Cuando tú lo guardaste estaba bien, ¿¿¿verdad???

¿Merci? ¿Dónde tú estás?

¡¡¡¡Merci!!!! ¡¡¡Respóndeme!!!

Vuelvo a apagar mi teléfono. Podría fingir que no sé nada. ¿Acaso eso no sería más fácil?

Pero cuando cierro los ojos, veo la cara que puso Wilson cuando yo guardé el equipo roto y lo puse fuera de vista. Él vio lo que pasó, así que ¿y si decide contarlo?

Fuera de la cocina, Lolo todavía canta al ritmo de la música. Me miro fijamente al espejo. Todo mi interior se siente culpable.

Tía viene un poco después en la tarde y le hace el almuerzo a Lolo. Los mellizos están afuera cazando lagartijas y yo trabajo en mi ejercicio de laboratorio para que mi mente no piense en el lío que se me avecina. He estado intentando fingir que nada anda mal, pero cada vez que la miro, el estómago se me hace un puño. Es como si estuviera atrapada con todos mis problemas. Pienso en ella y Simón besándose y, lo que es peor, pienso en el dinero escondido en mi cómoda, dentro de un par de medias. Me las arreglé para evitar a tía la mayor parte de ayer porque ella trabajó un turno largo. Pero no hay modo de evadirla hoy.

—¿Qué estás cocinando, preciosa? —dice Lolo.

Es la tercera vez que me ha preguntado en la última hora y está comenzando a fastidiarme. Levanto la vista del café molido que he estado mezclando con harina y fango de la maceta, tal y como dicen las instrucciones en la hoja de trabajo del laboratorio. ¿Acaso no lo ve? La pasta gris luce grumosa y hedionda, como algo que Tuerto vomita detrás del sofá.

—No es comida, viejo —dice tía dulcemente.

—Es la masa que me hace falta para crear un fósil para el señor Ellis —digo de nuevo. Enciendo la pantalla en mi tableta y señalo a la imagen de los huesos de un bebé dinosaurio preservado en una roca—. ¿Ves?

Entrecierra los ojos al mirar a la pantalla.

—¿Un fósil, eh?

—Anjá. En esencia, huesos viejos.

—Huesos viejos como los míos —dice, repitiendo el chiste que hizo hace unos minutos.

Suelto un suspiro.

—Viejo, se te está enfriando tu café con leche —le dice tía suavemente.

Ella rodea con un círculo otro anuncio en la sección de clasificados de negocios mientras Lolo se recuesta en el espaldar con su taza de café. A lo mejor ella va a buscar otro trabajo después de todo. Sin embargo, lo extraño es que es para el alquiler de un sitio. Ella me agarra mirándola y pregunta:

—¿Y a ti qué es lo próximo que te hace falta?

—Un rodillo de amasar, por favor —digo—. ¿Y tú qué buscas?

—¿Yo? —Me trae la vieja botella de vino que abuela deja en el alféizar de su ventana—. Solo tengo curiosidad por todas estas tiendas vacías por aquí —dice vagamente. Entonces se vuelve a sentar y levanta las rodillas para verme trabajar. Noto que todavía tiene las uñas de los pies pintadas de un pulido rojo brillante.

—No tienes que mirar —le digo—. Me estás poniendo nerviosa.

Ella frunce los labios y se vuelve a sus anuncios.

—Lo siento.

Les doy molde a tres medallones y trato de aplanar el

primero con la botella del modo en el que abuela hace las empanadas. Afuera, los niños chillan al perseguir a una pobre criatura. Sin embargo, el único sonido aquí es el chirrido de la mesa que se tambalea con cada uno de mis golpes.

Sin decir una palabra, tía dobla una servilleta en cuatro y la pone debajo de la pata más corta de la mesa para equilibrármela.

—Gracias —digo y vuelvo a mi trabajo.

Estamos silentes un rato y pronto Lolo se pone a roncar suavemente.

—Has estado tan callada hoy —me dice tía después de un ratico.

No levanto los ojos.

—Solo estoy ocupada haciendo la tarea —digo—. Como puedes ver.

Ella asiente consideradamente, con los ojos saltando hacia Lolo, cuya barbilla se le ha caído hasta el pecho.

—Y ¿qué tal estuvo el baile? Lucías muy linda, pero todavía no me has contado nada. Ya yo me había ido cuando regresaste.

—Eso lo sé. —Mi voz vuelve a ser cortante en un modo que me sorprende. Parece rebotar de las paredes de la cocina y suena feo—. ¿Qué tal tu cita? Tú tampoco me has contado nada —pregunto como si fuese una acusación.

Ella da unos golpecitos con las uñas al lado de la taza mientras piensa.

—Fue de lo más agradable, gracias. Simón es un excelente bailador. ¿Quién lo iba a decir? —Se lleva la taza de café a los labios y sonríe mientras se da un largo buche.

No respondo. ¿Qué es exactamente lo que ella está recordando? ¿Su largo besuqueo a la entrada?

De un puñetazo meto un gajito del helecho del jardín de Lolo en el primer medallón. Luego saco suavemente la hoja para revelar una impresión perfecta.

Tía se inclina sobre la mesa y me quita la botella.

—¿Puedo hacer la prueba con el próximo? —dice.

Le doy la botella.

Aplasta un disco, plano y fino, de tan solo cuatro golpes duros. Luego me alcanza la mano. Pone la mía junto a la de ella y empuja hacia abajo. Cuando levantamos las palmas de las manos, las huellas que dejan se parecen a las de yeso que ella tiene de los pies de los mellizos de cuando nacieron. Noto que ahora mi mano es casi del mismo tamaño que la suya. Mi dedo índice también curvea del mismo modo, al igual que el de ella y el de papi.

Todo esto me da ganas de llorar.

Le doy un vistazo a Lolo, que está dormido en su silla.

—¿Te vas a casar con Simón? —le pregunto tan suavemente que no estoy segura de haber hablado en voz alta.

La quijada me tiembla mientras escucho todas las demás preguntas que todavía están dentro de mí. *¿Te vas a mudar a otra parte? ¿Te llevarás a los mellizos? ¿Lo quieres más que a mí?*

Pone la mano encima de la mía.

—Eso es un salto muy grande —dice—. Niña, nosotros solo tuvimos nuestra primera cita. Fuimos a bailar. Bailar no es el amor. Es más como una conversación.

—Tú hiciste más que bailar —digo.

Me mira largamente.

—No sé si me voy a casar con Simón o con alguien más de nuevo —dice—. Tengo que pensar en los niños. Y en Lolo. Y, lo más importante, a lo mejor es hora de pensar también en mí misma y en las cosas que tal vez yo querría hacer por mi propia cuenta. Pero yo no *tengo* que tomar una decisión con respecto a Simón ahora mismo. Y él no tiene que tomar una decisión con respecto a mí. Nos gustamos. Nos divertimos. Él es un buen hombre. Eso es suficiente por ahora.

Ella recoge el «fósil» de nuestras manos y lo pone a secarse en la parte soleada del mostrador. Entonces se vuelve hacia mí y recuesta el fondillo en el lavamanos.

—Ahora, ¿te importa si *yo* te pregunto algo personal?

La miro cuidadosamente.

—¿Qué es lo que te tiene tan molesta? Nunca te he

visto así. —Me mira con ecuanimidad, pero no puedo decir ni una palabra del ancla que me hala hacia el fondo. Una voz dentro de mis oídos me grita: *¡Ladrona! ¡Mentirosa!*

—Yo estoy aquí —me dice después de un largo silencio que yo no rompo—. Me dices si quieres solucionar lo que sea.

# CAPÍTULO 27

EL PATIO ES DE UN GRIS pálido y está en calma mientras camino a casa de tía la mañana siguiente. Los pájaros todavía no han comenzado a cantar, así que parece como si el mundo estuviera congelado y silente, a la espera de despertarse.

Ya ella se fue al trabajo y los mellizos están dormidos en la cama de Roli. Abro su buzón postal y boto la lagartija muerta que los niños pusieron adentro para asustar al cartero. Entonces pongo un sobre adentro. Hay un mensaje escrito en el reverso:

*Se me pasó darte esto.*
*Es de la Sombrilla Roja.*
*Lo siento.*

Y lo siento de veras.

Estoy a punto de darme la vuelta para regresar a casa cuando noto a Lolo parado en el patio. Está de espaldas a mí. ¿Estaba ahí cuando yo pasé por primera vez?

Aún tiene puesto su piyama y la puerta de la cocina está abierta de par en par tras él. No veo a abuela a través de la ventana. Ella por lo general se despierta con las gallinas, pero toda su casa todavía luce a oscuras. Algo aquí no anda bien.

Así que me acerco a él despacio.

—Lolo, ¿qué haces despierto tan temprano? —susurro.

Se vuelve hacia mí lentamente.

—Tenía que ir al baño —dice.

Ahí es cuando veo que hay una enorme mancha mojada en la parte delantera de su pantalón del piyama y otra en el suelo cerca del jardín de flores de abuela. Un fuerte olor a amoniaco emana de él, un olor penetrante, más fuerte que la caja de arena de Tuerto.

El color se me sube a las mejillas. Sé lo que ha pasado.

Miro alrededor a ver si algún vecino está afuera, si hay alguien más en la calle. ¿Debería despertar a abuela? A lo mejor no. Ella se moriría si pensara que alguien lo había visto así, orinando en público. Gritaría, armaría tremendo rollo.

—Esto es afuera, Lolo —le digo—. El baño está adentro, no aquí, ¿OK?

—Tenía que ir al baño —dice de nuevo.

Lo tomo de la mano, tal como hace abuela a veces cuando él no usa su andador.

—Ven conmigo.

Nos encaminamos hacia adentro y me pongo el dedo en los labios para indicarle que hagamos silencio mientras nos escurrimos a través de la cocina hacia el vestíbulo de la parte trasera de la casa, en donde abuela tiene la lavadora y secadora que todos compartimos. Cada tablón bajo el linóleo cruje como si la casa misma quisiera despertarla y delatarnos.

Por suerte, hay un par de piyamas limpios que están doblados sobre la secadora.

Se los paso.

—Quítate las ropas mojadas y ponte estas antes de que abuela se despierte —susurro.

Pero Lolo me mira y parece no poder decidir dónde comenzar. *Por favor, por favor*, pienso. *Que este no sea uno de sus días difíciles.*

—Lolo, comienza con los botones.

—Sí, claro —dice, pero no hace ademán de tocarlos.

Los dedos me tiemblan de frustración mientras le desabrocho la camisa, deseando no haberlo visto en el patio, deseando no ser yo quien hiciera esto. Le quito la camisa del piyama, con los ojos fijos en el empapelado en la pared. No quiero ver su cuerpo viejo. Ni las canas en su pecho raquítico ni el modo en que su piel morena se le cae como chocolate derretido en un pastel demasiado caliente.

Le desabrocho el cinturón del piyama lo más rápido que puedo. Vuelvo a apartar la vista mientras él se equilibra contra la secadora y se quita los pantalones mojados. El olor me provoca arcadas. Aguantando la respiración, me agacho y sujeto el piyama limpio para que se lo ponga.

—Mete el pie —digo, guiándolo.

Cuando terminamos, tiro sus ropas mojadas en la lavadora y enciendo la máquina. Entonces lo llevo de vuelta a la mesa de la cocina.

Siento que el olor a orina se me ha pegado. Me restriego las manos con Palmolive en el fregadero, tratando de eliminarlo. Cuando termino, me siento y lo miro durante un largo rato.

—Estoy en problemas en la escuela, Lolo —digo—. No sé qué hacer.

—Ay, preciosa —dice. Pero no me pregunta a qué me refiero o por qué estoy en el patio tan temprano. No dice que he estado callada, que no me parezco a mí misma. Y así es como sé que el Lolo de hoy será un fantasma. No será más el Lolo que pueda ayudarme. Me las tengo que arreglar por mi cuenta.

Le busco una bolsa de galletas cubanas y les pongo

mantequillas a unas cuantas. Él se lame los labios, pega un bocado enorme y sonríe mientras las migajas le caen por el pecho.

Espero con él mientras come hasta que por fin escucho el crujido de la cama de abuela.

—¿Leopoldo? —grita desde su cuarto. Escucho como los nervios le tiemblan en la voz, todavía ronca del sueño. Ella usa su nombre completo cuando está preocupada—. ¿Por dónde estás, Leopoldo?

—Está aquí, abuela —le grito—. Está bien.

Me levanto, deseando no estar aquí cuando ella salga. No quiero contar la historia de esta mañana.

—Quédate adentro, ¿OK? —le susurro. Luego echo la llave por dentro y cierro la puerta silenciosamente tras de mí.

No voy a casa. En vez de eso, tomo mi bici para dar una vuelta. Empiezo en nuestro perímetro de Las Casitas, practicando cómo montar con los ojos cerrados en la parte más larga del camino, abriendo los ojos solo un poquito en las vueltas, del modo que finalmente aprendí a hacerlo. Aunque se supone que no lo haga, salgo de Las Casitas sin decirle a nadie y pedaleo mi hermosa máquina a través de nuestro vecindario, todavía tranquilo en la mañana. Monto tanto como puedo, más allá de los condominios y al lado del canal, en donde me detengo a ver a un caimán, no más grande de un metro, que toma el sol en la otra orilla.

No regreso hasta que me duelen las piernas, pero al menos sé, con toda seguridad, qué es lo que tengo que hacer. He estado pensando durante todo el fin de semana y ahora, por fin, creo que tengo un plan. Recuesto mi bici en nuestra caseta y espero a que mami y papi se vayan al trabajo.

Entonces le envío un mensaje de texto a la única persona que se me ocurre que me pueda ayudar con lo que tengo que hacer.

> Ven a verme al parque a las 10.
> No le digas a nadie. Es una emergencia.

# CAPÍTULO 28

SIMÓN SALE DE SU VIEJO Toyota, con la cara retorcida por la preocupación. Viene a paso rápido a donde le dije que lo estaría esperando.

—Merci, ¿estás bien? —Me mira de arriba abajo para cerciorarse de que estoy bien y les suelta una mirada violenta a los muchachos mayores en el parque, que han estado pasando el rato, embobados con mi bicicleta desde que llegué—. ¿Qué pasó?

Estoy sentada en el banco con el casco en mi regazo. He repasado mi plan un millón de veces y sé que esta es la mejor manera.

Lo miro con cara de carnero degollado al recordar todo el odio que le he profesado. Ahora él es la persona a la que tengo que pedir ayuda. Él es el número uno de papi, me recuerdo a mí misma, el tipo en quien confía para que haga los trabajos difíciles. Intento olvidarme de tía en su carro, de cómo él se inclinó para besarla.

—Estoy bien —digo—. Te llamé porque tú eres el único adulto en quien confío que tiene un carro. Y de veras que me hace falta tu ayuda.

La cara se le retuerce de la confusión.

—Lo que dices no tiene sentido. Tu padre tiene una camioneta. Tu mamá tiene un carro, al igual que Inés.

Trago en seco.

—Ninguno de ellos puede saber —digo—. Me hace falta que me lleves al *downtown* esta mañana. Es demasiado lejos para que yo vaya en bici a las tiendas de ahí. De lo contrario, habría ido por mí misma.

La quijada le llega al piso y cruza los brazos en el pecho.

—¿Tú me sacaste del trabajo para que yo te lleve *de compras*?

Me pongo de pie y tomo la bici por el manubrio, con los ojos aguándoseme.

—No de compras, Simón. —Comienzo a llevar mi bici a su carro—. Para vender. Te lo explicaré todo en el carro. Ahora, ¿me puedes ayudar a poner esta cosa en tu asiento trasero? Tengo que llevarla a la tienda de bicicletas en el *downtown* y ver cuánto me pagarán por ella de segunda mano.

# CAPÍTULO 29

HANNAH ESTÁ ESPERANDO CERCA de mi taquillero cuando llego a la escuela el martes. Wilson también está ahí, a unas taquillas más de distancia. Me mira con preocupación y finge que está ocupado con su candado.

—¡Mírate ahí! ¿No recibiste mis mensajes de texto? —pregunta Hannah.

Abro mi candado lo más rápido que puedo.

—Lo siento —digo—. No me sentía bien. Mi teléfono estaba apagado. —Todo eso es verdad. Cada palabra.

—¡Bueno, he intentado dar contigo durante todo el fin de semana! —Hannah se hala el pelo y habla rápidamente, como si estuviera asustada—. Hay una emergencia y las dos estamos en tremendo problema.

Abro mi taquillero y miro al reguero que hay adentro.

—El equipo fotográfico de Edna está *roto* —continúa—. El IMA Paparazzi se hizo añicos. ¡Nada funciona! Ella dice que lo encontró así en el estuche. Y ahora nos está echando la culpa aunque nosotras no lo hicimos. ¿Tú puedes creer eso?

Me gusta escuchar a Hannah tomar partido conmigo para variar, incluso aunque ella no conozca toda la historia. Pero entonces veo a Wilson por el rabillo del ojo y él lo echa todo a perder. Da un portazo en su taquillero y me fulmina con la mirada.

—Pero es que yo no puedo imaginarme cómo esa cosa se desbarató. Tú no viste nada, ¿verdad? —dice. Entonces baja la voz—. A lo mejor lo hizo Jason. Es propio de él ser así de taimado.

El cuello me pica y la lengua se me inflama. Jason merece meterse en problemas de vez en cuando. Pienso en todas las demás veces en las que se sale con la suya siendo horrible.

Wilson comienza a toser.

—En cualquier caso, mi mamá va a poner el grito en el cielo si la señorita McDaniels llama a casa para decirle que rompimos el equipo. Y yo…

—Hannah.

—…no quiero que me castiguen sin motivo y…

—Hannah, *para* —digo en voz más alta. Mis ojos vuelan hacia Wilson, quien asiente con la cabeza.

Ella se queda ahí pestañeando por un segundo.

—¿Qué?

—Fue un accidente. Yo vi cuando ocurrió —le digo—. Tumbaron la caseta en el baile cuando todo el mundo salió a la carrera rumbo a la puerta.

Ella me mira, aliviada por un momento. Pero un segundo después, veo el engranaje de su mente dar la vuelta y hacer que las cosas encajen en su lugar.

—¿Pero y cómo fue a parar al estuche?

Clavo la vista en mis zapatos.

—Yo lo puse ahí después de darme cuenta de que estaba roto. No sé. Lo hice por el pánico.

Hannah se queda muy quieta.

—No dijiste nada —dice muy lentamente—. No respondiste mis mensajes de texto. —Las mejillas se le están poniendo coloradas, como siempre pasa cuando ella se enfada—. Yo te pasé textos todo el fin de semana, Merci, preocupada por esto.

—Lo sé —digo—. Lo siento.

Pero ella luce como si yo le hubiera pegado un puñetazo.

—¿Lo siento? ¡No me lo puedo creer! ¡Yo saqué la cara por ti! Le dije a Edna que no sabíamos nada. ¡Está tan furiosa!

—Edna siempre está furiosa, ¿no es así? —digo.

—No, conmigo no lo está. ¡Y esta vez tiene toda la razón de estarlo! —dice Hannah.

Le doy una mirada sombría. Ahora Hannah está tomando partido con Edna otra vez. Ya es bastante malo que yo haya perdido mi bici —mi cosa favorita en el mundo— por culpa de esa niña.

—¿A quién le importa Edna? —murmuro—. La odio.

Es raro ver la cara de Hannah cuando lo digo. Ella nunca se pelea con nadie. Ella es quien siempre está haciendo las paces. Pero ahora mismo, parece que ella quiere mi cabeza en la punta de una lanza.

—¡Eso no quiere decir que tú puedas romper sus cosas y luego mentir al respecto! ¡Esconder los equipos rotos nos hace lucir como tremendas mentirosas, Merci! Quiero que le digas a Edna que yo no sabía nada.

—Yo lo voy a arreglar, ¿OK? Tengo un plan. Ahora, deja de mangonearme —le digo en mal tono—. ¿Tú piensas que yo no me preocupé por esto durante todo el fin de semana? Tú también podías haber guardado las cosas, tú sabes. Tú solo las dejaste ahí para que yo las recogiera y tú poder ir a pasarle la lengua por los zapatos a Edna.

Nuestras voces son altas y quienes están cerca de nosotras en el pasillo se han vuelto a ver qué pasa.

—Yo no le paso la lengua por las zapatos, Merci Suárez.

—Se cuelga la mochila en un hombro y me fulmina a través de sus ojos llorosos—. Yo lo único que sé es que más te vale arreglar esto o de lo contrario…

—¿O de lo contrario qué?

Los ojos se le han llenado de lágrimas.

—O de lo contrario… ya no seremos más amigas.

Alguien dice «ooohh» mientras Hannah sale disparada como un bólido.

—Aquí no hay nada que ver —grito—. Entonces le doy un portazo a mi taquillero, retando con la mirada a Wilson a que diga una sola palabra.

Me voy sola a mi aula principal. Los anuncios matutinos llegan justo cuando me siento, echando humo por las orejas.

—¡Buenos días, Carneros! Les hablan Lena Cahill y Darius Elmer con los anuncios matutinos. Hoy celebramos el día nacional de hacerle un favor a una persona cascarrabias…

*Oh, cállate ya*, pienso. Luego bajo la cabeza y espero a que suene el timbre.

He estado pendiente de Edna, con la esperanza de comprar su silencio al entregarle un depósito, antes de que le diga a la señorita McDaniels. Por desgracia, se me acaba el tiempo. Estoy en la clase de inglés, en tercer periodo, cuando viene un encargado de la oficina administrativa. Unos segundos más tarde, el señor Blume pone una nota en mi escritorio y otra en el de Hannah. Ya sé que es de la señorita McDaniels. Seis palabras. *Ven a verme después de clase.*

¿Una nota escrita puede gritar? Eso creo, porque parece que la señorita McDaniels apretó bien fuerte el bolígrafo al escribirme. Hay un pequeño rasgón en el papel que lo demuestra.

Hannah no me espera cuando suena el timbre. Se ha negado a mirarme durante toda la hora y ya he escuchado a la gente haciendo preguntas y murmurando acerca de nuestra pelea. Sale por la puerta como un bólido, todavía furiosa.

Empaco mis cosas tan lentamente como puedo y decido tomar el camino más largo a la oficina administrativa. Le paso por al lado a la Tienda de los Carneros, donde Wilson está colocando la mercancía nueva en los estantes mientras se da bocados de sándwich y papitas fritas. Me paro frente a la ventana de los clientes, medio esperando que me dé el mismo sermón que me dio Hannah, pero él solo me mira.

—Tengo que ir a ver a la señorita McDaniels —le digo.

Asiente.

—Eso escuché. Buena suerte, camarada. —Es lo que los soldados de la nación Iguanador se dicen antes de ir a la batalla.

Atravieso el patio, donde Lena me ve y sale a la carrera para alcanzarme. Yo sigo caminando.

—Merci. Párate.

—¿Por qué? ¿Tú también me vas a gritar? —Los ojos se me están aguando de nuevo. Detesto que la gente esté hablando de mí y diciendo vete tú a saber qué. Los rumores volarán en menos de lo que canta un gallo, como el año pasado, cuando todo el mundo decía que Missy Phillips se había escapado de su casa porque no aguanta a su madrasta, pero en realidad ella solo tenía la gripe.

—Yo no te odio —dice Lena. Se mete la mano en el bolsillo y me entrega un hermoso cristal púrpura—. Aquí tienes. Esto te va a hacer falta.

Me entrega una roca.

—¿Y esto para qué es?

—Es una lepidolita —dice ella—. Es la piedra de la transición y la tranquilidad. A lo mejor te ayuda.

Hannah todavía es un témpano de hielo cuando se sienta en el banco conmigo, aguardando nuestra Reunión de la Perdición. Nos sentamos una al lado de la otra como dos desconocidas en un autobús. Por lo general, nos cuidamos mutuamente, pero ahora es como si fuéramos enemigas. Jamás me he sentido tan sola en mi vida.

Después de casi una eternidad, la señorita McDaniels por fin abre la puerta del salón de conferencias y nos indica que entremos. El doctor Newman es quien usualmente está a cargo de las reuniones disciplinarias, pero parece que hoy no está en el edificio, pues es solo la señorita McDaniels. Tampoco es que esto nos favorezca. Yo la he visto en acción. Digamos que el gobierno debería contratarla para que ablande a los espías.

Nos indica que nos sentemos y nos acerca una caja de pañuelos de papel por anticipado. Luego cruza los brazos encima de su escritorio.

—Para ahorrarnos tiempo, me voy a saltar las formalidades. Imagino, niñas, que ustedes sabrán por qué estamos aquí.

Hannah se vuelve un mar de lagrimones de inmediato. Lo único que atina a hacer es asentir con la cabeza. Veo que seré yo quien tenga que hablar.

—Sí, señorita, creo que sí —digo.

—¿Y eso por qué es?

—Por el IMA Paparazzi dañado, señorita.

—Correcto. El doctor Santos vino hoy con información acerca de un alarmante hallazgo. Resulta que el equipo que tan generosamente nos prestó para el baile no le fue devuelto en las mismas condiciones en las que lo prestó. ¿Alguna de ustedes dos sabe algo al respecto?

Yo me quedo quieta por un segundo, pero Hannah me fulmina con la mirada y me da un empujón con el pie.

—No fue culpa nuestra, señorita —comienzo—. Había un tumulto en el pasillo cuando les dijo a todos que se podían ir. Nadie se comportó con los modales que usted pidió que usaran, con todo eso de ser damas y caballeros. Tal vez por acá nos haga falta un recordatorio de ese tipo de cosas.

Ella frunce el ceño.

—Al grano, por favor, Merci.

Trago en seco.

—Alguien lo derribó por accidente.

—Ya veo —dice—. ¿Eso es verdad, Hannah?

La cara entera de Hannah luce inflamada.

—Y-y-yo no sé cómo se rompió la cámara. Yo no estaba ahí cuando ocurrió.

La señorita McDaniels luce completamente escéptica.

—¿De veras?

Hannah empieza a tragar bocanadas de aire.

—Ella le está contando la verdad, señorita —digo—. Hannah no estaba ahí. Ella me dijo que empacara y fue a buscarnos algo de beber.

Hannah, con los ojos aguados, mira a la señorita McDaniels y asiente mientras alcanza otro pañuelo para soplarse la nariz.

—Entonces, si entiendo esto correctamente, una multitud de estudiantes te empujó, Merci, y te apartó de la cabina fotográfica y derribó el equipo al suelo.

Hago una pausa.

—Bueno...

—¿No? ¿No es así como se dañó?

—No exactamente, señorita. Yo también había ido al gimnasio. Yo fui a ver dónde estaba Hannah.

—Entonces el equipo fue dejado sin supervisión. Por ustedes dos. —No es una pregunta.

—Tan solo unos minutos, señorita. Hannah fue a buscarnos algo de beber y se estaba demorando. Yo iba a guardar las cosas al regresar. Pero entonces usted le dijo a la gente que se podía ir y se formó el alboroto en el pasillo. Ahí es cuando alguien lo derribó por accidente.

—¿Y entonces qué pasó?

Me quedo tan callada que escucho el zumbido del aire acondicionado. El ojo parece que se ha desviado directo a la parte trasera de mi cabeza.

—¿Y bien?

—Yo lo recogí todo del piso y lo metí de vuelta en el estuche y lo cerré.

La señorita McDaniels me mira fijamente durante un largo rato.

—Ya veo. ¿Y tú estabas consciente del daño?

Hay otro largo silencio. Si miento y digo que no, a lo mejor me llevará más suave. Pero entonces, ¿qué pasaría si ella le pregunta a Wilson y él se raja.

—Sí, señorita.

—¿Y tú reportaste el accidente a alguno de los chaperones a cargo?

—No, señorita.

—¿Le dijiste a Hannah lo que había ocurrido?

Niego con la cabeza.

—¿Hannah te ayudó a guardar el equipo dañado?

—No, señorita. Ella no sabía que eso había ocurrido.

—Ya veo.

Se vuelve a Hannah, que se está halando el pelo otra vez.

—Ya te puedes ir. Pasa por el baño y lávate la cara antes de regresar a clase. Un peine tal vez no vendría mal.

Los ojos aguados de Hannah se vuelven a mí, pero entonces se levanta y sale de la habitación.

Después de que se cierra la puerta, la señorita McDaniels estudia su bolígrafo durante un minuto y luego suspira.

—Los accidentes ocurren —dice.

La miro esperanzada. A lo mejor ella entenderá por esta vez.

—Sí, señorita. Sí que ocurren. Y esto fue uno grande.

—Pero lo que no ocurre aquí en Seaward Pines Academy es encubrir los accidentes y fingir que no sabemos nada de ellos, particularmente cuando involucran daño a la propiedad. Eso es una pobre decisión moral que está muy por debajo de nuestro código de conducta estudiantil. No lo voy a permitir.

Toda esperanza se me marchita.

—Estoy muy sorprendida y triste, Merci. Yo te considero una de nuestras estudiantes más responsables y honestas. Es una de las razones por las que tú eres la co-mánager de la Tienda de los Carneros.

Me muerdo el interior de los labios. *Estoy harta de ser responsable*, quiero gritarle. *A veces es muy difícil.*

Se quita los espejuelos y baja la voz.

—Lo que falta ahora es la parte más importante de corregir este error.

—Ya yo he pensado en eso, señorita. —Me meto la mano en el bolsillo y saco todo el dinero que tengo en este mundo. Los treinta y seis dólares de la Sombrilla Roja y el dinero que me gané al vender la bici.

Ella me mira como si le hubiese puesto serpientes vivas en el escritorio.

—¿Y esto qué cosa es? —pregunta.

—Son casi trescientos dólares para usar de depósito, señorita. Yo le pagaré al padre de Edna poco a poco. Cada centavo...

—¡Guarda eso de inmediato! Aquí el dinero no es el problema ni la solución. —Señala impacientemente a la mochila y espera a que lo guarde y le cierre el zíper.

Cuando he terminado, se inclina sobre su escritorio.

—Eres muy afortunada, Merci. El doctor Santos tiene una póliza de seguro que pagará la mayor parte de las reparaciones. Los fondos de nuestra escuela cubrirán lo que falte. Tú no tendrás que pagar ningún dinero personalmente.

El alivio comienza a inundarme.

—¿Usted quiere decir que yo no debo nada?

Me mira con exasperación.

—Todo lo contrario. Les debes al doctor Santos y a su hija Edna una enorme disculpa por tu falta de honestidad, que esperaré por escrito mañana. Y le debes a la comunidad entera de nuestra escuela una deuda por avergonzarnos de este modo..., deuda que pagarás con un incremento sustancial de tus horas de servicio comunitario. Esta tarde llamaré a tus padres para ponerlos al tanto de estos eventos y de lo que han traído como consecuencia.

La sangre se me va a los zapatos. En primer lugar, esto quiere decir que vendí mi bici para nada. Todo mi plan era contarles a mami y a papi que me robaron la bici. De ese modo, ellos se pondrían bravos, pero al menos yo tendría el dinero para pagarle a Edna. Ahora tendrán dos cosas por las que ponerse furiosos: el equipo roto y haber vendido la bici a sus espaldas.

—¿Se lo tiene que decir, señorita? —digo—. ¿Yo no podría resolver esto aquí en la escuela con usted? Usted siempre nos recuerda que seamos responsables.

Ella pausa para considerarlo.

—Te voy a permitir que tú misma les digas lo que ha pasado, Merci, pero luego voy a llamar a tu casa mañana por la tarde para confirmar. Por favor, avísales que tus horas disciplinarias comenzarán este sábado.

Agarro mi mochila y me apresuro rumbo a la puerta.

—¿Y a dónde vas tú con tanto apuro? —pregunta.

El corazón se me desboca cuando me doy la vuelta para mirarla. Tengo que recuperar mi bici antes de que acabe la escuela o mami y papi se van a enterar de lo que he hecho con ella. Ya va a ser lo suficientemente malo contarles el resto. No hace falta añadir la venta de mi bici si puedo evitarlo.

—De regreso a clase, señorita —digo—. No quiero quedarme atrás.

Ella me achica los ojos, así que sabe que aquí hay gato encerrado.

—Vas a trabajar en nuestra caseta de información en el festival de pintura callejera. Los preparativos son a las nueve en punto.

—Ahí estaré. —Abro la puerta de un tirón y corro por el pasillo.

La voz de la señorita McDaniels me sigue.

—¡CAMINA!

# CAPÍTULO 30

ENTRO AL BAÑO DE LAS niñas de regreso de la reunión y le envío un texto a Simón.

> Tenemos que hacer otra diligencia hoy. ¡Es importante! ¿Me puedes venir a buscar a la escuela?

Si puedo recoger mi bici antes de que la señorita McDaniels llame mañana, mami y papi solo tendrán que estar bravos conmigo por mentir acerca del equipo roto. Será una cosa menos por la que estar castigada, que ahora mismo estimo que sea por una vida entera más cinco años.

Espero por lo que parece una eternidad por la respuesta y nada. Tres niñas diferentes vienen al baño mientras estoy en mi urinario, pero no hay respuesta. Por fin, no me queda más remedio que ir a clase. Si no, se correrá el rumor de que tengo cagalera.

Trato de pasarle un mensaje entre clases, pero Simón todavía no contesta.

Para el final del día, no he tenido noticia y estoy comenzando a ponerme brava. ¿Su teléfono no tiene carga? ¿Me está ignorando? ¿Está en alguna parte besuqueándose con tía?

Me tomo el mayor tiempo posible en mi taquillero esa tarde, con la esperanza de que Simón me conteste con un texto antes de que mami venga a recogerme, pero cuando los pasillos comienzan a quedarse vacíos después de la escuela, todavía no he recibido ni una palabra.

Sin embargo, Wilson está en su taquillero, a la espera. Se acerca a donde estoy parada.

—Entonces, ¿qué pasó con el Cronómetro? —pregunta y echa un vistazo alrededor, por si acaso, no sea que ella ande por aquí—. ¿Estás castigada hasta duodécimo grado?

Niego con la cabeza.

—Tengo que pagar el daño con servicio comunitario. Ella va a llamar a mis padres mañana.

—Ay —dice.

Vuelvo a revisar mi teléfono. Nada.

Él se queda ahí parado, tranquilito, como si tuviera algo en mente.

—¿Qué? —pregunto.

—Aquí tienes. —Me tira una bolsa de papel de almuerzo.

—No tengo hambre, pero gracias.

—No es un sándwich. Es un regalo por el Martes Gordo.

—¿El martes qué?

Sacude la cabeza.

—Aquí nadie sabe nada de lo bueno. Martes Gordo, asere. ¿Martes de Carnaval? —Ve mi expresión en blanco—. La fiesta antes de la Cuaresma.

—Oh —digo. Nuestra familia es católica en teoría, pero nosotros casi nunca vamos a la iglesia a no ser por una boda o un bautismo. Abuela dice que Dios puede escuchar muy bien sus rezos desde su mecedora.

De todos modos, cuando abro la bolsa, me encuentro la cabeza verde y anaranjada del muñecón de un *ferocirraptor*. Es Felecia, la mayor amenaza con colmillos que tiene el universo de la nación Iguanador. Ella es mi favorita.

—Llegaron hoy en nuestro nuevo cargamento —dice—. Yo sé que tú querías una. Ella está vestida para Mardi Gras, ¿ves? —Una sarta con cuentas púrpura y verdes le cuelga de los hombros como si fuese un collar.

—Gracias —digo—. Es preciosa. Pero más te vale dejarme pagar por ella. No puedo añadir robo a mis antecedentes.

262

Me meto la mano en el bolsillo para buscar mi dinero y saco del rollo un billete de diez nuevecito. Los ojos de Wilson se le agrandan cuando ve el mazo que tengo en la mano.

—¿Y tú te ganaste la lotería o algo por el estilo? ¿De dónde sacaste todo ese dinero? —La cara se le pone roja—. De todos modos, esto es un regalo.

Me quedo ahí parada un segundo, pestañeando.

¿El *ferocirraptor* es un *regalo*? Una burbuja me sube por el pecho, el primer sentimiento feliz que he tenido todo el día. De alguna manera hace que quiera pegarle un puñetazo.

Guardo el dinero fuera de la vista.

—La mayoría viene de algo que tengo que comprar de vuelta esta tarde…, si puedo llegar hasta Florida Avenue. ¿Tú crees que puedo salir de aquí en un Uber?

—No sin una nota de tus padres. ¿Pero qué hay ahí?

Le hago todo el feo cuento de la bici a Wilson e incluyo el estado actual de Simón, que está desaparecido.

—Entonces, ya ves, si no lo encuentro, estoy frita.

—¿Tú estás hablando de Jack el bicicletero? —pregunta—. ¿El que tiene un mural enorme en la entrada?

Hago memoria.

—Sí. Creo que es ese mismo.

—Yo los conozco. Ellos me adaptaron mi bici hace un

tiempo. —Asiente pensativamente—. A lo mejor tengo una idea. Mi mamá y yo pasamos por ahí de regreso a casa. ¿Por qué no llamas a tu mamá y le dices que vienes a mi casa hoy? Podemos recoger tu bici y ella nunca lo sabrá —Entonces se encoge de hombros—. Esta noche comeremos panqueques y torta de reyes para la cena, por si te quieres quedar.

Lo miro fijamente.

—Vas a ser un cómplice.

—Estoy al tanto.

Yo nunca he ido a casa de un varón después de la escuela. Nunca he cenado en casa de un niño. Yo tampoco nunca le he hecho trampa a la madre de nadie a propósito.

—OK —le digo.

Le pasa un texto a su mamá mientras apuramos el paso hacia la puerta de cristal. Mami me espera en el contén.

—Todo bien por mi parte —dice cuando recibe una respuesta—. Te toca a ti.

—Entonces, regreso enseguida —le digo mientras empujo la puerta—. Eres un salvavidas. ¡Esto no se me va a olvidar!

Él sonríe y regresa a buscar el resto de sus cosas de su taquillero mientras yo voy a preguntarle a mami.

Juro que podría besar toda la cara sonriente de Wilson.

La señora Bellevue me mira en el espejo retrovisor de su camioneta cuando pone el carro en marcha. Ella es una pelirroja con pecas por toda la nariz como Wilson, excepto que ella es una mujer blanca, así que su piel es mucho más clara que la de él. No sé si Wilson tiene un montón de amigos de Seaward que van a su casa. Él le cae lo suficientemente bien a la gente en la escuela, pero no es de la «Lista A», la de los superpopulares, como Michael. Los superpopulares reciben muchísima atención, pero yo pienso que eso me daría miedo. Todo el tiempo tendrías que preocuparte de lo que piensa la gente. Y además, un paso en falso y *bumbatá*…, te dan una patada que vas a caer al contén. Mira lo que le pasó a Edna. A lo mejor Wilson es más como yo. Yo estoy en el medio, a lo mejor soy una niña de la lista L-M-N-Ñ-O-P.

En cualquier caso, a lo mejor la señora Bellevue piensa que las cosas pintan bien para Wilson en lo concerniente a los amigos. O a lo mejor ella es de esas madres que piensan que cualquiera es una enamorada en potencia. Fíjate que se cercioró de bajarse del carro para conocer a mami. Le dijo que estaríamos supervisados. ¿Supervisados haciendo qué? ¿Comiendo los panqueques del Martes Gordo? Dios.

—He oído hablar mucho de ti, Merci —dice durante el trayecto.

*¿En serio?* ¿Él le habla a su mamá de mí? Qué

interesante. Le doy un vistazo a Wilson, pero él solo se hunde en su asiento.

—Mamá —murmura Wilson y mira por la ventana.

Después de pasar por unas cuantas calles, Wilson me da un empujoncito y me guiña el ojo. Entonces se inclina hacia el asiento de su mamá.

—Teníamos ganas de dar una vuelta en bici después de terminar la tarea —le dice como quien no quiere la cosa—. Merci dejó su bici en el taller del señor Jack para que le dieran mantenimiento. ¿La podríamos pasar a recoger? La podemos tirar en la parte de atrás y ahorrarle el viaje a su mamá.

Suave. Esto me hace pensar que Wilson es muchísimo más espabilado de lo que yo pensaba.

La señora Bellevue dice que eso no es un problema en lo absoluto y entonces se pone a hablar de la primera bici de Wilson, que el señor Jack le adaptó con ruedas especiales extra hasta que Wilson le cogió la vuelta a mantener el equilibrio. Fue más fácil, dijo, aquí en la Florida, donde los terrenos son tan llanos. Me pregunto cuánto tiempo él tuvo esas ruedas o si todavía las tiene.

Muevo la rodilla nerviosamente. *Concéntrate*, me digo. Voy a recuperar mi bici. No les tengo que contar a mami y papi todo lo que hice. Tengo un nuevo *ferocirraptor* que me dio Wilson.

El mundo es bueno.

Seguimos avanzando hacia el *downtown* hablando de las historias del origen de Rotz y Felecia y cuál de esos dos villanos es la mayor amenaza para Jake Rodrigo. Discuto en favor de Felecia tan fuerte que ni siquiera noto cuando la señora Bellevue entra al parqueo frente al mural azul turquesa de una bicicleta. Las puertas al área de aparcamiento están abiertas de par en par, al igual que ayer.

—Aquí estamos —dice y agarra su bolso y las llaves—. Voy a cruzar la calle hasta la panadería. Nos vemos aquí cuando terminen.

—Vamos —le digo a Wilson. Y entonces entramos.

El sitio está lleno de bicicletas por todas partes, desde brillantes triciclos rojos hasta bicis de carrera que podrías ver en el Tour de France. Olfateo profundamente el olor a neumáticos nuevos.

—¿Hola? —dice Wilson.

—Ya estoy con ustedes. —El tipo en el mostrador no levanta la vista. Está ocupado llenando papeles para dos turistas que están alquilando bicis. No es la misma persona que estaba aquí ayer. Este tiene tatuajes y huecos grandes en las orejas.

Estoy demasiado impaciente como para esperar.

—Por aquí —le indico a Wilson hacia la sección de bicicletas usadas.

—¿Cómo luce? —pregunta Wilson. Le pasa el dedo por encima al sillín de una espectacular bici de montaña.

—Azul y preciosa. Una Schwinn.

Las bicis están organizadas por tamaño, así que empiezo a mirar los modelos veintiséis, como la mía. Camino por toda la fila dos veces, pero no la veo. La vuelvo a mirar y luego voy a través de todos los pasillos de mercancía usada a la venta. Wilson me llama cada vez que ve una bici azul, pero ninguna tiene esa perfecta cesta ni el sostenedor de la botella de agua, la gran bombilla delantera y el timbre.

El estómago me está empezando a dar brincos cuando me encuentro con Wilson de vuelta en el mostrador.

—No hay señal de ella —digo—. A lo mejor no la han mostrado todavía.

Los turistas por fin terminan de probarse los cascos y salen pedaleando del área de estacionamiento.

—Hola, Will —dice el vendedor y le da una suerte de apretón de manos.

¿Will? Nadie lo llama así en la escuela.

—No te he visto en largo rato —dice—. ¿Qué te trae por acá, mi socio?

—Mi amiga —dice Wilson, señalándome con el pulgar—. Merci necesita comprar su bici de vuelta.

Doy un paso al frente.

—Así es —digo—. Yo les vendí mi bici ayer, pero he cambiado de opinión y me gustaría comprarla de vuelta. —Me saco todo el dinero y lo pongo en el mostrador—. Puede contar el dinero. Está todo ahí.

El tipo mira el bulto de billetes y se hala el lóbulo de la oreja mientras piensa.

—¿Y qué bici era esa?

Le digo.

—Ah, sí, me acuerdo de ella. —Escribe algo en la computadora y hace varios clics mirando fijamente a la computadora—. Un segundo —dice. Levanta el teléfono y hace una llamada—. ¿Jack? ¿La Schwinn veintiséis que teníamos en la tienda? La dueña original está aquí. Quiere comprarla de vuelta. —Escucha durante un momento, asintiendo—. Anjá. Eso es lo que pensé. Se lo digo.

Cuelga el teléfono y se inclina sobre el mostrador.

—Tengo malas noticias, muchachos. No los puedo ayudar. Vendimos esa bici esta mañana.

# CAPÍTULO 31

**TENGO LA MENTE NUBLADA** mientras regresamos al carro de Wilson.

Una de nuestras palabras de vocabulario en la clase de inglés el mes pasado fue *inconsolable*, que significa que estás tan triste que no hay nada en el mundo entero que te pueda hacer sentir mejor. Se escribe exactamente igual en español e inglés, además. Ahora mismo, en ambos idiomas, así es como me siento. Inconsolable. *In-con-so-la-ble*.

El vendedor tomó mi número de teléfono. Dijo que, ya que yo era «amiga de Will», él llamaría a la pareja a ver si ellos la querían traer de vuelta. Dijo que era lo más que podía hacer, pero no lucía para nada esperanzado.

No tenemos otra opción que decirle a la mamá de Wilson que mi bici no estaba lista todavía, pero ella nota que algo no anda bien. Durante todo el trayecto a casa de Wilson estoy callada, mientras imagino a algún desconocido pedaleando por West Palm Beach en mi bici.

—No te pongas tan triste. —Ella luce preocupada, como si a lo mejor todo el día se hubiera arruinado o no me fuera a quedar a cenar después de todo—. ¡El Martes Gordo es un día para estar felices y comer panqueques! Puedes tomar prestada mi bici por hoy, si quieres.

Intento sonreír. Yo en la bici de una mamá. He tocado fondo.

—Gracias, señora Bellevue —murmuro.

Wilson siente pena por mí. Me da uno de sus audífonos para que podamos bloquear al mundo y escuchar un poco de música en el resto del trayecto a casa. Pero eso no ayuda. Mi bici ahora le pertenece a un desconocido. La única cosa que puedo hacer es decirles a mami y papi que me la robaron, tal como tenía planeado, y rogar que la señorita McDaniels no mencione el bulto de billetes que traje a la escuela. En el mejor de los casos, es arriesgado.

Los árboles son viejos en el vecindario de Wilson. Los techos son planos, como el nuestro. La suya es la última casa adosada en una fila, la que tiene el pelícano de yeso a la entrada.

Me quito los zapatos en la puerta y echo un vistazo alrededor mientras su mamá corta unos pedazos de torta de reyes para la merienda. Es de color rosado y verde brillante y está cubierta con azúcar de colores. La idea, dice ella, es hacer la última comelata antes de la Cuaresma, que empieza mañana.

—Cuidado con el Jesús de plástico —dice ella cuando nos llevamos nuestras tortas al patio—. Si te cae a ti, tendrás que hornear la torta el año próximo.

Eso de comerse al Señor debe ser universal. Por ejemplo, tía siempre trae a casa una rosca de reyes mexicana de la panadería en el Día de los Reyes Magos en enero. Abuela siempre se preocupa de que alguien se vaya a atorar o romperse una muela con el pequeño Jesús de cerámica que está horneado dentro.

Tengo que admitir que la torta está bien buena. Pero esto no es lo mío hoy. Lo único que puedo hacer es mirar tristemente a las lagartijas que suben y bajan las arecas del patio.

—A lo mejor puedes ahorrar y comprarte una bici nueva que te guste incluso más —dice Wilson—. Ya tienes bastante plata. Yo puedo llamar al señor Jack a ver si te ayuda.

—No hay una que me guste más. Además, ¿cómo les explico a mis padres la nueva bici? —Mi voz es un poco más amarga de lo que él se merece. Yo sé que solo trata de ayudar.

Wilson parece que se queda sin palabras, así que nos sentamos ahí en un silencio incómodo por un rato. Por fin, él estruja su servilleta.

—Vamos a mirar *El templo de los ferocirraptores* —dice. Es la cuarta película de la franquicia de la nación Iguanador.

—¿Tú la tienes?

—Por supuesto. ¿Quién sabe cuándo podrás volver a ver la tele de nuevo?

Le doy una mirada de acero.

—Tienes razón.

Así que nos cortamos más torta y subimos a su cuarto. Es sorprendentemente organizado en comparación con como Roli y yo manteníamos el nuestro. Tiene una canasta de baloncesto colgada sobre su clóset y un afiche de dos jugadores de los Pelícanos de Nueva Orleans. También hay una considerable colección de figuritas de la nación Iguanador, aunque no tan buena como la mía.

Wilson se quita el aparato del pie y desaparece en el baño para cambiarse el uniforme. De repente yo deseo tener también un cambio de ropa, un modo de desprenderme de la Merci de la escuela. No es como cuando estoy en casa de Lena o Hannah, en donde puedo tomar algo prestado para ponerme. Lo único que puedo hacer es quitarme la pañoleta y acomodarme en su puf frente a la pantalla a esperar.

Él regresa unos minutos después en *shorts* y con un pulóver de la nación Iguanador.

Hay algo de verlo así que lo hace lucir completamente diferente, como en el baile. Él me sonríe y enciende la película. Entonces arrastra otro puf al lado del mío.

Es fabulosa, por supuesto, y sí me ayuda a olvidarme de mi bici por un ratico. Resulta que los dos también tenemos la misma parte favorita. Es cuando Jake Rodrigo, que tiene una conexión genética con la madre de Rotz, se enfrenta en un mano a mano con Rotz y los demás *ferocirraptores* en las colinas del planeta Zyphin. Un resbalón y nuestro héroe va a flotar en la negrura del espacio para siempre. Yo aguanto la respiración cada vez.

Estamos sentados cerca, con nuestras piernas tocándose. Entonces, justo en el momento exacto en que a Jake Rodrigo lo agarran encima del abismo, Wilson me toma la mano y la aprieta en medio de la emoción.

¿Qué. Pasa. Aquí?

No miro nuestras manos. Lo único que siento es un zumbido en mis oídos, y no es solo porque Jake Rodrigo apuñala a Rotz en el cuello y se libera. Entonces Wilson me suelta la mano.

—Eso es tan mortal —dice y se pone de pie.

¿La peli? ¿Mi mano?

—Nos voy a buscar unos refrescos —dice—. Espérame aquí.

*Yupi.*

Digo que sí con la cabeza, sin palabras, y lo veo bajar los escalones de dos en dos.

¿Acaso Wilson Bellevue me acaba de tomar de la mano? Alcanzo mi teléfono, pensando que voy a pasarle un texto a Lena y Hannah. Pero entonces recuerdo que Hannah todavía está brava conmigo.

Así que me recuesto en el puf y tomo otro pedazo enorme de la torta. ¿Y quién me lo iba a decir? Encuentro al Niño Jesús.

Los panqueques de arándanos para la cena son una genial idea, sobre todo si son la última comida antes de que me toque afrontar las consecuencias. Debido al estrés, me acabo de comer el sexto cuando mi teléfono vibra. Es papi.

> Te voy a ir a buscar en diez minutos.
>
> ¿Y quién es este Wilson?

Mantengo mi teléfono bajo la mesa para esconder la pantalla mientras escribo de vuelta:

> Estaré afuera.

Interrogatorio, aquí me tienes.

—Mi papá me viene a buscar. —Me guardo el teléfono en el bolsillo y llevo mi plato al fregadero, en donde la señora Bellevue ha comenzado a lavar los platos. Entonces busco mis zapatos cerca de la puerta.

—Gracias por invitarme —digo al salir.

—Cuando quieras, Merci —dice—. Y trae tu bici otro día después de que la reparen.

El estómago se me vuelve a retorcer una vez más. Esta vida de mentirosa resulta ser un poco tensa.

—Lo haré.

Le indica a Wilson con la barbilla.

—¿Y tú por qué estás ahí parado, niño adorable? Acompáñala, por favor.

Wilson se pone un par de tenis que están cerca de la puerta y salimos al contén a esperar.

Es oscuro y tranquilo aquí afuera, con solo nosotros dos. Los insectos bailan a la luz de las farolas que alumbra la zona de aparcamiento. Los miramos moverse a toda velocidad, alocadamente.

—Y entonces, ¿qué vas a hacer ahora, Merci? —me pregunta—. ¿Les vas a decir lo que pasó?

Echo un vistazo calle abajo, deseando conocer la respuesta. Una mentira crea otra mentira más grande que crea una más grande después de esa.

—No estoy segura —pero si no lo hago yo, Cronómetro lo hará.

Aparece la luz de unos faros a la entrada de su vecindario. Ya sé que es papi. Su camioneta avanza por la calle lentamente, con los chirridos que se escuchan hasta aquí.

—No te preocupes por mi papá —susurro.

—¿Y por qué me iba a preocupar?

—Ya verás. De todos modos, gracias por la película —le digo—. Y por Felecia. De veras me gusta mucho.

Él se mira a los zapatos.

—OK.

Papi se arrima al contén, con la camioneta haciendo sus ruidos mientras la pone en *park*. Como era de esperar, mira a Wilson como si el muchacho fuera su presa.

—Hola —dice papi. La voz le suena baja, como el gruñido de un oso.

Wilson medio que levanta la mano.

—Hola, señor.

—Nos vemos mañana, Wilson —digo yo.

Aún nos mira desde el contén cuando doblamos para ir a casa.


¿Media mentira es acaso tan mala como una mentira completa? *Tan solo dilo.*

Durante todo el trayecto de regreso a casa, intento decidir si mentir acerca de mi bici o decirle a papi la verdad de ambos: la bici y el IMA Paparazzi. Sostengo a Felecia en mi regazo intentando reunir el coraje, pero un reloj hace tictac en mi cabeza cuanto más nos acercamos a nuestra casa.

Así que dejo que papi hable. Hace un millón de preguntas acerca de Wilson, por supuesto. Yo no me complico y explico que es el niño con quien estoy a cargo de la tienda de la escuela.

—El de los números —digo.

—Ah, sí. ¿Y eso nada más?

—Sí, papi. Eso nada más —digo, aunque yo en realidad no sé.

—Qué bien, porque tú eres demasiado jovencita para cualquier otra cosa.

Miro por la ventana. *Mentira*, pienso. Que te guste alguien, tomarse de las manos, querer besarse. Si yo soy demasiado jovencita para eso, ¿por qué, aun así, me está ocurriendo?

Después de eso, papi me cuenta de su clienta quisquillosa de hoy en Royal Palm, que lo hizo pintar un cuarto en colores relajantes para sus gatos. Yo casi ni lo escucho hasta que llega a la parte de Simón.

—Y hoy no tuve ayuda. De todos los días posibles, Simón tuvo que ir a Miami a ver a un abogado… —Niega con la cabeza.

Por eso es que Simón no respondió.

Estamos en nuestra esquina y papi pone el intermitente para doblar. Tengo las palmas de las manos sudadas. Casi se me acabó el tiempo, aunque él es un chofer lento.

—Papi, tengo que decirte algo. Es un poco malo.

Él me mira y casi choca con un buzón al pegar un frenazo. Los cubos y los pinceles saltan por los aires en la parte trasera.

—¿Es de ese Wilson? Lo sabía. Te faltó el respeto. Me lo vas a decir todo y yo voy a…

—¿Qué? ¡No! Wilson es fabuloso.

—¿Es *fabuloso*? —Los ojos se le agrandan.

—Quiero decir que es chévere. Papi, esto no tiene que ver con Wilson.

—¿Entonces, con qué?

Un poco más adelante, Las Casitas están a la vista. Ya oscureció, así que las luces están encendidas en cada una de nuestras casas. *Simplemente miéntele. Muchos niños lo hacen. Si faltan a clase. Si se escapan en medio de la noche en una fiesta de piyamas. ¿A qué se debe tanto rollo?*

—Es acerca de mi bici.

Él fríe un huevo y suelta un suspiro.

—Oye, chica, no me asustes de ese modo. Tu mamá ya habló conmigo acerca de tu bicicleta.

Comienza a manejar rumbo a nuestra casa, con el chasis de la camioneta jadeando ruidosamente mientas parquea en nuestra entrada.

Yo me quedo muy callada. ¿Cómo es que *ella* ya sabe que yo la vendí?

Papi pone la camioneta en *park* y apaga el motor.

—Me dijo que te llevara recio, y tiene razón. ¿Cómo pudiste ser tan irresponsable?

—Yo te puedo explicar.

—Esta vez no. Te hemos dicho una y otra vez que guardes la bici en la caseta y que no la dejes fuera para que la vea todo el mundo. Algún malhechor se la va a robar y entonces no me vengas con lloriqueos, niñita, porque la vas a perder para siempre si eso pasa. Ahora, guarda tu bici y ponle el candado a la caseta como se supone que hagas —continúa—. No tienes permiso para montarla en una semana, ¿oíste? Después de eso, si la vuelves a dejar afuera, te la voy a quitar por largo tiempo. ¿Me entendiste?

Señala la caseta con la barbilla y cuando sigo su mirada, la veo. Ahí, como una suerte de milagro con ruedas, está mi bici.

# CAPÍTULO 32

LE PASO LOS DEDOS A LA cesta y el sillín. Hasta hago sonar el timbre una vez para asegurarme de que no estoy alucinando. Entonces llevo mi bici hasta la caseta y le pongo el candado.

Esta es mi bici. Pero ¿y cómo llegó aquí? ¿Abre Camino?

Al caminar por la entrada rumbo a casa, un solo silbido agudo me hace darme la vuelta. Es la señal que usa el equipo de papi para llamar la atención de un compañero en la cancha de fútbol. Achico los ojos en la dirección del sonido y veo que es Vicente. Está en la escalera de entrada de tía y me llama con la mano, así que me voy hasta él al trote.

—¿Y tú dónde has estado? —dice—. Ella me ha tenido vigilando toda la tarde por si venías. —Entonces abre de par en par la puerta de tía—. Y está más brava que una avispa.

La cocina huele a arroz recién hecho y que se está secando en la cazuela. Los muslos de pollo asado se enfrían en el mostrador. Tía suelta el cuchillo con el que corta la ensalada y se vuelve hacia mí tan pronto entro.

—Gracias, Vicente —dice, manteniendo los ojos clavados en mí—. ¿Podrías hacer que los niños se laven las manos? Y envíame a tu hermano acá también, por favor. —Cuando él se va, ella me achica los ojos y me saca una silla—. Tú. Siéntate.

Hago lo que me dice. El sonido de *Super Mario Odyssey* se apaga y oigo a los vecinos correr con Vicente por el pasillo. Entonces Simón entra a la cocina. Intercambia una mirada incómoda con tía y se mete las manos en los bolsillos.

—Lo siento, Merci.

—Simón me lo contó todo —dice tía.

Es un cubo de agua fría que me cae por la espalda. Entonces, antes que yo ni siquiera tenga un chance de decir una palabra, ella empieza a susurrarme a gritos.

—¿Tenías la cabeza llena de pajaritos ayer, muchachita? ¿Vender la bici por la que tus padres se sacrificaron para comprarte? ¿En qué estabas pensando? ¡Gracias a

Dios que todavía estaba ahí cuando nosotros fuimos esta mañana!

Me quedo boquiabierta.

—¿*Ustedes* trajeron mi bici a casa?

Tía pone los ojos en blanco.

—Claro que lo hicimos. ¿O tú piensas que esa cosa apareció en tu entrada por arte de magia? ¡Ni siquiera Abre Camino puede hacer eso! Condujimos hasta la tienda tan pronto Simón tuvo el coraje de contarme lo que hicieron ustedes dos. ¡Y sin tiempo que perder! ¡Cuando llegamos, ya había dos clientes que se estaban babeando por ella!

Mis ojos vuelan a Simón. Está recostado sobre el fregadero, y luce como el traidor que es.

—Casi me costó un ojo de la cara recuperar tu bici —continúa tía. De lo frustrada que está, pega en el fregadero con el trapo de cocina—. Tuve que tomar un préstamo grande de la jarra de las propinas en el trabajo y Simón y Vicente pusieron el resto de su dinero del alquiler. ¿Tú sabes la cantidad de horas extra que tenemos que trabajar para toda esa plata? ¿Te lo imaginas?

Me retuerzo ante sus palabras y pienso en sus pies hinchados, pero de todos modos pongo mi expresión más dura.

—¿Qué otra cosa podía hacer, tía? La vendí para no

tener que pedirles dinero a mami y papi. Yo no soy una bebé. Yo sé que ellos no tienen de sobra.

—Bueno, ¿y acaso tú pensaste en Simón, entonces? ¿Cómo lo pusiste en esa posición? ¿Tú crees que tu papi iba a apreciar que él te ayudara a hacer esto a sus espaldas? ¡Eso podría ser tremendo problema para Simón!

Miro incómodamente a Simón. Tan solo pensar en el temperamento de papi me da miedo. Cuando se enfurece, las palabras de papi retumban y la cara se le pone muy colorada. ¿Y si Simón hubiera perdido su trabajo por mi culpa?

Tía me mira por un largo rato y suspira.

—Merci, a veces nos hace falta ayuda para resolver un problema. ¿Por qué no viniste a mí primero? Eso es lo que más me duele de todo.

El silencio llena la cocina mientras el corazón me palpita.

—Tú estás tan ocupada estos días —digo en voz baja—. Y eso también duele.

Ella me mira por un largo rato.

—Yo no estoy demasiado ocupada para ti —dice por fin—. Nunca.

Todos mis sentimientos están confundidos. Gracias y te quiero y lo siento…, todos se endurecen en mi pecho y las palabras no me salen.

Tía viene hacia mí y me pone la mano por encima.

Estoy paralizada por el miedo, pero cuando me hala hacia ella, huelo su pelo, ese champú que me deja usar siempre que quiero. Es el olor de mi hogar y el alivio me inunda.

—Yo quería arreglar las cosas por mí misma —digo. *Porque Lolo no puede. Porque tú estás demasiado cansada. Porque a lo mejor tú estás enamorada. Porque pronto voy a cumplir los trece.* Entonces escondo la cara en su cuello para que Simón no me vea llorar.

—Cálmate —susurra—. Y no te atrevas a limpiarte la nariz en mi camisa.

Me río por la nariz. Simón moja una toalla de papel y me la entrega.

Cuando termino, me meto la mano en el bolsillo y saco todo el dinero.

—Aquí tienes —digo—. Tómalo.

—¿Y esto qué es? —pregunta tía cautelosamente.

—Es el dinero que me dieron ayer por mi bici, más un poco de mi gaveta. —Le cierro los dedos alrededor del dinero—. La señorita McDaniels dijo que el doctor Santos tiene una póliza de seguros. Tendré que hacer horas de servicio comunitario, pero al menos no tendremos que pagar por la reparación del equipo. Lo único que tengo que hacer es contarles a mami y a papi lo que pasó en el baile. —Hago una pausa y la miro—. No tenemos que meter a Simón en un problema, ¿verdad?

Tía suelta un enorme suspiro y le echa una mirada cansada a Simón.

Justo en ese momento, los mellizos y Vicente regresan del baño. Axel y Tomás se sacuden en el aire las manos mojadas con olor a jabón Dial.

—¡La gigante fea! —grita Tomás—. ¡Atrápala!

—¡Shhhh! —dice tía y me protege—. Ya basta de ese juego horrible. Ahora, siéntense en sus sillas. La cena se está enfriando.

Se mete el dinero en el bolsillo y me mira.

—¿Por qué no te quedas a comer con nosotros? Hay espacio.

Echo un vistazo a la cocina de tía. Ella siempre ha comido con los mellizos en las mesas plegables frente al televisor. Eso o en nuestra casa o la de abuela y Lolo. Sin embargo, esta noche, la mesa está servida y hay dos platos más puestos. ¿Será así como ellos comerán a partir de ahora? ¿Con Simón y Vicente?

—Ya comí y se supone que esté guardando mi bici —digo—. Además, tengo que contarles del equipo roto y mi castigo de servicio comunitario. La señorita McDaniels dijo que yo les podía contar primero, antes de que ella llame mañana.

Cierro la puerta mosquitera a mis espaldas y camino por el sendero al lado de la casa de abuela y Lolo.

—¡Merci, espérate!

Me detengo y espero a que Simón venga al trote.

—Quiero explicarme.

—¿Por qué se lo contaste a ella? —le pregunto—. Hiciste una promesa.

—Hice una promesa de que no lo iba a contar, pero mantenerla te iba a hacer daño. Yo no podía permitir que eso le pasara a una amiga.

Lo miro. A lo mejor él ha sido mejor amigo mío que yo de él.

—Está bien —digo—. No fue mi mejor idea. Sin embargo, no le voy a mencionar lo de la bici a papi, ya que la recuperamos.

Nos estrechamos las manos con nuestro saludo del equipo de fútbol y entonces, por primera vez, Simón me hala para darme un abracito rápido antes de regresar a casa de tía.

Cuando llego a nuestra puerta, me detengo y observo un segundo a mis padres a través de la ventana. Papi parado detrás de mami frente al fregadero, dándole un beso en la mejilla y susurrándole algo al oído. No me doy la vuelta como suelo hacer. En vez de eso, tomo una bocanada de aire y entro, haciendo tremendo ruido, medio mareada por todas estas formas del amor.

# CAPÍTULO 33

—¡BUENOS DÍAS, CARNEROS! Es Lena Cahill. Hoy estoy aquí por mi cuenta. Hoy es el día nacional de hacer un acto bondadoso al azar. Darius Ulmer tiene hoy un día de descanso. De nada, Darius.

Me doy la vuelta mientras todos escuchan los anuncios y pongo la carta de disculpas en el escritorio de Edna.

Ella mira fijamente la nota sin tocarla. Ella sabe exactamente qué es. Todo el mundo sabe que la señorita McDaniels te hace escribir cartas formales de disculpas cuando metes la pata.

Además, mami llamó al doctor Santos anoche después de que yo les contara a ella y papi lo del daño al IMA Paparazzi.

—¡Qué pena nos has hecho pasar! —dijo mami mientras buscaba el número de teléfono de la familia Santos en el directorio de padres. Les di la noticia inmediatamente después de que terminaron la cena. Cuando llegué a la parte en la que guardé las cosas en la bolsa y cerré el zíper, pensé que mami se iba a desmayar. Si hay algo que ella y papi detestan es que «los avergüencen», sobre todo en lo concerniente a cosas de la escuela. Ellos ya piensan que cualquier resbaloncito hará que me quiten la beca financiera o incluso que me expulsen de la preciosa Seaward Pines.

—No estaba pensado claramente —le dije a ella.

—¡Eso veo! —me regañó.

—Bueno, a lo mejor si ustedes no me hicieran preocuparme tanto todo el tiempo acerca de que me van a expulsar, tal vez yo no lo habría ocultado.

—¡No te atrevas a culpar por esto a nadie más que a ti misma! —me gritó.

—Ana —dijo papi.

—¿Qué? ¡Lo sacrificamos todo por nuestros hijos! ¡Ellos deberían estar agradecidos de que nos preocupamos!

Por una vez fue papi quien tuvo que calmarnos a las dos.

Al fin y al cabo, esa noche la escuché decirle al doctor Santos lo mucho que ella lo sentía, lo bien que ella me había educado y como ella no podía creer que yo hubiese hecho tal cosa. Eso me hizo preguntarme si el doctor Santos alguna vez lamenta el modo en que Edna se comporta. ¿Siquiera él sabe que Edna es una bestia? ¿Acaso le interesa?

Me doy la vuelta y aguanto un bostezo mientras Lena termina con todas las noticias del día. Entonces, mientras comienza a concluir, suelta lo que a mí me parece una bomba atómica.

—Las fotos del Baile de los Corazones de la semana pasada serán puestas en las carpetas electrónicas de los estudiantes a partir de mañana, ¡así que estén alertas!

—¿Qué? —grito.

Siento que los ojos se vuelven hacia mí y de repente entiendo cómo debe sentirse Darius cada día, clavado como un insecto bajo las miradas de todo el mundo. Me acomodo en el asiento y miro directamente a Edna.

—¿Quién decidió esa fecha de entrega sin decírmelo? —le susurro.

Edna me mira con satisfacción.

—*Moi*. ¿Y qué tiene de loco? Las fotos se subieron automáticamente cuando tú las tomaste. Entregarlas rápido es lo menos que puedes hacer para resarcirme, considerando todo el problema que causaste.

—¡Pero hay que editar doscientas fotos! ¿Cómo se

supone que haga todo eso en una noche? Nunca voy a poder acabar todo eso.

—Tendrás que administrar tu tiempo.

—Yo administro mi tiempo muy bien —digo yo.

—¿Tengo que pedirle a la señorita McDaniels que nos ayude a llegar a un acuerdo sobre esto?

—Edna, sé razonable. Yo acepté tomar las fotos. Yo *no* acepté convertirme en un centro de fotos-a-la-hora por mí misma.

—Y yo no acepté que me destruyeran en añicos el equipo, ¿no es cierto? Pero aquí estamos.

La miro fijamente y luego a Hannah, que está en el asiento de al lado. Yo sé que Hannah lo oye todo, pero esta vez ella no saca la cara por mí. No intenta limar ninguna aspereza. De hecho, vira la cabeza al otro lado, como si yo fuera invisible. De pronto me pregunto si Hannah y yo alguna vez volveremos a ser amigas.

—Te voy a decir una cosa —dice Edna—. Para que veas que soy una persona justa, Merci, te voy a hacer una oferta que en realidad no te mereces. Ya que hoy es el día nacional de hacer un acto bondadoso al azar y todo eso, te voy a dar hasta el lunes para terminar las fotos.

—Gracias —digo entre dientes y luego me vuelvo hacia el frente.

La parte difícil de pelearte con tus amigos es ese sentimiento gélido en tu interior, aparte del hecho de que entonces los demás se supone que tomen partido. Lena se siente fatal. Está en una pugna por mantenerse neutral, pues ella es amiga mía y de Hannah. Pero no es fácil, sobre todo cuando las tres tenemos que fingir durante la clase que nada anda mal.

Casi ni le presto atención a la cháchara del señor Ellis acerca de las fronteras divergentes y otras cosas relacionadas con los terremotos. Y justo hoy es el día que nos asigna a Hannah, Lena y a mí a trabajar en el mismo grupo, algo que le hemos rogado durante todo el año. Por lo general, esto sería causa de celebración. Pero hoy es exactamente lo peor. Hannah todavía está brava porque no le dije la verdad. Ahora me guarda rencor. Durante todo el periodo me ha respondido con solo una palabra… y solo cuando no le ha quedado más remedio. Lena sigue mirando de Hannah a mí e intenta llenar los silencios, pero no vale de nada. Por fin, se da por vencida y las tres simplemente trabajamos una al lado de la otra mientras todos los demás grupos a nuestro alrededor se divierten.

El encargo es crear en 3D un modelo de falla de las capas de la tierra con cartulina para que aprendamos los efectos de un terremoto en las características del terreno. Hemos coloreado cada nivel de un tono diferente y entonces etiquetamos los rieles del tren, el río y el resto de las configuraciones del terreno. Cuando terminamos, corto y doblo las solapas y Lena las pega con cinta adhesiva. Pone el modelo acabado sobre la mesa.

Lo miramos tristemente.

—¿Y bien? —dice Lena por fin—. ¿Quién quiere empezar?

Hannah y yo nos quedamos calladas.

Lena suspira y levanta el modelo.

—Tengo una idea. Algo un poquito más creativo. —Se vuelve hacia Hannah—. ¿Qué tal si tú haces de terremoto?

—¿Y cómo se supone que yo haga *eso*? —dice Hannah.

—Bueno, aguanta el modelo en tus manos y piensa en algo que te ponga brava. Haces como si tus sentimientos chocaran entre sí como las placas. Y entonces… —Lena indica con las manos como si la cabeza le explotara—. Lo sueltas todo.

—Eso es una tontería —dice Hannah.

—Solo haz la prueba —dice Lena—. Por mí. Canaliza tu sentido de la rabia. Y sácatelo todo. —Le echa un vistazo al señor Ellis al otro lado del aula y se inclina para susurrar—. Nos van a calificar por esto, ¿recuerdas?

Hannah agarra el modelo y me fulmina con la mirada.

—Está bien. Tengo en qué concentrarme.

Por un segundo no pasa nada, pero entonces Hannah empieza a fruncir el ceño.

Hannah detesta las peleas, así que su cara luce completamente cambiada con lo brava que está.

Es como ver al más dulce gatito transformarse en una rabiosa bestia colmilluda.

—*Purrrrshhhhhhh* —dice con los ojos cerrados y las manos moviendo el modelo como una falla de desplazamiento. A juzgar por la manera en que lo está apretando, yo diría que tengo suerte de estar viva. Todavía está despedazando el modelo cuando el señor Ellis viene a ver qué tal nos va. Tiene abierta la libreta de calificaciones mientras mira a Hannah simular el terremoto.

—¡Destruye, destruye, destruye! —dice ella en una voz de demonio.

—Yo diría que le vendrías bien al club de actuación, Hannah —dice el señor Ellis alegremente.

Ella da un brinquito y abre los ojos otra vez. Yo me he atrevido a soltar una risita, así que me mira con mala cara y yo dejo de hacerlo.

Él nos mira a cada una, absorbiéndolo todo.

—He notado un grupo bastante triste por aquí. Es un poquito sorprendente.

No hay respuesta.

—Bueno, concentrémonos en nuestra tarea, entonces. ¿Qué predicen ustedes, científicas, que pasaría de veras en este escenario catastrófico?

Yo ni siquiera me molesto en responder. Que me den un cero. Hannah está demasiado enfadada como para ni siquiera fingir que somos un grupo.

—Todos estarían muy bravos —dice Lena en voz baja—. El suelo bajo sus pies estaría moviéndose de un modo que no esperaban. Todo lo que pensaban que era seguro se estaría desmoronando. No sabrían cómo mejorarlo o qué sería lo próximo que tendrían que hacer. Querrían las cosas tal y como estaban antes.

Me quedo callada, pero cuando la miro, veo que los ojos de Lena están aguados tras sus elegantes espejuelos. Hannah también debe notarlo, porque entonces comienza a comerse las uñas. El señor Ellis nos mira a cada una y luego cierra su libreta de calificaciones.

—Quiero decir científicamente. Por ejemplo, ¿qué les podría pasar a la línea del tren o al río? —dice—, cosa que sospecho que cada una de ustedes respondería correctamente si se concentraran en serio. Eso claramente no está ocurriendo. —Se vuelve hacia Lena—. Sin embargo, probablemente tengas razón con respecto a la gente en problemas. Es muy desorientador. Tal vez ustedes tres podrían salir al pasillo y comentarlo un poco más.

Y con esa sorprendente oferta, nos deja.

Lena se pone de pie y empuja su banqueta hacia

adentro. Nos hace un gesto y, a regañadientes, Hannah y yo la seguimos al pasillo.

Al principio, nadie dice nada. Nos quedamos ahí paradas, sintiéndonos tóxicas.

—Yo no quiero estar más en el medio —dice Lena—. Es difícil ser amiga de ustedes dos ahora mismo. Ni siquiera la lepidolita me sirve. —Se saca un trozo de cada bolsillo y también nos muestra un pequeño pendiente que le cuelga de la cadena en el cuello.

—Bueno, es por culpa de ella —dice Hannah, señalándome—. Ella no actuó en lo absoluto como una amiga. A lo mejor ella podría buscar la palabra en el diccionario.

—¿Y hasta cuándo me vas a guardar rencor? —digo—. Sobre todo cuando a ti no te pasó nada verdaderamente malo. Yo te salvé, ¿no es así?

—*Uno*, eso no viene al caso. Y *dos*, tú no me salvaste, porque no era culpa mía.

Pongo los ojos en blanco.

—¿Tu nueva mejor amiga, *Edna*, te dijo que dijeras eso?

—Cállate la boca —dice Hannah.

Lena pone las manos en alto como un árbitro.

—Dejen de pelear. —Me mira a través de sus grandes

espejuelos—. Tú debiste haberle contado a Hannah lo que pasó, Merci. Estuvo mal ocultar las cosas y luego evitarla durante todo el fin de semana como una cobarde.

Entonces se vuelve a Hannah.

—¿Y dónde está tu corazón, Hannah? La gente hace cosas extrañas cuando tiene miedo. ¿Te acuerdas del año pasado cuando te comiste la nota que te pasé para que la señora Robertson no la viera? Tuviste tinta azul en los dientes todo el día.

Hannah abre la boca para discutir, pero entonces todas nos reímos un poquito al recordar lo duro que le fue quitarse la tinta de las encías.

Siento el más mínimo claro en medio de las nubes.

—¿Acaso no podrían las dos disculparse y pasar la página? —dice Lena.

Me quedo callada, pensando.

—Lo siento por ocultarte las cosas dañadas —le digo a Hannah—. Yo sé que tenía que haber dicho algo. Si te hace sentir mejor, tengo servicio comunitario extra durante el resto del año. Además, mis padres me quitaron la bici por un tiempo.

Hannah se mira a las manos.

—Eso suena bastante malo —dice—. Lo siento por gritarte. Supongo que yo también habría tenido miedo.

Lena nos echa los brazos a las dos por encima de los hombros.

—¿Y bueno, estamos bien?

Aguanto la respiración, a la espera. Cuando te caes y te das un golpe, toma varios días para que el rasponazo se cure o el moretón desaparezca. A lo mejor pasa lo mismo con las peleas con los amigos.

Lentamente, Lena pone el puño al frente y todas la seguimos. Nos chocamos las manos cerradas (las papas) y echamos las manos hacia atrás moviendo los dedos (las papitas fritas).

Entonces volvemos a entrar para terminar nuestro trabajo, perdonadas aunque todavía un poquito adoloridas.

Esa noche comienzo con las fotos del baile para terminarlas para el lunes.

Cuando abro el archivo, hago una mueca. Edna es la primera, ya que ella fue la última en tomarse la foto, justo antes de todos los desastres. Casi todos vinieron con un grupo de sus amigos para que les tomaran la foto, pero ella no. Ella vino sola. A lo mejor ya se había dado cuenta de que a Brent le gusta Madison.

En cualquier caso, le agrando la cara con los dedos. Y luego, porque me alegra, le dibujo unos cuernos. Luego le añado unos colmillos y un bigote y un diente negro también.

Cuando escucho a papi en el pasillo, deshago mis modificaciones y revierto la foto al original. Si se enteraran de que intenté burlarme de alguien con una de mis fotos, perdería mi teléfono por siempre. Eso sin mencionar que modificar fotos te puede meter en un lío incluso peor del que ya estoy metida en Seaward Pines. El semestre pasado, Samantha Allen creó una página llamada Fondillos Grandes y tomó fotos de los traseros de la gente. Ella nubló las caras, pero aun así todos sabíamos de quién era el fondillo en cuestión y le hirió los sentimientos a alguna gente. La señorita McDaniels se enteró de eso rapidísimo a través de sus espías en Internet y a Samantha la pusieron en probatoria. Gracias a ella, a todo el séptimo grado lo arrastraron a una asamblea acerca del «comportamiento responsable en las redes sociales». Aun así, algunos todavía se envían fotos de gente masticando durante el almuerzo a través de Snapchat. Las mandan con la etiqueta #Jamaliche. Me hace sentir agradecida de que yo me como mi almuerzo en paz con Wilson en la tienda.

Regreso a la foto de Edna y cierro los ojos, pensando. Le dibujo una corona en la cabeza y le pongo una capa. Entonces escribo *La reina del baile* en una placa que esbozo sobre su cabeza. Me encojo de hombros, con la esperanza de que le guste. Es lo mejor que se me ocurre por ahora.

# CAPÍTULO 34

SI NO FUERA POR LO DE estar atrapada todo el día en un kiosco con dos maestros, yo a lo mejor diría que el festival de pintura callejera es divertido. Todas las calles son cerradas al tráfico alrededor de la calle Lake Worth y la avenida Lucerne para que artistas de todas partes puedan hacer su trabajo ahí mismo en el asfalto. Lo que es verdaderamente chévere este año es que el papá de Lena es uno de ellos. Nuestra escuela lo patrocinó para que pudiera pintar un fluorescente gecko tokay de las Filipinas, de dónde él es. Lena ha ido allá unas cuantas veces a ver a sus primos. Ella dice que los de verdad hacen un sonido por la noche como los de los juguetes que hacen ruido al apretarlos. *To-kay, to-kay.*

Por supuesto, yo no puedo deambular mucho para ver el arte. Después de todo, estoy atada a la correa imaginaria de la señorita McDaniels, ayudando con el kiosco informativo de Seaward Pines para pagar por mis crímenes.

Hasta donde puedo ver, nuestro trabajo es agarrar a las familias y decirles lo fabulosa que es Seaward Pines Academy, sobre todo si notamos que han visitado el kiosco de Poxel School, que está justo frente al nuestro en la plaza. Incluso en esto son más lujosos que nosotros. Tienen unas sillas *lounge* y las pantallas de sus computadoras muestran un filme.

El clima ha comenzado a ponerse caluroso, así que estoy agradecida de que la señorita McDaniels dijera que me podía poner mi pulóver de la escuela y *shorts* que me llegan a la rodilla en lugar de nuestros habituales disfraces de poliéster. Sería un suplicio pasarme el día sudando en mi uniforme.

Tampoco es que ella dejaría que el clima caluroso nos detuviera. La señorita McDaniels trajo un elegante ventilador sin aspas y lo apunta directamente a nuestra mesa. Eso, sumado a la fuente de caramelos y otros regalos, deben traer un flujo constante de gente. También tenemos cosas bastante buenas. Memorias USB y protectores de teléfonos con el escudo de nuestra escuela, incluso algunas elegantes botellas de metal para el agua con un carnero a cada lado, que se supone que debemos guardar para quienes se apunten para venir al *tour* de la escuela. Todo esto debe costar un dineral. Eso lo sé porque siempre ando detrás de papi para que compre algo de mercancía de *marketing* para promover Sol Painting. Lo único que él ha autorizado es la compra de unos lápices, lo más barato y aburrido.

—Aquí tienes, Merci. —El señor Ellis sostiene un paquete de folletos de nuestra escuela envueltos en láminas de polietileno—. La mesa te espera.

Abro los folletos. Por primera vez desde que he estado en la escuela, Roli no engalana la portada. Parece que el señor Ellis es su reemplazo. Hay una foto enorme de él con gafas protectoras y un tubo de ensayo en la mano para una de sus estudiantes de química, Destiny Adolphe, cuya familia es de Haití. Es la manera de decir con imágenes que «la gente morena es bienvenida», aunque, seamos serios, Seaward Pines es bastante limitado en la parte de «la gente morena», sobre todo en lo que respecta a los maestros. El señor Ellis es el único maestro negro en el departamento de ciencias. Él trata de llenar el espacio obvio con afiches por todo su salón de clase de científicos que deberíamos conocer, como George Washington Carver, Mae Carol Jemison y Neil deGrasse Tyson. Pero no es lo mismo que tener más maestros como él o como la señorita Calderon para que nos enseñen. Me pregunto si se sentirán solos. En serio, incluso hasta para nosotros los estudiantes, hay al menos algunos alumnos en cada grado que son morenos o de diferentes lugares.

—Buena foto suya, señor Ellis —le digo—. Tiene futuro como supermodelo. A lo mejor lo contrataré como nuestro portavoz de Bocado Cítrico.

Él mira hacia abajo desde la banqueta en la que cuelga nuestro estandarte y sonríe.

—Dile a tu gente que llame a mi gente —dice con cara seria.

—Muy bien. Creo que con esto terminamos —dice la señorita McDaniels mientras inspecciona nuestra mesa—. A poner las mejores caras.

Yo miro mientras la gente empieza a entrar a cuentagotas y me encasqueto mi mejor sonrisa de «adoro-mi-escuela».

Alrededor del mediodía, Lena me envía un texto en el que me dice que ella y Hannah están en el espacio asignado a su papá.

> Ven a verlo si puedes.

La señorita McDaniels está ocupada con un papá que se ha apuntado para un *tour*. Asegura que su hija, una niña llamada Hiya, es «la número uno en su clase». Hiya parece que quiere que se la trague la tierra mientras él se extiende y se extiende hablando de ella. Tenemos mucha gente como Hiya en Seaward, niñas que saben cómo tener éxito en la escuela y nunca sacan nada que no sea una A. Yo no, por supuesto. En los días de exámenes, me siento como un ratón al que lo fueran a meter en el tanque de la serpiente de la señorita Kirkpatrick.

El estómago me suena muy fuerte. Hay helado cerca y el olor de los camiones de comida flota en la brisa. Hamburguesas, tacos de pescado, cosas fritas.

La señorita McDaniels no muestra señales de acabar su conversación con el papá de Hiya, así que voy al segundo al mando.

—Señor Ellis: ¿puedo ir a buscar comida? También me gustaría echarle un vistazo a la pintura del señor Cahill.

Él levanta la vista hacia mí. Ha estado aburrido, revisando su teléfono. Le da un vistazo a la señorita McDaniels y ve que ella está ocupada.

—Regresa en veinte minutos. —Me entrega un billete de cinco dólares—. Tráeme limonada fresca, por favor. Con azúcar extra, si puedes.

Encuentro a Hannah y Lena en el sitio asignado al señor Cahill, bebiendo refrescos en el contén. Por desgracia, Edna también está con ellas, cosa que yo no esperaba.

Suspiro profundamente. Yo sé que Hannah no es mía.

Nadie le pertenece a nadie. Pero las cosas todavía solo están volviendo a lo normal con Hannah y conmigo. ¿Ahora Edna tiene que ser parte del trato? Espero que no. Cuando Edna está cerca, no me puedo relajar del todo. Siempre siento que tengo que estar lista para una de sus puyas.

—¡Merci!—dice Hannah.

—¡Te han liberado! —dice Lena y se me acerca a la carrera.

—Temporalmente. Solo tengo veinte minutos para comer. Además, tengo que llevarle una limonada al señor Ellis.

Edna me dedica una de sus miradas engreídas y se da un buche largo de la suya.

Todas caminamos a donde el señor Cahill está trabajando. Su larga trenza serpentea por la parte trasera de su pulóver empapado en sudor. Sus pies y manos están cubiertos con manchas de tiza de aceite color pastel. Él mismo casi que luce como una pintura.

—¿Y él no iba a pintar un lagarto? —le susurro a Lena. He visto suficientes en mi patio y ninguno de ellos se parece a estas formas desconectadas. Incluso si achico los ojos, no lo veo.

—Es abstracto —me dice—. Él no intenta hacerlo que luzca real. Él trata de hacer que tú le des forma en tu propio modo.

Estoy confundida, pero los colores son agradables, de todos modos. Y las cosas abstractas deben ser importantes porque el doctor Newman hizo que nuestra escuela pagara $5000 para que él trabaje aquí. Hubo un artículo en el periódico acerca de eso y todo.

Saco mi cámara y me acerco para tomar un *close-up* de Lena mirando a su papá.

Ahí es cuando Edna abre la boca.

—Sin ánimo de ofender…

*Advertencia, advertencia, advertencia*, pienso. *¡Activa el escudo de fuerza!*

—…pero nunca he entendido por qué alguien trabajaría tan duro en algo que va a desaparecer de todos modos.

Bajo la cámara a ver qué es lo que va a decir el señor Cahill. Detesto admitir lo mucho que yo también quiero saber la respuesta. La pintura del señor Cahill no va a durar; nada del arte hecho aquí durará. Cuando las calles vuelvan a abrir el domingo por la noche, los carros le pasarán por encima a su trabajo y los colores pastel comenzarán a desaparecer como fantasmas coloridos hasta que sean solo una memoria. Eso es lo que le pasó a mi pintura favorita del año pasado. Era la que lucía exactamente como un enorme hueco en el suelo. De hecho, era tan realista que la gente la esquivó durante días. Sin embargo, cuando cayeron las lluvias fuertes, la lavaron para siempre.

El señor Cahill levanta la vista hacia Edna y sonríe, del mismo modo que lo hace Lena. Se estira la espalda y se retuerce.

—Todo desaparece con el tiempo —dice—. Las civilizaciones, las especies, la gente. Eso no quiere decir que no tengan valor mientras existan. La gente disfrutará este trabajo mientras esté aquí. Vive en el momento. Ese es todo el mensaje.

—Hablando de momentos. —Me ajusto los espejuelos y reviso mi teléfono. Solo me quedan quince minutos antes de regresar—. ¿Alguna de ustedes tiene hambre?

—Estoy muerta del hambre —dice Hannah.

—Vi unas papas fritas con queso por allá —dice Lena.

Caminamos por la acera de la sombra hasta que llegamos a los camiones de comida. Hannah y yo pedimos una ración grande para compartir y luego vamos al pie de un árbol a comer. Edna insiste en inspeccionar la limpieza del camión primero, lo que al tipo que está adentro parece no agradarle, especialmente cuando ella le pide que le muestre su certificado del departamento de salud.

—¿Quieres las papas fritas con queso o no, niña? —pregunta él.

Al final, ella le echa una mirada fulminante y acepta compartir una ración con Lena.

Estoy comiéndome mis papas con ganas cuando veo

a dos niños jugando al *frisbee*, que es uno de mis juegos favoritos. Me sorprendo al ver que son Wilson y Darius. Se están pasando el disco en el césped central, donde la gente se sienta encima de las mantas y en sillas a escuchar a grupos musicales. Wilson lo hace bastante bien, excepto cuando el disco se le aleja a los lados o por encima de la cabeza.

—¿Y tú qué miras? —pregunta Hannah.

¿Yo estaba mirando fijamente?

—Nada —me concentro fuertemente en las papas. Mi estómago volvió a dar ese extraño vuelco mientras miraba, así que huelo las papas y me pregunto por un segundo si Edna tenía razón y la comida se ha echado a perder con este calor—. ¿Esto a ti te sabe bien?

Pero Hannah ha visto a los muchachos.

—Oh —dice con una sonrisa.

—¿Oh, qué? —digo yo.

Ella se ríe por la nariz y da una mordidita a su merienda mientras miramos a Wilson lanzar su próximo disco.

—¿Te gusta? —susurra entre risitas.

—¿Wilson?

Yo podría decirle que sí. Podría contarle lo de tomarnos de la mano. Pero entonces Edna y Lena llegan y es demasiado tarde. Así que le tiro una papa en vez de eso.

—No seas asquerosa.

—¿Qué es asqueroso? —dice Edna—. ¿Hay una mosca en la comida?

—Wilson —dice Hannah, indicando con la barbilla.

Edna pone los ojos en blanco al verlo.

—Oh, bueno, obviamente —dice.

Siento que las mejillas me arden. Eso *no* fue lo que yo dije en lo absoluto. No hay nada asqueroso con respecto a Wilson. Pero de algún modo, no puedo encontrar las palabras para decirlo. De hecho, noto, por el modo en que me mira, que las ruedas diabólicas de Edna están girando. Sus ojos se agrandan y se queda boquiabierta.

—*Mon dieu!* Él no te gustará, ¿no?

Justo entonces, el disco vuela demasiado alto y lejos. Se va por encima de la cabeza de Wilson, fuera de su alcance, y cae a solo unos metros de nosotros. Intento esconderme detrás del tronco de un árbol, para que no me vea, pero no soy lo suficientemente rápida. Ya viene al trote hacia nosotras. Se detiene cuando nos ve a las cuatro observándolo. Más atrás, Darius se mete las manos en los bolsillos y luce inseguro.

—Hola —dice Wilson.

Hannah luce avergonzada. Se mete un montón de papas en la boca, con el queso desparramándosele por las comisuras. Lena cambia de pierna de apoyo. Levanta la mano para decir hola.

—¿No le vas a decir hola a Wilson, Merci? —dice Edna con voz de ave cantarina. Me mira con picardía, como si fuera parte de un chiste compartido entre ambas.

Pero me quedo ahí parada, muda. ¿Y aquí cuáles son las reglas? Fuera de la escuela y con otra gente alrededor, parece peligroso ser nosotros mismos. Hasta un *hola* o un *asere, qué bolá* pueden representar burlas o problemas. Así que esto es aplastar o que te aplasten.

—No —digo, como si fuera la cosa más estúpida del mundo.

Entonces, poniendo los ojos en blanco, le doy la espalda a Wilson.

Ahora sí que tengo náuseas. No me atrevo a mirar a Lena, quien detesta cuando la gente es cruel. Miro por encima del hombro para ver que Wilson ha recogido el disco y camina lentamente de regreso a Darius, no a la carrera como había hecho un segundo antes.

Aunque apenas he comido, no hallo el momento de salir de aquí lo suficientemente rápido. Empujo el resto de las papas hacia Hannah.

—Me tengo que ir —digo—. Se me acabó el tiempo.

Entonces, avergonzada, voy a comprarle la limonada al señor Ellis.

Esa noche estoy encerrada en mi cuarto con los mellizos mientras trabajo duro para terminar las fotografías. Tía salió a «hacer un encargo» con Simón, pero no sé si creerle. Ellos han estado saliendo mucho a esos llamados encargos. Seguro que es un código raro de los adultos que significa que «nos vamos a dar una escapada para tomarnos de la manos y besarnos».

Mientras tanto, Tomás está saltando en la cama de Roli, intentando ver si puede arrancar una de las estrellas del techo. Axel intenta pillarle los pies con un bate de plástico cada vez que Tomás salta. Dice que es su machete y que es para cortar los pies. ¿Qué puedo decir? El futuro luce gris para este niño.

—Si rompen los listones de la cama, Roli se va a poner bravo —les digo sin levantar la vista de la computadora.

Pero Tomás y Axel siguen en lo suyo.

—¿Qué dibujas? Muéstrame. —Tomás se detiene, sin aliento. Axel le da un batazo en los tobillos—. ¡Ay! —chilla.

Antes de que las cosas empeoren, doy la vuelta a la pantalla y les muestro la foto en la que trabajo.

—¿Quién es ese? —pregunta Tomás.

—Nadie —digo—. Un muchacho de la escuela. —Lo que es una mentira que hace que la cara me arda, porque es Wilson. Es mi amigo hasta hoy cuando yo me comporté como una cretina sin ningún motivo.

—Déjame convertirte en un lobo —le digo a Tomás.

Agarro mi teléfono y le tomo una foto mientras posa para mí. Con unos cuantos trazos, le pongo orejas, un hocico largo y dientes afilados. Él estalla en risitas y luego Axel quiere que haga lo mismo para él.

Al poco rato, vuelven a lo mismo y los muelles de la cama de Roli suenan como una cama elástica.

—Estamos en el circo —grita Axel y cambia el juego de inmediato.

Los miro por un segundo y pienso en cuán muchísimo más fácil era tener seis años. A mí me escogían para borrar la pizarra al final del día. Yo era la líder de la fila una vez al mes. Un niño llamado Jorge dibujaba una línea por la mitad de nuestra mesa, para que supiéramos cuál era nuestro lado.

Es diferente ahora. Pienso en un montón de cosas, como, por ejemplo, en lo cálida que era la mano de Wilson.

—Esperen —les digo. Entonces cierro mi computadora y me encaramo en el colchón para tomarles las manos en su juego—. Damas y caballeros —grito—. ¡Los fabulosos voladores de la familia Suárez!

# CAPÍTULO 35

Casi es el final del día cuando el doctor Newman habla por el sistema de audio para anunciar los nombres de los niños que habían sido seleccionados para la Sociedad de Magna Cum Laude. El primer semestre terminó hace unas semanas y ya por fin están los resultados.

Dejo de prestarle atención y me concentro en la hoja de ejercicios en la que Hannah y yo todavía estamos escribiendo las respuestas. Hoy somos compañeras de trabajo en la clase del señor Ellis y las cosas van mucho mejor que cuando estábamos peleando y estudiando los terremotos. Me gustaría poder decir lo mismo de Lena. Ella está en la mesa de al lado con Edna, quién ha formado un lío durante toda la hora por una cosa o la otra. Ni siquiera el hecho de que yo terminé todas las fotos del Baile de los Corazones a tiempo le levantó el ánimo. Al menos yo no soy su compañera hoy. La única cosa peor habría sido que me pusieran de pareja de Wilson, quien —por suerte— está ausente.

Miro mi hoja de ejercicios una vez más y completo mis definiciones. Entonces noto que el señor Ellis me da una mirada severa pues no estoy escuchando los anuncios del modo que se supone que lo haga. Así que suelto el lápiz e intento fingir como si me importara.

Pero, en serio, ¿para qué? Mi nombre no será leído, aunque haya sacado tres A esta vez, lo que es todo un récord para mí. Saqué una en educación física, por supuesto, pero también una en estudios sociales y una aquí mismo en la clase del señor Ellis, ¿quién lo iba a pensar? Tengo B en el resto de las clases.

Sin embargo, para entrar en la lista del doctor Newman tienes que sacar A en *todas* las asignaturas durante todo el semestre. Por toda esa molestia, recibes un desayuno especial con él y con tus padres. También te ganas un elegante prendedor de bronce que se supone que te pongas en la chaqueta. Lo sé porque Roli tenía tantos que parecía un general de cinco estrellas.

El doctor Newman sigue con su cháchara acerca de lo orgulloso que está de «estos excelentes estudiantes que representan lo mejor de Seaward» y blablablá.

Entonces lee los nombres lenta y claramente. Una

cosa me llama la atención cuando termina: el nombre de Edna Santos no está en esa lista. Se lo debe haber saltado o de lo contrario yo no lo escuché. Ella *siempre* está en esa lista, al igual que Jason Aldrich, quien literalmente se da una palmadita en la espalda tan pronto mencionan su nombre. En más de una ocasión nos ha recordado que eso tiene sentido, ya que su nombre en inglés antiguo significa «gobernante sabio».

Miro a Edna cuidadosamente, a la espera de que ella lance una queja por este error. Pero ella mantiene la cabeza gacha, trabajando en su hoja de ejercicios. Sin embargo, hasta desde aquí noto que tiene las mejillas coloradas. No dice una palabra durante el resto de la hora.

Después de la escuela, voy a la oficina administrativa. Según mami, se supone que reciba una nueva tarea de servicio comunitario de la señorita McDaniels cada lunes en la tarde hasta el fin del año. Ahora las dos se han convertido en conspiradoras en mi sufrimiento.

Voy por el camino más largo, con la esperanza de que la señorita McDaniels se olvide de nuestro acuerdo y se vaya un poco más temprano hoy. Pero no, ella todavía está en la oficina. Entro y me quedo de pie cerca de la maceta con la palma, tratando de hacerme lucir lo más pequeña posible mientras los maestros vienen uno tras otro al final del día a revisar sus buzones. Me muevo pasito a pasito detrás de las ramas para camuflarme y achico los ojos para solo poder ver a la señorita McDaniels a través de mis pestañas. *Piensa que eres invisible*, me digo por dentro mientras la veo recoger sus cosas para irse.

Cierra con llave la puerta del estudio de televisión y organiza su escritorio una última vez. Entonces se pone sus descomunales gafas de sol y alcanza las llaves de su carro.

—Merci —dice de repente, de espaldas a mí—, ¿tienes planes de dormir dentro de ese macetero esta noche?

Doy un brinquito y abro los ojos.

—Oh, hola, señorita —digo—. Yo solo estaba... admirando las hojas brillantes. Usted está regando muy bien esta plantita.

Sin darse por enterada, sostiene una planilla de una tarea de servicio comunitario en mi dirección.

—Me parece que andas buscando esto.

Suspiro y arrastro los pies hasta su escritorio. El pase dice:

REPÓRTESE AL SEÑOR VONG

MAÑANA EN LA TARDE, A LAS 3:45 PM.

¡Al señor Vong! ¿Y por qué a él? Nuestro custodio por lo general parece detestar a los niños. Tampoco es que yo le pueda echar la culpa. Nos la pasamos rayando los pisos que él acaba de pulir o dejamos huellas digitales en las puertas de cristal o vomitamos en los lugares menos convenientes, como la alfombra de la biblioteca. Es el señor Vong quien tiene que venir con su cubo de aserrín, mientras nosotros caminamos por los pasillos con las camisas cubriéndonos las narices para evitar el hedor.

—¿Servicio de custodio, señorita? ¡Yo casi ni puedo mantener mi cuarto limpio! Le puede preguntar a mi mamá. Ella ha encontrado en mi cuarto corazones de manzanas que me comí en tercer grado.

—Entonces, tal vez el señor Vong te pueda ofrecer algunos consejos en esa área —dice—. Además, no vas a limpiar, ya que eso sería una violación de nuestro código de derechos de los estudiantes, sección A, párrafo seis.

—Entonces, ¿cuál es la tarea?

—Te he asignado al comité de la celebración de la Semana de Un Mundo. Ayudarás al señor Vong con las banderas primero. Tú sabes que toma un poco de tiempo colgarlas todas.

Trato de no poner los ojos en blanco porque eso caería en la categoría de Comportamiento Impertinente de la lista de infracciones menores que sacan de quicio a la señorita McDaniels. La Semana de Un Mundo es la celebración cultural de Seaward. Izamos banderas del mundo en el gimnasio y cubrimos las puertas de las oficinas con letreros que dicen bienvenidos en muchos idiomas: *Welcome! Swagat! Velkommen! Khosh Amadid!* Algunas clases tienen una feria de comida. También tenemos asambleas, que, probablemente, son la mejor parte. Me gustaron los gaiteros del año pasado que se pusieron faldas escocesas y sonaron como un tranque de tráfico. El año anterior, vimos una ópera china con actores con máscaras de madera. No sé a quién tendremos este año. Siempre es una sorpresa.

Pero he aquí la cosa. La Semana de Un Mundo es también muy rara. En primer lugar, es en realidad el único periodo en el que escuchas a la gente hablar cualquier cosa menos inglés fuera de los laboratorios de idiomas…, incluso si ellos en realidad hablan otros idiomas en casa. Es también la semana cuando algunos de nosotros tenemos que prepararnos para un montón de preguntas locas sobre nuestras familias a la hora del almuerzo, como, por ejemplo: «¿Tus padres te van a obligar a que te cases con una persona que no conoces?» y esta de Jason, que hizo que Hannah, cuya madre es coreana, le diera tremenda patada el año pasado: «¿Tu gente come perros?».

En fin, que el señor Vong es quien cuelga las banderas en el gimnasio cada año. Ayudarlo va a ser más aburrido que ver cómo se seca la pintura…, y yo he hecho *eso* para papi suficientes veces, así que yo sé exactamente cómo es. El señor Vong trabaja a la velocidad de un perezoso.

La señorita McDaniels sostiene la puerta abierta.

—Si hay algo más…

—No, señorita.

La veo apurarse rumbo al parqueo. Después de irse, comienzo a caminar por el pasillo, dribleando una hoja de papel estrujado como si fuera un balón de fútbol.

La tiro a la puerta del baño de las niñas y consigo que dé en el letrero.

—¡La multitud ruge! —digo, y entro a orinar antes de ir a buscar a mami a la rotonda de la recogida.

Sin embargo, cuando entro, me doy cuenta de que no estoy sola. Tenemos a una llorona, damas y caballeros. Está en el último urinario, sollozando.

En Seaward, a alguien siempre le pisotean los sentimientos, de un modo u otro. Tus aretes son baratos. Tu casa es pequeña. Fallaste la canasta en el gimnasio. Desaprobaste un examen importante. Tienes granitos. Eres fea. Eres un fracaso total.

Yo sé que esto no es asunto mío, pero miro por debajo del urinario para ver quién es. Todos tenemos que usar los mismos mocasines y las medias rojas hasta las rodillas, así que pensarán que yo no podría saberlo. Pero cuando miro, sé exactamente quién está llorando. Es la mochila en el piso lo que la delata. Es de un rojo elegante y esta personalizada con sus iniciales. Es la que choca contra mí descuidadamente en nuestros taquilleros casi todos los días.

Edna Santos, la reina de la crueldad en persona.

Me quedo muy quieta, como si estuviera atrapada en un clóset con una ventana negra, preguntándome cómo retroceder y salir por la puerta.

Pero justo cuando me doy la vuelta para irme, la escucho tomar una bocanada de aire. ¿Y si está enferma o algo por el estilo? Es después de la escuela y no hay maestros por aquí para que la ayuden. Así que, en contra de mi sano juicio, me arrastro más cerca de la puerta y escucho.

—¿Estás bien por ahí? —pregunto.

No hay respuesta.

—Edna, yo sé que eres tú. ¿Qué pasó?

La escucho arrastrar los pies y luego veo su ojo inyectado en sangre apretado contra el espacio entre la puerta y la pared del urinario.

—Vete, Merci Suárez —dice ella.

—Como tú quieras —digo, y entro a mi propio urinario al otro extremo de la fila. Sin embargo, no empiezo a hacer lo mío. De repente, no tengo ganas de orinar con Edna escuchándome. Conociéndola como la conozco, me dirá que estoy orinando mal, o demasiado alto o vete a saber qué. Tampoco es que ella pueda escucharme, ya que ahora está resoplando aun más alto.

Así que lo intento otra vez.

—¿Cuál es el problema? —Cuando no contesta, hago una hipótesis que enorgullecería al señor Ellis—. ¿Estás adolorida por esa tonta sociedad de Magna Cum Laude?

Su voz es rabiosa a través de todas estas paredes divisorias.

—¿Y qué vas a saber tú si esto es tonto o no? ¡Tú nunca has estado en la lista!

Rechino los dientes.

—Yo tampoco me he encerrado jamás en un urinario a llorar por no haber recibido notas perfectas. Así que...

Hay un silencio largo y pienso que por fin la he callado. Pero unos segundos después, vuelve a llorar, esta vez incluso mucho más fuerte. ¿Cómo ser inteligente puede hacer a alguien sentirse así de mal? Una lista no debería arruinarte todo el día, ¿no es cierto? Pero veo que eso es lo que ha hecho.

Entonces recuerdo como tía ayuda a que los mellizos se reorganicen luego de un día malo en la escuela. En la noche se acuesta con ellos y hacen un listado de todas las cosas en las que ellos son buenos.

—Mañana va a ser mejor —les dice siempre, incluso si no está seguro de que sea verdad.

Yo misma he tenido que hacer una lista de «Las cosas

en las que Merci es buena» en muchas ocasiones, a veces por culpa de la boca de Edna, ya que estamos. Lo he hecho tantas veces que casi tengo mi lista memorizada, que es la idea, según tía. *Tú tienes que saber quién eres*, me dice ella, *porque a veces los demás tratan de decirte quién eres tú.*

Al escuchar a Edna, recuerdo que «intento tratar bien a la gente» es una de las cosas en las que soy buena.

—Vamos, Edna —digo en voz baja—. Tú sabes que tú eres una de las niñas más inteligentes en toda la escuela.

Después de un rato, escucho que le quita el pestillo a la puerta. Lentamente, yo hago lo mismo y salgo para mirarla cara a cara. Tiene el rostro rojo e hinchado; la nariz le chorrea. Es la viva imagen de la tristeza. Quisiera que no me importara, pero estoy tan sorprendida por su pesar que me quedo ahí parada, boquiabierta. Nuestra tregua ha sido difícil de mantener este año. A veces pienso que sería más fácil darla por perdida, odiarla por siempre y que eso se mantenga. Pero ella luce patética, y yo les prometí a Hannah y a Lena que haría el intento.

—La lista no lo es todo. —Arranco de la puerta del urinario un viejo cartel del Baile de los Corazones y se lo entrego—. Tú organizaste un baile enorme que hizo muchísimo dinero. ¿Quién más en séptimo grado podría hacer eso?

Me cuelgo la mochila, con la vejiga todavía llena, y la dejo lavándose la cara en el lavabo.

# CAPÍTULO 36

WILSON NO DICE NADA ACERCA del festival de pintura callejera del sábado pasado y entonces yo tampoco, lo que por mí está más que bien. Estamos de vuelta en la Tienda de los Carneros, calculando nuestras ventas y pensando en nuevos planes de negocios para presentarle a la señorita McDaniels. Ya hemos tachado algunas ideas de nuestra lista, como, por ejemplo, vender entradas para una noche de cine. Yo quería una de las primeras películas en la saga de la franquicia de la nación Iguanador para conectarla con lo que vendemos en la tienda. Pero Wilson averiguó que teníamos que comprar una licencia para la película.

—Demasiado billete —le dije cuando me enseñó el costo.

—Pero creo que es hora de hacer algo épico —insiste Wilson—. Este lugar era una fuente de gastos sin fondo antes de llegar tú y yo. Ahora tenemos clientes aquí todos los días y estamos ganando dinero.

—¿Pero qué sería épico? —pregunto.

Los dos nos quedamos callados para pensar un poco más. Le echo un vistazo a la cafetería y veo que los niños almuerzan en la misma configuración de siempre. Nadie tiene asientos asignados y sin embargo todos gravitan al mismo territorio cada día. ¿Y eso cómo sucede? Sería agradable darle agua al dominó de vez en cuando. Por ejemplo: ¿por qué solo cierta gente ocupa las mesas buenas todo el tiempo? ¿Los asientos acolchonados en los viajes escolares en autobús? ¿Los mejores lugares en las gradas? ¿Los amigos más populares?

Poco a poco una idea comienza a formarse.

—¿Y si nos cambiamos a bienes raíces? —digo.

Wilson levanta la vista de la calculadora.

—¿Bienes raíces? Pero ¿de qué tú estás hablando, Merci? —dice él.

—Bueno, mira esos lugares magníficos cerca de las ventanas. ¿Y por qué no los usamos como un modo de ganar clientes? Podemos regalar una entrada con cada venta de la Tienda de los Carneros y hacer una rifa cada semana. El ganador se sienta con sus amigos en la mesa que escoja.

Él mira a Jason y a los demás varones y mastica su lápiz.

—Nos van a matar.

—¿Por qué? Ellos no son dueños de esa mesa. Además, ellos tienen tanta oportunidad como cualquiera…, si son clientes. O sea, creo que la tienen. Tú eres el de las estadísticas.

—¿Y qué hay de los niños que no se puedan dar el lujo de comprar muchas cosas?

Meto la mano en la interminable caja de lápices.

—Muy discretamente les indicaremos esto. Cualquiera puede gastar veinticinco centavos…, y una venta es una venta. Míralo de este modo: podemos ser como Robin Hoods sociales: tomando de quienes tienen y dando a quienes no tienen.

La cara se le ilumina lentamente en una sonrisa, con todas esas pecas como estrellas en su nariz y sus mejillas.

—Tú sabes, Merci, tú a lo mejor eres un dolor de cabeza, pero también eres una genio —dice—. Apuesto a que convences a Cronómetro de hacer esto.

Siento que el color me sube a las mejillas mientras nos sentamos lado a lado en el suelo, contemplando. Yo nunca debí comportarme como una cretina con él. He aquí la verdad. Me gusta almorzar y compartir el pastel aquí con él cada día, y me gusta lanzar ideas de negocio al aire y discutir con él sobre detalles puntuales de la películas de Jake Rodrigo. Tampoco es como si alguien más quisiera hacer eso conmigo, ni siquiera Lena y Hannah. Me pregunto si a él también le gusta o acaso eso solo le pasa a la tonta que soy.

—Gracias —digo.

Me miro las manos, recordando el sábado.

—Oye —digo—. Lamento que fui tan torpe en el festival de pintura callejera. Con lo del disco y todo eso.

Él mantiene la vista en la calculadora y me pregunto si acaso me escuchó. Entonces escribe 53045 y pone la calculadora al revés.

—¿Sabías que puedes escribir en esta cosa? 505371.

Yo sí lo sabía, gracias a Roli. Así que escribo 50535, que deletrea SESOS. Damos con *sóbese* (353805) y *ese* (353) también. Sin embargo, la única palabra que me gustaría escribir es *disculpa*.

Un golpe en la ventana de la tienda nos sobresalta.

Jason y unos cuantos de sus matones están ahí parados, con el dinero en las manos, mirándonos maliciosamente. Solo hace falta un destello de su fea sonrisa para darme cuenta de que Wilson y yo hemos estado sentados demasiado cerca el uno de la otra. Me preparo para lo que viene y, como era de esperar, Jason comienza.

—*Ugh*. ¿Y ustedes dos qué están haciendo ahí? —Le da un codazo al niño a su izquierda, como si todo esto fuera un gran chiste.

—Trabajando —digo con voz cortante—. ¿Qué otra cosa? —Le muestro nuestra libreta con las ideas para demostrarlo.

Wilson está supercolorado al ponerse de pie.

—¿Qué es lo que quieren? —pregunta.

Pero yo no oigo la respuesta. Mi mente regresa en círculos a ese *ugh*. ¿Ese *ugh* es conmigo? ¿O el *ugh* es con Wilson, como Edna dijo? ¿O acaso se refiere a que la idea de nosotros dos juntos es *ugh*, como el hígado y la cebolla?

Jason señala a un *ferocirraptor* de nuestra nueva muestra y, con un golpe seco, pone su billete de veinte dólares, como si nada. Wilson pone el juguete en el mostrador y le da el vuelto. Se vuelve hacia mí cuando se han ido y veo que los hombros se le han encorvado hasta cerca de las orejas.

—Es una pena que no sea como en las películas en donde a él lo despedazarían hasta matarlo antes de que regrese a su mesa —dice Wilson.

Intento reírme, pero el párpado me cuelga y siento el ojo a la deriva.

—¿Y este a quién le importa? —digo—. Él es un cretino.

Eso es lo que se supone que deba sentir cuando no quiera que las cosas me molesten. Excepto que no lo siento.

Me importa. A los dos nos importa. Y me odio por ello.

De repente, la tienda es demasiado pequeña para nosotros dos, como si estuviéremos en una pecera en la que todos pueden vernos.

—¿A dónde vas? —pregunta Wilson mientras agarro mis cosas y me encamino a la puerta.

—A ver si la señorita McDaniels le da el visto bueno a nuestra idea —digo.

Camino desde la cafetería hasta que estoy fuera de vista y cerca de las oficinas administrativas. Pero no voy a ver a la señorita McDaniels. En vez de eso, me escabullo en el baño de las hembras para mi turno de esconderme por un rato.

# CAPÍTULO 37

YO SOLÍA ASUSTAR DE muerte a las demás madres en el
parque infantil con mis dotes de escaladora. Ellas me seña-
laban y le gritaban a mami para que me salvara de la parte
de arriba del canal, a donde yo había ido siguiendo a los
niños más grandes. Pero mami sabía que a mí no me hacía
falta que me salvaran. Yo podía trepar hasta lo más alto
de la pared de rocas cuando todavía estaba en pañales. Mi
lugar favorito para pensar era la rama más alta de la mata
de calistemo en nuestro patio, cuando abuela no estaba
mirando, por supuesto.

Qué lastima que el señor Vong no sepa esto de mí.

—No quiero alardear, señor Vong, pero si me deja
subirme al andamio con usted, le puedo cortar el tiempo
de trabajo tal vez a la mitad.

Lo miro con esperanza, pero no añado lo que de verdad estoy pensando. *Y así no tendríamos que colgar banderas por semanas y semanas.*

Él me frunce el ceño, como si ya yo lo hubiera sacado de quicio.

—Tú no te vas a encaramar ahí arriba. Tú vas a organizar las banderas alfabéticamente y harás lo que te diga.

Estamos en el gimnasio después de la escuela. Las banderas están en dos contenedores grandes en la esquina. Adentro hay pedazos de tela bien doblada dentro de bolsas de plástico con los nombres de los países escritos en pegatinas blancas. Yo nunca he oído mencionar algunos de estos lugares. ¿Nauru? ¿Benín? ¿Palaos?

—Ya que estamos, ¿cuántas banderas hay aquí? —pregunto alicaída.

—Ciento noventa y tres —dice él.

El corazón se me hunde. El señor Vong cuelga, de promedio, solo tres o cuatro al día.

—Nos va a tomar una eternidad —murmuro.

Su excelente oído de murciélago se activa a la máxima capacidad.

—La gente está orgullosa de sus banderas. Dan la vida por ellas. No nos vamos a apurar.

No, claramente, no lo haremos. Su *walkie-talkie* suena cuando termina el primer nudo. Le ha tomado diez minutos.

—Afganistán es la primera —dice—. Dámela aquí.

Ya pusimos una. Faltan ciento noventa y dos.

Mami me envía un texto para decirme que se le ha hecho tarde con un paciente, así que me siento en el contén de la rotonda de la recogida a esperar. Estoy aquí solo unos minutos cuando mi teléfono zumba.

Roli. Tiene puesta su visera y la camisa de trabajo de Snout BBQ, así que supongo que está en su receso. Yo casi puedo oler la salsa de nogal.

—Oh, qué bien —dice—. Ya veo que mami y papi no te asesinaron después de todo.

—Qué gracioso —le digo—. Eso tal vez habría sido menos doloroso. Tengo servicio comunitario durante el resto del año.

—¿Haciendo qué?

—Lo que diga Cronómetro. Como colgar banderas del mundo con el señor Vong.

Sacude los hombros mientras se ríe.

—Ay, compadre —dice cuando por fin recupera el aliento.

—Espera un momento. —Me muevo a un sitio con sombra cerca del edificio y me siento donde nadie puede escucharme.

—Oye, ¿puedo preguntarte algo? —digo.

—No te voy a dar dos mil dólares ni te voy a dar amparo como refugiada —dice.

—Solo escucha. —Tomo un gran suspiro—. ¿Yo soy... *ugh*?

—¿Qué?

—Tú sabes: *ugh*. ¿Yo soy un asco de niña? Me tienes que decir la verdad.

Se recuesta en la pared de hormigón a sus espaldas.

—Los hermanos no pueden realmente opinar en estas cosas, Merci. Es superraro.

—¿No podrías intentarlo? —Espero que mi voz sea firme alrededor del nudo que me está estirando la garganta—. Por favor.

Se queda quieto un minuto, mirándome directamente.

—¿Quién te dijo eso?

—Nadie. Solo te pregunto.

Él espera con esa expresión de fastidio que siempre pone cada vez que intento engañarlo.

—OK. Jason Aldrich —digo.

Él suelta un enorme suspiro y niega con la cabeza.

—Yo diría que para alguien que tiene trece años... y no es pariente tuyo de ningún modo y tiene un cerebro y buen gusto y sentido del humor, tú definitivamente no eres *puaf*.

—*Ugh*.

—Exacto: *ugh*. Lo que sea. Tú no eres eso.

—¿Cómo tú lo sabes?

—¡Merci!

—¿Cómo? —pregunto.

—Porque tener trece años puede ser terrible, ¿OK? —Se pone de pie—. Mira, ya casi se me acaba el receso. Hazte un favor y no le prestes atención a ese Jason. Él a lo mejor desea que tú fueras su novia o algo por el estilo.

—¡Ugh! —es como si me hubiera salpicado con ácido—. ¿Por qué dirías una cosa así? ¡DIOS!

—Porque… trece años —dice—. Voy echando. —Y entonces otra vez me quedo sola.

# CAPÍTULO 38

—¿A DÓNDE VAS? —PREGUNTO.

Es después de la escuela cuando encuentro a tía a punto de subirse al carro de Simón. Otra vez.

Se detiene cuando escucha mi voz y mira por encima del techo de su Toyota. Estoy parada cerca de la tendedera y supongo que no me vio. Tiene los espejuelos encasquetados en la nariz y un periódico doblado bajo el brazo.

—Oh, hola, Merci. Solo íbamos a salir a hacer un encargo.

—Oh. —Le pongo una cara. Ella no está diciendo la verdad. Lo sé por el modo en que se muerde el labio.

Ella ha estado desapareciendo mucho últimamente y regresando a casa durante la cena sin ninguna explicación real. Incluso ahora que no está enseñando baile, todavía parece estar ocupada todo el tiempo. ¿Cuánto besuqueo puede dar uno? Y hoy estoy aquí atascada colgando la ropa limpia —que es *su* tarea— cuando debería estar ayudando a Wilson con los anuncios de nuestras entradas para la idea de la rifa de la mesa. A la señorita McDaniels le encantó. Comenzamos la semana próxima.

—No te preocupes —dice tía—. Los niños están mirando televisión en casa de abuela.

No le contesto. Tan solo sacudo la próxima toalla y la cuelgo en el cordel.

Tía hace una pausa.

—Merci, no te pongas así.

Luego cuelgo un pulóver de Tomás.

Ella cierra la puerta del carro y camina hacia mí. Le da un empujoncito a la canasta con el pie.

—Gracias por hacer esto.

Le echo un vistazo a Simón.

—Mami dijo que tú echabas de menos a los mellizos —digo—. Podrías estar aquí con ellos ahora.

—Yo sí les echo de menos. —Mira atrás por encima del hombro y luego baja la voz—. No es lo que tú te piensas, tú sabes. Acerca de mí y Simón.

Las mejillas se me sonrojan. Eso no es asunto mío, como señalaría mami. No me debería meter en los asuntos de tía. Y por un segundo, pienso que eso es lo que ella me va a decir.

Pero tía me quita las ropas y las deja caer en la cesta a mis pies.

—Ven con nosotros. Quiero mostrarte algo —dice—. Vamos a dar un paseo en carro unos minutos —le grita a mami.

Un poquito después, Simón entra el carro en el centro comercial por el que siempre pasamos rumbo al supermercado. Es el que está en Haverhill y tiene el Tinto Service Station que vende «GOMAS DE MICHELÍN: $70» a un extremo y el banco de autoservicio, ya clausurado, al otro. Maniobramos alrededor de un carrito de las compras abandonado en el parqueo vacío y estacionamos en un espacio cerca de una fachada vacante. Tiene un toldo rojo desteñido y tres huequitos de bala en la ventana de hoja de vidrio.

—¿Y qué estamos haciendo aquí, tía?

Ella se saca una llave de la cartera y le da vuelta al cerrojo. A la puerta le hacen falta tres empujones duros para despegarse.

—Sígueme, por favor.

Cruzo el umbral y entro. El aire acondicionado obviamente ha estado apagado por un tiempo porque el olor a moho en las alfombras es muy penetrante y la atmósfera es sofocante. Mis alergias se activan de inmediato. Siento un cosquilleo en la parte de atrás de la garganta.

Simón va a algún sitio en el fondo y las luces se encienden unos segundos después. Yo solo me quedo ahí parada en un silencio cauteloso, como Jake Rodrigo cuando ha aterrizado en un planeta nuevo que podría ser hostil. Estamos en una habitación grande. Puedo ver que hay otras dos más pequeñas en el fondo, así como lo que parece ser un baño detrás de una cortina de cuentas.

—Este lugar es un poco espeluznante —digo—. ¿Qué es? ¿Y por qué tú tienes la llave?

—Nada de espeluznante —dice tía, mostrando una sonrisa—. Es un viejo salón de manicura que cerró hace unos años. Pero desde ayer, es mi nuevo estudio de baile y centro de actividades para después de la escuela. —Mueve la mano por una marquesina imaginaria en el aire—. Bienvenidos a la Escuela Suárez de Baile Latino.

—¿La qué? —¿Una escuela de baile? Las manos me sudan por el calor.

—Sí. Y con el tiempo, quiero agregar incluso más. Podemos ofrecer ayudas con la tarea, si a los niños les hace falta, y meriendas saludables hasta que los padres vuelvan a casa del trabajo. También podría haber muchas actividades para los adultos durante el día. —Se vuelve hacia mí, con la voz claramente emocionada—. Yo no podía dejar a todos esos niños sin nada que hacer. Y yo siempre he querido un negocio propio. Es hora de hacer algo más que ser camarera. Y ahora puedo hasta traer a los mellizos conmigo después de la escuela.

La miro, embobada. ¿Así que esto es lo que de veras han estado haciendo ellos durante sus escapadas?

—¿Hay alguien más que ya sepa de esto? —le pregunto.

—Tú eres la primera —dice—, lo cual tiene sentido. Me va a hacer falta una buena asistente de mánager en entrenamiento para que me ayude a hacer funcionar este negocio. ¿Te apuntas?

—¿Quién es la mánager?

—¿Te acuerdas de Aurelia?

—Tía —digo.

—Lo va a hacer bien.

Doy una vuelta, revisando las cosas lentamente. Es difícil ver a tía en otro sitio que no sea la panadería. Pero a lo mejor eso no es justo. Ella, en cambio, imaginaba otra cosa para sí misma, algo que nosotros no vimos.

Simón da unos golpecitos en la pared.

—Vamos a tener que reparar esto con paneles de yeso en un par de lugares.

—Y dos manos de pintura —digo yo—. Paredes, techo, cenefas.

—Espejos por aquí —dice tía—. Y un piso nuevo.

Echo un vistazo alrededor, pensando.

—Esto va a requerir muchísimo trabajo —digo.

—Lo sé —dice tía—. ¿Pero crees que podemos hacerlo?

Salto la vista de Simón a tía. Escucho la palabra implícita que guía casi todo acerca de mi familia, desde como comemos hasta como enviamos a Roli a la escuela y como cuidamos a Lolo.

*Nosotros.*

Por estos lares, eso por lo general quiere decir mano de obra gratis, en grandes cantidades. Pero yo sé que también quiere decir familia.

Y entonces, digo:

—Anjá, creo que podemos.

# CAPÍTULO 39

HANNAH Y LENA FUERON AL cine esta tarde, pero como mami dijo que yo no podía ir, Edna fue con ellas en mi lugar.

Estoy tan enojada.

Estábamos arrancando las alfombras para que Simón y Vicente pudieran instalar el piso nuevo la semana que viene. Yo tenía sudada hasta la ropa interior, gracias al ventilador roto del aire acondicionado.

—Pero ¿por qué? —dije—. Es sábado. ¡Esto no es justo!

—Merci, por los cielos. ¡Mira a tu alrededor! —Ella tenía polvo de yeso en las pestañas del trabajo matutino en el estudio de tía—. ¡Tienes obligaciones! Todos las tenemos. Solo faltan tres semanas para que este sitio abra las puertas, y tenemos que terminarlo. Ahora, dame ese martillo.

Lo hice, pero tan pronto mami quitó el panel, un batallón aéreo de cucarachas se nos vino encima en un enjambre desde el nido que estaba abajo.

—¡*Puaj!* —gritó mami. Y tuve que agacharme para salvarme del martillo que ella lanzó al otro lado de la habitación en su pánico.

Las cucarachas planearon por los aires hasta que papi vino corriendo con una lata de Raid para fumigar el sitio entero. Después de eso, lo único que quedó fue montones de cadáveres de un marrón brillante hasta donde alcanzaba la vista. ¿Y adivina quién tuvo que barrerlos también? Todavía los escucho crujir bajo mis zapatos.

Ahora en lo único que puedo pensar es cómo mis amigas —y Edna— se están divirtiendo mientras yo estoy aburrida en casa de abuela y Lolo cenando con los mellizos. Estoy de niñera mientras mi familia trabaja en el estudio de baile hasta que se caen de cansancio. Reviso mi teléfono. La película empezó hace una hora. Apuesto a que ya están en la mejor parte, sentadas en la última fila, como siempre, con un cubo doble de palomitas de maíz con mantequilla y una caja de Milk Duds para compartir entre ellas.

—¿Por qué estás tan desganada, niña? Las masitas de pollo son tu plato favorito. ¿Te estás enfermando? —Abuela suelta los pañuelos de papel con el diseño de flores que está haciendo para el estudio y me pone la mano en la frente—. Hay un virus estomacal por ahí, tú sabes, ¿no?

—No es un virus. Barrer cucarachas le puede matar el apetito a cualquiera —digo. Pero la verdad es que el fiasco con las cucarachas y perderme la película son solo parte de la razón de mi mal humor.

Hoy Lolo ha estado más tranquilo que de costumbre. Ni siquiera me dijo «hola, preciosa» cuando vine, y cuando me senté a su lado en el sofá y le susurré lo que mami me había hecho, no dijo mucho, excepto, «figúrate» en voz baja. Me tuve que conformar con recostar la cabeza en su pecho y darle vueltas al asunto por mi cuenta.

Echo de menos su voz.

Abuela mira a Tomás.

—Mi cielo, deja de intentar zafarte ese diente en la mesa. No es de buenos modales.

—Y además es asqueroso —digo yo.

—Pero ya casi se me cae. —Tomás se hala lo que queda de su incisivo de leche con la lengua hasta que está casi en posición horizontal—. Quiero que venga el Ratoncito Pérez. Él dijo que regresaría cuando yo perdiera otro diente.

—Él solo viene para los niños que se comen la comida —advierte abuela.

Niego con la cabeza cuando abuela se vuelve a su trabajo y tomo nota mental de mantenerme al tanto de ese diente. Con todo lo que tía tiene en la mente, podría olvidársele.

—Vamos, viejo, tú también —abuela le dice a Lolo dulcemente—. Se te está enfriando la comida y a ti no te gusta así, ¿recuerdas?

*Probablemente no*, pienso.

El plato de Lolo todavía tiene más de la mitad, lo que no es común en él. A él le encantan las masitas de pollo fritas incluso más de lo que me gustan a mí, sobre todo cuando abuela le pone las cebollitas ablandadas encima del arroz, como esta noche. Él sonríe y mira los cubiertos por unos segundos antes de por fin tomar el cuchillo. Intenta coger el arroz con el filo.

—Lolo —digo, alarmada—. El *tenedor*.

Abuela me pone la mano encima de la mía.

¿Mi voz fue demasiado alta otra vez? A lo mejor. Ocurre así a veces cuando me tengo que repetir.

—Merci, creo que todos hemos trabajado muy duro —dice ella—. Los ojos se me están cansando, por lo menos. ¿Por qué no me pones estas flores de papel de vuelta en mi cuarto de costura? Voy a terminarlas mañana. Tú y los niños pueden mirar televisión —dice.

Tomás y Axel se levantan de la mesa a la carrera sin mirar atrás. Yo empiezo a echar las sobras de mi cena en el cesto de basura. Por una vez, abuela no arma un lío porque yo desperdicie comida cuando hay gente en el mundo muriéndose de hambre.

—Yo me ocupo de eso —me dice—. Ve.

Recojo las flores como un buqué en mi pecho y las llevo cuidadosamente a su cuarto de costura.

Los mellizos han encendido la tele por sí mismos en la habitación de al lado. Unos alocados ruidos de los dibujos animados suenan por toda la casa.

Cuando regreso a unírmeles, echo un vistazo a la cocina. Abuela todavía está sentada junto a Lolo en la cocina y nuestros platos siguen en la mesa. Ella sostiene una cucharada llena de arroz encebollado cerca de su boca y él la abre bien grande cuando ella se lo dice. En lo único que pienso es en los pichones que anidan en nuestros helechos…, indefensos, con las bocas bien abiertas al cielo.

Viro la cara. No puedo evitarlo. Me asusta verlo.

# CAPÍTULO 40

TUERTO TIENE EL MAL HÁBITO de robarse mis medias de la canasta de la ropa limpia. Lo ha hecho desde que lo hemos tenido. Salta sobre ellas cuando están enrolladas en pares y se pelea con ellas como si fuesen sus enemigos declarados. A veces, como hoy, toma algo de tiempo desengancharlas de sus garras.

Lo perdono, incluso si les hace huecos que las echan a perder. Él no es el gato que más fácil se haga querer, pero es el nuestro.

Lo conseguimos hace mucho tiempo o, en realidad, él nos consiguió. Tuerto simplemente se apareció un día en el patio y se acostó al sol, moviendo la cola, cuando ya era un gato adulto.

—No le pongas nombre —me dijo Roli—. Es montaraz.

—Quería decir que Tuerto era salvaje y no le gustaría la gente. Y tenía razón. Tuerto no se te acercaba lo suficiente para pasarle la mano. Tan solo se paraba frente a la puerta mosquitera a mirarnos y se echaba a correr el momento en que lo invitábamos a entrar.

Todo eso cambió cuando Tuerto fue herido. Vino al patio un día lesionado, cojeando y con la cara ensangrentada. Mami supuso que había estado en una pelea seria, probablemente con la mamá mapache que ella había espantado de nuestra basura unas noches antes.

Mami lo envolvió en una toalla gruesa y salió como un bólido al veterinario. La parte triste es que Tuerto perdió su ojo ese día. Pero la parte feliz es que también se hizo nuestro.

Después de volver del hospital, las cosas cambiaron. Lo mantuvimos en el patio en una jaula que tomamos prestada de un vecino hasta que le quitaran los vendajes la semana siguiente. Lo llamamos Tuerto y él paró de bufar y hasta me dejó rascarle las orejas de vez en cuando en el patio. Y meses después, cuando la cuenca del ojo se había sellado en una rajada, yo abrí la puerta un día caluroso y él por fin entró pasito a pasito.

Lolo me vio servirle atún de la despensa de abuela. Me dijo que Tuerto había querido ser nuestro desde siempre.

—Él solo no sabía cómo confiar en nosotros —dijo Lolo.

No nos hemos hablado mucho desde que me la encontré en el baño, pero doy con Edna en la oficina de la señorita McDaniels el lunes en la tarde. Está cubriendo la puerta con frases de bienvenida en diferentes idiomas. Ya vienen impresas en todo tipo de caligrafía en plástico adhesivo.

En fin, estoy aquí para recibir mis órdenes de servicio comunitario para la semana entrante como es habitual, con la esperanza de que me libere de la tarea de las banderas con el señor Vong. Pero la señorita McDaniels está al teléfono, así que me indica que me siente en el banco a esperar por ella. Suelto un gran suspiro y dejo caer la mochila como un ancla a mis pies, con la esperanza de darle una pista. Ella debería saber que Edna y yo somos como una secadora de pelo y agua de la tina. Ponernos juntas podría producir resultados mortales.

Edna se vuelve hacia mí y me clava una mirada indecisa. Entonces dice la cosa más rara.

—Pues…, he escuchado que tienes un estudio de baile.

Pestañeo, tomada completamente por sorpresa. Edna no es de charlar de cualquier cosa conmigo o con nadie más, ya que estamos.

—¿Quién te dijo eso?

Hannah. —Pone los ojos en blanco y pega un *Bienvenue* en grandes letras cursivas—. Bueno ¿y *eso* cuando pasó?

Yo no dije que era un secreto cuando les conté a Hannah y Lena acerca de los planes de tía y de cómo estamos arreglando el estudio por estos días, pero ojalá les hubiese advertido. Además, ahora sé que ellas hablaron de mí en el cine, lo que hace que las tripas me den un brinco. ¿Qué decían?, me pregunto. Me vuelvo a poner brava con mami, pero no quiero darle a Edna la satisfacción de verme sudar.

—Solo hace poco —le digo vagamente—. Todavía nos estamos preparando para nuestra gran inauguración.

—Tú dijiste que *odiabas bailar* —me recuerda Edna—. Te he citado textualmente.

—Cien por ciento —le digo—. Pero es el sitio de mi tía. —Trato de hacer un gesto de desdén como si no le diera importancia, pero los hombros todavía me duelen de quitar las alfombras—. O sea, tu papá es podólogo. ¿Me vas a decir que a ti te encantan los pies?

Ella se da la vuelta para escoger la próxima pegatina.

Sentada en el banco, miro al frente y me pregunto exactamente qué piensa Edna de nuestro estudio. Tía no es una de esas maestras de *ballet* con los pies de pato virados y palabras en francés que Edna conoce. Y tía probablemente no tendrá estudiantes elegantes que actuarán en el Kravis Center. El nuestro es un sitio improvisado. Ni siquiera tenemos un folleto resplandeciente. Nadie por estos lares va a pensar que es legítimo, mucho menos Edna.

Aburrida, rasco con la uña un nudo en la madera del banco. Pero después de unos minutos de silencio, Edna vuelve a abrir el pico.

—¿Enseña merengue? —me pregunta, en voz baja. Mis ojos vuelan a los de ella. Edna y yo casi no nos hablamos excepto cuando tenemos que hacerlo y *nunca* en español aunque es una de las pocas cosas que tenemos en común. (Las otras son que somos humanas y niñas). Su familia es de la República Dominicana y la mía es de Cuba.

Miro por encima del hombro a ver si hay alguien más en la oficina que nos escuche. El señor Vong y yo hemos estado trabajando para colgar todas las banderas para la Semana de Un Mundo, pero ninguno de esos lindos estandartes te protege de las miradas impertinentes cuando los demás piensan que tú no perteneces a este lugar.

—Sí. Y otros bailes también —digo.

Justo en ese momento, la señorita McDaniels cuelga el teléfono y viene al mostrador.

—Merci —dice—, me disculpo por la demora. ¿Qué puedo hacer por ti hoy?

Doy un paso al frente.

—Es lunes, señorita, así que me hace falta mi tarea de servicio comunitario.

—Estarás de nuevo con el señor Vong, por supuesto —dice ella—. El trabajo no ha terminado. Edna se mira a los zapatos mientras la señorita McDaniels me entrega mi pase. Ella no luce tan complacida como de costumbre cuando me ve sufrir.

—Gracias —me meto la planilla en la mochila y salgo por la puerta. No avanzo mucho cuando oigo la voz de Edna a mis espaldas.

—A mí me gusta el merengue —dice.

Paro en seco y me doy la vuelta en el pasillo.

—¿Qué? —dice de un resoplido—. Es verdad.

Me encamino a la rotonda de la recogida, pensando en Edna todo el trayecto. Ella estaba hecha pedazos cuando la vi por última vez, pero ahora es como si se hubiera armado de vuelta de un modo un poquito diferente que no logro reconocer. Creo que he visto la más ínfima demostración de amistad, pero no estoy segura. Me recuerda a Tuerto frente a nuestra puerta principal hace todos esos años, bufando e inseguro de si de veras quería entrar.

# CAPÍTULO 41

—¿Y TÚ AHORA A QUÉ LE TIRAS manotazos? —me pregunta Wilson. Estamos en la Tienda de los Carneros, contemplando alegremente a Jason enfurruñarse mientras se come su sándwich de mantequilla de maní con mermelada en una mesa inestable cerca de la barra de las ensaladas.

Hoy, para variar, Diandra Allen, del club de ajedrez, come con sus amigos al lado de las ventanas. Ella fue la primera ganadora de nuestra rifa.

—Perdón. Pensé que había visto algo que me pasó zumbando cerca. —Me estremezco un poco. Yo simplemente no he sido la misma desde las cucarachas.

De todos modos, sigo hurgando en mi mochila para encontrar el folleto de muestra que traje para mostrarle. En momentos como este, yo desearía ser organizada al máximo. Cintas para la cabeza, medias sucias del gimnasio, lápices masticados y papeles estrujados salen a pelotón. Por fin, vuelco todo en el piso a nuestros pies.

—Ahí está —digo cuando lo veo—. No está terminado, pero ¿qué te parece?

Wilson lee en voz alta.

¡PONLE SABOR A TU TANGO Y MAGIA A TU MAMBO!

LA ESCUELA SUÁREZ DE BAILE LATINO

MATRICULANDO ESTUDIANTES AHORA

LAS CLASES COMIENZAN EL 3 DE ABRIL

¡PRECIOS RAZONABLES!

INÉS SUÁREZ, DIRECTORA

—¿Magia en tu mambo? —dice, mientras lee de nuevo—. Yo pensé que el mambo era una serpiente.

—Eso es una mamba —digo—. No te burles.

—No me estoy burlando —dice él.

—¿Quién se está burlando? —Lena está en la ventana con su bolsa del almuerzo. Va a comer aquí hoy con nosotros en lugar de en el patio, en donde le gusta leer.

—Yo no —dice Wilson.

Abre la media puerta y entra.

—Qué bueno que tú también estás aquí —digo—. Me hace falta un favor. —Le entrego el folleto a Lena e indico

352

el sitio en el que he dejado espacio para una foto—. Me hacen falta fotos de gente bailando. Es para los anuncios y la página web y todo ese rollo.

—¿Y? —dice Wilson.

—Y tenía la esperanza de que ustedes dos vinieran a una sesión fotográfica.

Lena suelta una enorme sonrisa.

—Chévere —dice. Yo me sentiría esperanzada excepto que sus gustos no son como los de nadie más por aquí. Con Lena, *chévere* y *raro* a veces son difíciles de distinguir el uno del otro. Por ejemplo: cuando le conté del estudio, sugirió que tía nos enseñara a bailar con huevos.

—Una vez, papá y yo vimos una compañía que se tiraba huevos mientras se columpiaban en los trapecios —me dijo—. Fue muy chévere.

Wilson arruga la nariz.

—¿Modelar? No sé.

—Es fotografía —dice Lena—. Y a lo mejor Darius también puede venir.

—*Darius* —digo yo—. Tú te das cuenta de que a mí me hace falta gente que no luzca horrorizada.

—Él está más calmado en estos días —dice ella.

—Anda, Wilson, ¿por favor? —le ruego—. Es para folletos como este. Me hace falta gente que luzca bien ante la cámara.

Wilson sonríe.

—¿Dices que yo luzco bien?

Espérate. ¿*Es* eso lo que dije?

Pongo la boca a trabajar a toda maquina para despistarlo.

—Nadie en realidad tiene que bailar. Solo vamos a posar para que ustedes luzcan como que saben lo que están haciendo.

Cuando no responde, me inclino y lo tiento con la última cosa que se me ocurre. Deslizo mi pastel completo en su dirección.

—Te voy a dejar que te comas mi postre un mes entero.

Él duda.

—No me voy a poner zapatos raros —dice.

Lena aplaude.

—¡Oh, qué bien! ¡Yo traeré los huevos!


El señor Ellis comienza una nueva unidad, así que todos sabemos que será MPA: un día de Muerte Por Aburrimiento. Aunque tomo todas mis notas en un iPad, los ojos se me cansan cuando escribo tanto. Siempre acabo con dolor de cabeza.

Estoy casi a punto de terminar cuando Edna y Hannah vienen a mi mesa. Todos los demás están empacando sus cosas, ya que es el fin del día, pero Edna esta aquí para fastidiarme, supongo. Me froto las sienes. Una visita de Edna solo va a hacer que sienta que me aprieta la cabeza una visera muy ajustada.

—Hola, Merci —dice Hannah. Luce un poquito inquieta, como si tuviera algo en mente (o por lo contrario tiene que ir al baño). ¿Se va a echar para atrás con lo de venir a la sesión fotográfica? A lo mejor, en vez de eso, ha decidido ir a casa de Edna después de la escuela—. Nos preguntábamos…

Edna la interrumpe.

—Voy a ir al grano. Tú no me lo has pedido oficial-mente, pero estoy dispuesta a hacerte un gran favor y te ofrezco mis servicios. ¿Cuándo me reporto?

—¿Reportarte para qué?

—Para la sesión fotográfica —dice Edna con impaciencia—. Yo soy extremadamente fotogénica, como seguro tú sabes.

De toda la gente a quien quiero fotografiar, Edna está al final de la lista. Pero justo cuando estoy a punto de decirle eso, recuerdo su cara en todos los folletos del Baile de los Corazones. Fastidiosa, pero efectiva.

A lo mejor debería reconsiderar. Será fácil hacer que Edna pose, ya que ella sabe seguir instrucciones. Y ella dijo que le gusta bailar merengue. Ella también puede poner esa cara feroz que dice *te voy a apuñalar mientras duermes*. Una cara así está casi hecha para algunos de esos bailes dramáticos que he visto a tía estudiar en YouTube. Además, está el factor jactancia. Seamos realistas. Ella le querrá enseñar las fotos a todo el mundo. Eso quiere decir más ojos y más visitas a nuestra página web y tal vez algunos clientes.

Así que camino en puntas de pie por la cornisa.

—OK —digo lentamente—. Nos reunimos mañana en la tarde a las cuatro y media.

Ella abre la boca para discutir, pero hace una pausa, confundida.

—¿OK? —pregunta.

Yo me froto las sienes aun más fuerte.

—Sí.

—Bueno, entonces, de nada —me dice y luego se vuelve a Hannah—. Yo coordinaré nuestro transporte.

Esa tarde voy a casa de abuela y Lolo. Tía me envió a buscar esa vieja foto de ellos dos bailando cuando eran jóvenes. Ella adora la idea de usar mis fotos a la entrada, pero quiere que la más grande sea la vieja fotografía que abuela tiene en su cuarto. Una abuela joven tiene puesto un vestido de flores, Lolo lleva una corbata de lacito alrededor de su cuello flacucho. Son todo sonrisas, en medio de una vuelta de baile. Tía quiere agrandarla, dice, del tamaño de un cartel, y ponerla en la entrada, donde todos la vean.

Pero cuando llego a su puerta mosquitera, no entro. Hay música que viene de la reproductora de CD y Lolo y abuela están adentro *bailando*... o al menos parados muy cerca el uno de la otra oscilando al compás.

Pienso en todas las veces que los he visto bailar. En la boda de tía Inés, cuando yo tenía cinco años. También en las fiestas de antes, cuando Lolo tenía más equilibrio y me dejaba pararme encima de sus zapatos lustrados mientras se movía. Con abuela en el bautismo de la nieta de doña Rosa. La gente los miró y aplaudió cuando terminaron esa vez.

Lolo casi no se mueve. Se está desvaneciendo como una de esas coloridas pinturas callejeras en las que trabaja el señor Cahill.

—Todo desaparece —nos dijo en el festival—. Vive en el momento —dijo—. Ese es todo el mensaje.

Trago en seco al pensar que eso también es verdad para las personas. Se desvanecen, a veces poquito a poco. Un día, Lolo ya no sabrá más cómo mover las piernas. Un día cercano, él no podrá bailar.

Un día, que parece estar aquí mismo en cada instante.

Abuela le susurra al oído mientras él se esfuerza para mover sus pesados pies. ¿Qué le está diciendo y que él acaso todavía entiende? ¿Qué se dicen entre sí ahora que su mente está desapareciendo de este modo?

Escucho unos pies que se arrastran a mis espaldas y me doy la vuelta. Es mami, todavía con su ropa quirúrgica puesta. Al principio, estoy segura de que me va a regañar por espiar de nuevo.

Pero esta vez, se lleva el dedo a los labios y me abraza fuerte. Nos sentamos en la escalera de entrada y los miramos mientras dura la música.

# CAPÍTULO 42

**¡BIENVENIDOS A LA ESCUELA SUÁREZ** de Baile Latino!

Aurelia guarda la lima de uñas cuando la gente empieza a entrar en la tarde del jueves. Está sentada detrás de un escritorio repintado cerca de la entrada. Tiene puesta una blusa de flores que es un poquito ajustada en la parte del busto y una perlas falsas en su cuello grueso.

—Regístrense, por favor —les dice a Wilson y Darius. Vinieron juntos. Lena llega justo después de ellos.

—Ellos son solo mis amigos, Aurelia, no clientes de verdad —le digo—. ¿Tienen que registrarse?

Ella me mira por encima de los espejuelos.

—Como gerente de la recepción, tengo que seguir las reglas —dice con delicadeza—. Primero escriban el apellido, por favor.

Justo en ese momento, tía nos ve desde el fondo.

—¡Hola a todos! —grita desde la mesa plegable que ha puesto cerca del fondo. Ha coordinado la merienda para antes de que comencemos a tomar las fotos.

Stela ya está aquí, pues cruzó la calle después de terminar la escuela. Mira a mis amigos con ojos preocupados mientras se come otra galletica, y por supuesto que los mellizos están aquí, patinando con las medias de un lado a otro.

Las campanas suenan mientras Hannah y Edna entran de últimas. Instantáneamente, los mellizos chillan y salen corriendo hacia Hannah a toda velocidad.

—¡Alerta! —grito.

—Son inofensivos —le dice Lena a Edna, que se da la vuelta, horrorizada—. Por lo general.

Hannah los acoge en un abrazo y los columpia en el aire del modo que a ellos les gusta hacer al saludar.

Ahí es cuando noto que Edna ha venido cargando dos estuches negros que yo reconozco muy bien. Es el equipo IMA Paparazzi que rompimos en el baile.

Camina hacia mí y me extiende las bolsas como si fueran una ofrenda. La miro fijamente, pestañeando y temerosa de hacer ademán de tomarlas.

—Vas a sacar mejores fotos con esto —dice simplemente.

Entonces las pone en el piso y se dirige a donde los demás ya están poniendo sus cosas en los casilleros que Simón instaló ayer mismo.

Vicente entra por la puerta trasera justo en ese momento. Todos se vuelven. No tiene puesta su ropa de trabajo ni sus *shorts* de fútbol. En vez de eso, lleva pantalones negros y un pulóver rojo. Su pelo medio largo está recogido en un moño elegante.

—Pensé que a lo mejor nos haría falta otro bailador para mezclar las cosas —dice tía, indicándole que se acerque—. Todos, este es Vicente.

Él nos saluda con la mano, todavía tímido con su inglés. Wilson y Darius lucen aliviados de ver a otro varón mayor de seis años. Hannah lo saluda moviendo los dedos en su dirección. Pero Edna parece que se ha convertido en víctima de un hechizo de los de Harry Potter que paraliza todo el cuerpo. Su cara es de un rosado intenso y apenas puede decir hola.

Después de que todos terminan la merienda, es hora de comenzar. Abro el zíper de la bolsa del IMA Paparazzi lentamente y veo el nuevo iPad adentro. Abro el fondo y armo la caseta también cuidadosamente.

—Por aquí, por favor —dice tía mientras los conduce a todos de vuelta a los vestidores. Unos minutos más tarde, todos regresan con pulóveres rojos que hacen juego con el de Vicente y los pantalones negros que les pedí que trajeran. Las niñas también tienen rosas en el pelo. Abuela las envió. Sé que son de papel, pero lucen tan reales. La de Hannah hasta tiene un reluciente adornito especial, tal como a ella le gusta.

—Prueba de luz —les digo. Los hago posar contra el fondo y tomo unas cuantas fotos para ver si les da el resplandor.

Ahí es cuando tía viene a mirar por encima de mi hombro. Frunce los labios, pensando.

—¿Cuál es el problema? —pregunto—. Esta cosa toma tremendas fotos.

—Yo no soy fotógrafa —dice—, pero nadie luce con vida. ¿Ves?

Ya yo sé que ella tiene razón. Darius y Lena tienen sonrisas falsas. Edna, todavía sorprendida con Vicente, me recuerda a las muñecas de cera de *Aunque usted no lo crea*, de Ripley's que hay en San Agustín. Ninguna de estas fotos servirá de nada.

—Hmmm —dice tía—. Tengo una idea. ¿Y si relajamos a estos robots un poco? —Los llama a todos—. Plan nuevo, amigos. En un círculo, por favor.

Yo me paro al lado de la cámara, a la espera.

—¿Merci? —dice tía—. ¿Te nos vas a unir?

—Pero yo soy quien toma las fotos —digo.

—Tú también tienes que relajarte como el resto de nosotros, amorcito. —Me llama con los dedos y luego se vuelve hacia el grupo—. Nos vamos a estirar un poco primero y después vamos a hacer unos pasos sencillos, nada complicado, se lo prometo. Tomás, Axel, ¿por qué no nos guían con sus ejercicios de calentamiento favoritos?

Los mellizos están encantados de estar a cargo, sobre todo si pueden lucirse delante de Hannah. Tomás hace un calentamiento de su cara, según él, al llenar las mejillas de aire y hacer unos trucos asquerosos con su diente flojo. Axel nos enseña a mover los brazos en grandes círculos en ambas direcciones como molinos.

Entonces es el turno de todo el mundo. Lena nos hace movernos como yerba en la pradera. Edna hace algo que llama *jetés*, que son saltitos laterales en *ballet*. Wilson nos muestra su alfabeto de los pies para calentar los tobillos. Cuando me toca a mí, le pido a Vicente que me ayude a demostrar las patadas de Frankenstein del fútbol, para que no nos lesionemos los tendones de la corva.

Entonces tía busca unos cuantos pulóveres viejos de papi y unos trapos del cuarto al fondo.

—Ahora vamos a limpiar el piso juntos —nos dice.

¿Limpiar el piso? Mis ojos vuelan nerviosamente hacia Edna.

—Pero si el suelo es nuevo de paquete —señalo.

Ella me ignora y deja caer un pulóver al piso. Le pone un pie encima y lo empuja a un lado.

—Deslí-zalo. Deslí-zalo. Deslí-zalo. Ahora hagan la prueba ustedes.

Nos pone en una fila y tira un pulóver al lado de cada uno.

—Quiero que se deslicen de lado hasta que crucen la habitación.

Comenzamos a movernos con nuestras pulóveres. Yo me enredo una o dos veces, pero persisto. Mientras avanzamos, tía va de un lado al otro haciéndonos sostener los codos en alto, un poco como alitas de pollo.

Cuando llegamos al otro lado de la habitación, ella aplaude.

—Y *eso* es el merengue —dice.

—De la República Dominicana —grita Edna pomposamente.

—Muy cierto —dice tía—. ¡Ahora probemos con música!

Tía nos empareja como medias sin par: Hannah y Tomás, que solo le llega al ombligo y quiere enseñarle el diente. Axel y Stela, que de inmediato intentan jorobarse las muñecas para ver quién es más fuerte. Wilson se para con Lena, comparando quién es más alto. Edna todavía tiene los ojos como platos y mira a Vicente, quien tal vez se pregunte si ella está hipnotizada.

Tía llama a Darius, que está profundamente sonrojado, para que sea su compañero en la demostración.

—El líder pone las manos aquí. —Tía nos muestra al poner las manos de Darius en su cintura—. Mantengan los brazos encuadrados en esta posición, desde los hombros —dice—. No dejen caer las caderas.

Yo me paro detrás de la cámara cuando ella pone la música. De repente, es como si se hubieran levantado los ánimos y estuviéramos en una fiesta. Tomo fotos tan rápido como puedo, apretando el obturador mientras ella los hace cambiar de pareja una y otra vez, las niñas con otro niño, las niñas con niñas, los niños con niños. Todos se ríen y hablan.

Cuando tía apaga la música, se vuelve hacia mí, con los ojos resplandecientes.

—Ven conmigo. —Me agarra de una mano y a Wilson de la otra.

—¿Qué? —grito—. Yo no bailo. —Pero tía me ignora.

—Wilson, ¿qué tal si comienzas tú de líder? Luego, cuando quieran, pueden cambiar.

Él tiene las orejas rojísimas.

—¿Pero no es el varón el que guía siempre? —pregunta.

—El baile es como una conversación —dice tía—. Se da y se recibe. No hay motivo para que no se pueda alternar quien guía si queremos ser más modernos.

—Espérese. ¿Modernos? ¿Quiere usar mis huevos? —dice Lena.

—¿Huevos? —dice tía.

—Te explico luego —le susurro.

Tía se vuelve hacia Wilson y a mí y nos arregla la postura. Me muero por dentro cuando le pone la mano en mi espalda y hace que nos aguantemos las otras manos en alto. ¿Su mano es la que suda o es la mía?

—Mírense a la cara, por favor.

Wilson llena las mejillas de aire como un pez globo.

Yo rezo porque mi ojo se quede recto por una vez. Me concentro todo lo que puedo en el rostro de Wilson. Las pecas. Los ojos marrones con un poquito de amarillo. Tía se para lo suficientemente cerca como para que yo huela su espray corporal de Abre Camino.

—Ustedes trabajan juntos, ¿OK? Al igual que en su tienda en la escuela. Pero ahora la tarea es hacer que sus cuatro piernas luzcan como dos —dice.

La preocupación le cruza la cara a Wilson con la palabra *piernas*. Siento que se le cae un poco la mano mientras sus ojos descienden rápidamente a sus propios pies. Tía le levanta el mentón.

—Los ojos arriba y la espalda hacia atrás. Se van a ayudar a moverse juntos. De lo contrario, será como empujar un refrigerador a través de la habitación. —Tira un solo pulóver al piso para que los dos nos paremos encima—. Un pie aquí, por favor.

—Pero, tía —comienzo a decir.

—Aquí, por favor.

Ponemos los pies donde nos dice.

Tía se para junto al equipo de sonido y comienza una nueva canción. El tempo es tan rápido que es casi cómico. Mi cara está como un tomate.

—¿Listos? —grita tía.

—Ay, ay, ay —murmura Wilson.

El ritmo es constante: *pun-pun-pun-pun.* Tía lo marca con palmadas durante unos compases. Wilson cierra los ojos unos segundos, como cuando hace sus cálculos matemáticos. Mueve la cabeza al ritmo hasta que lo coge. Y entonces dice:

—¿Lista? —Lo siento empujarme suavemente la espalda.

El corazón se me desboca mientras empujo el pie contra el pulóver tal como él lo hace.

*Deslí-zalo. Deslí-zalo. Deslí-zalo.*

*Piensa en los deportes,* me digo.

—¡Fabuloso! —grita tía—. Los ojos en la cara de su pareja, por favor. Pasitos más pequeños, Merci, para no movernos como patinadores de velocidad.

Wilson parece estar en agonía.

—Me estás machacando los dedos —susurra.

—Lo siento.

—Tenemos que dar una vuelta —me dice Wilson mientras nos movemos.

—¿Por qué?

—Porque vamos a salir bailando por la puerta y seguiremos hasta el tráfico —dice él.

Cambiamos de líder sin perder demasiado el compás. Entonces tía les indica a los demás que se nos unan.

No sé exactamente cuándo ella empieza a tomar fotos pues me estoy concentrando fuertemente en que mis pasos sean correctos. Pero al rato noto que ella está parada donde se supone que esté yo. Toma fotos hasta que la música por fin deja de sonar.

Estamos sin aliento y sudorosos, pero todos la estamos pasando bien.

Wilson me suelta la mano justo cuando las campanas de la puerta suenan y su mamá entra. Vino a buscarlo. Afuera en el estacionamiento, la señora Kim cierra su carro con llave y viene a buscar a Hannah y Edna. El papá de Lena está parado afuera, estudiando las paredes vacías de los edificios que están de cara a la calle.

—¡Oh, se nos pasó el tiempo! —dice tía—. Pero muchas gracias a todos por venir a ayudar con las fotos de hoy. Espero verlos de nuevo.

Mientras todos recogen sus cosas y se despiden, Edna viene hasta mí y me ayuda a desmontar la caseta fotográfica.

—Gracias por prestarme esto —digo—. Creo que algunas fotos salieron fabulosas.

Se inclina hacia mí.

—Envíame las mías con Vicente.

Luego se echa la mochila al hombro y se dirige al carro de la señora Kim, donde la espera Hannah.

Después de que se han ido todos, le echo un vistazo a las fotos con Vicente, que nos está ayudando a empacar. Son fotos hermosas, para serles franca. Nos va a ser difícil escoger cuáles usar.

—¿Qué vas a hacer con esa? —pregunta Vicente.

Es la foto que Edna me dijo que le enviara.

—Perdón. Edna la quería. ¿Te parece bien?

Él se encoge de hombros.

—Esa niña es rara —dice—. Ella no habla mucho, ¿verdad?

—Depende —digo cuidadosamente.

—Al menos sabe bailar. —Se va a la habitación del fondo.

Hago clic en «enviar», pero hay otra foto que estudio un largo rato después de eso. Tía la tomó, supongo.

Somos Wilson y yo, ambos sonriendo de oreja a oreja, sin siquiera pensar en realidad si los ojos de los demás se fijan en nosotros.

—Linda, ¿verdad? —dice, mirando de repente por encima de mi hombro—. Él es un buen bailador, ¿no te parece?

Me encojo de hombros.

—Supongo.

—Admítelo: bailar no es tan malo si tienes una buena maestra. —Mueve las cejas juguetonamente—. Y una pareja que te gusta.

—No —digo.

Alza las manos con las palmas hacia arriba y se va al fondo a apagar las luces.

Cuando se ha ido, me bajo la foto a mi carpeta de favoritos y luego la ayudo a cerrar el estudio.

# CAPÍTULO 43

—ESTO ES EMOCIONANTE —le digo a mami. Estamos sentados a la mesa de abuela, cortando la página cinco de un bulto de periódicos que recolectamos. Hay un artículo sobre el estudio de baile de tía en la edición de hoy de *La Guía*. Ese es el periódico en español que abuela lee para todas las cosas a las que no les da cobertura el *Palm Beach Post*. El reportero vino a entrevistar a tía la semana pasada y tomó algunas fotos. También usaron dos de las nuestras. Una es de Edna posando con Vicente, como si bailaran un tango. Me da el crédito de la foto, con mi nombre en letras chiquititas al pie: Mercedes Suárez. La otra foto fue tomada por tía. Es la foto de Wilson conmigo.

Recorto el artículo, con cuidado de no cortar mi nombre. Quiero enmarcar una y llevar copias a la escuela para enseñárselas a mis amigos.

Cuando llego a nuestros taquilleros, les entrego a Edna y Wilson una copia del artículo a cada uno.

—Miren esto. La hicimos en grande.

Wilson sonríe de oreja a oreja. En la foto, está erguido, con su mano agarrada a la mía.

Edna frunce los labios.

—Sin ánimo de ofender, pero mi lado derecho por lo general es más fotogénico.

Hannah y Lena se apiñan a nuestro alrededor para mirar.

—¡Déjame ver! —dice Hannah.

—Ten cuidado, no la estrujes —le dice Edna. Entonces se vuelve a mí—. ¿Tienes más copias para mí? ¿O hay un enlace? Lo necesito para mi portafolio.

—¿Tú tienes un portafolio? —pregunto—. ¿De qué?

—De mis logros —dice—. Mis padres dicen que me ayudará a que me acepten en la universidad.

—Hola. Tú estás en séptimo grado —señala Wilson.

—¿Y eso qué quiere decir?

Ahí es cuando Jason se entromete salido de la nada. Mete la cabeza por encima del hombro de Lena para ver lo que pasa.

—¿Y aquí qué hay de interesante? —Me arrebata el

artículo de la mano y casi lo rompe y se ríe por la nariz—.
¡Chama! ¿Ese eres *tú*? —le pregunta a Wilson.

Wilson no dice nada, pero Jason achica los ojos un poco y mira más de cerca.

—¡*Eres* tú! Bailando como una princesa y agarrando la mano de Merci. ¡Ohhh!

Siento que los puños se me cierran.

—Dámelo —digo, pero él me ignora.

—Ellos no están agarrados de las manos —le espeta Hannah—. Modelan como bailadores. —Se cruza de brazos y le suelta una mirada complacida, como si hubiera ayudado en algo. Lo juro, a veces ella es como un bebé que gatea en medio del tráfico de la hora pico.

Como era de esperar, Jason se concentra en eso.

—¡Modelando también! —Le pone los ojos en blanco a Wilson y sacude la cabeza—. En lah Ejcue-la Suá-res de Bai-le Latiii-noj —dice con un acento lento y pesado que se supone que suene a mexicano, creo.

Antes de que yo pueda decir nada, Edna da la cara y se le enfrenta. Pone su cara más furiosa y le arrebata el artículo.

—Tumba ese acento falso y desaparécete —le espeta.

—¿O de lo contrario?

—O de lo contrario le vas a contar a la señorita McDaniels cómo perdiste los dientes —dice Edna.

Él le hace un gesto vulgar con el dedo.

Sin advertencia, Edna lo empuja tan duro como puede. Su cabeza rebota contra el taquillero y lo hace traquetear.

Yo me quedo ahí parada, atónita, mientras Jason se lleva la mano al cuero cabelludo y al quitarla, tiene los dedos ensangrentados.

Todos han comenzado a hacer una multitud a nuestro alrededor mientras él se levanta tan rápido como puede. Esto parece una pelea de *ferocirraptores*. ¿Cuál de los comedores de hombres ganará?

Ahí es cuando escuchamos un silbato agudo y unos tacones altos que vienen en nuestra dirección. Los labios de la señorita McDaniels son una línea fina y sus ojos son dos puntos de acero.

—Pero ¿*esto* qué cosa es, estudiantes de séptimo grado? —Casi nunca hay peleas a golpes en Seaward, cosa de la que siempre ella se jacta al hablar con los padres que quieren saber acerca de la seguridad en Seaward Pines. Nos mira a todos, pero el pasillo completo se queda silente. Así que baja la voz a un volumen mortal que hace que se te paren los pelos de la nuca—. Espero una respuesta.

Hannah se encoge a mi lado, horrorizada.

—¡Ella me empujó sin motivo! —suelta Jason—. Y ahora estoy sangrando. —Le muestra los dedos.

La señorita McDaniels enarca las cejas y desliza los ojos a Edna.

—¿Señorita Santos? —dice, incrédula—. ¿Usted le puso las manos encima a alguien?

—Él se lo buscó. —La voz de Edna es atrevida, aunque tiene los ojos encharcados en lágrimas de rabia.

—Síganme. Los dos —ordena la señorita McDaniels—. Y los demás, váyanse a clase en este mismo instante. Todos van a llegar tarde y no tienen excusa.

# CAPÍTULO 44

JASON Y EDNA ESTÁN fuera de clase toda la mañana. No están ni en gimnasio ni en matemáticas. Tampoco están en el almuerzo. Y cuando Hannah se escabulle para enviarle un texto a Edna desde el vestuario de las niñas, no recibe respuesta, cosa que nunca ocurre. La última persona que los vio con vida fue Lena en la oficina durante los anuncios, mientras esperaban en lados opuestos del banco que llamaran a sus padres. Es como si ahora hubieran sido teletransportados a un lugar muy lejano.

—¿Tú no crees que los van a expulsar, verdad? —pregunto.

Wilson le da una mordida a su sándwich.

—A lo mejor. O sea, estamos hablando de la señorita McDaniels. —Me da una mirada cómplice.

—Pero no es justo —digo—. ¿Eso no te molesta?

Wilson se encoge de hombros.

—Tal vez deberíamos decirle a la señorita McDaniels lo que ocurrió de verdad —digo—. Tampoco es que Edna haya perdido los estribos sin ningún motivo como dijo Jason. El mentiroso.

Wilson me frunce el ceño.

—No, gracias, A mí no me hace falta que Jason la coja conmigo por nada más. Ya de por sí es bastante pesado. Además, Edna se las puede arreglar sola. Recuerda que ella no es exactamente el espécimen más dulce.

Le echo un vistazo a la foto de todos nosotros en el recorte del periódico. Él tiene razón con respecto a Edna, lo que hace que esto sea más difícil de desentrañar. ¿Por qué la gente es tan complicada? Los malos siempre deberían ser lo malos, y los buenos siempre deberían ser los buenos. Así, una podría quererlos u odiarlos de punta a cabo.

—Pero Jason lo empezó y esta vez ella sacó la cara por nosotros —digo—. ¿No estamos en deuda con ella? O sea, nosotros vimos lo que pasó. Somos testigos. —Todavía me quema que Jason se haya burlado de nosotros… y que yo no haya encontrado mis propias palabras para hacerlo callar.

Wilson se toma un sorbo de leche.

—¿Tú sabes qué les pasa a los testigos, Merci? Acaban muertos o en programas de protección de testigos.

—No seas tan dramático.

—Estoy siendo realista —dice con firmeza—. Ir de chivatos va a empeorarlo todo. Créeme. Mantente al margen.

No respondo, pero todo el tiempo estoy en una batalla conmigo misma sobre qué es lo que quiero decir. Pienso en mi tregua con Edna este año y en lo difícil que ha sido mantenerla. Pero también pienso en algo más grande que no tiene nada que ver con Edna. Debo haberme quedado mirando al espacio por un rato, porque Wilson me da un empujoncito con el pie.

—No pienses más en eso —me dice.

Así que me vuelvo lentamente hacia él.

—¿Te puedo preguntar algo?

—Adelante...

—¿Te divertiste al bailar conmigo? —Empujo el periódico hacia él—. Parece que la estabas pasando bien en esta foto.

Cuando no dice nada, pienso que tal vez imaginé que fue chévere bailar con él. A lo mejor todo esto es tan irreal como Jake Rodrigo. Siento como que se me abre un hueco enorme en el estómago.

Pero entonces él dice:

—¿Y *tú* te divertiste?

El calor me sube por la nuca.

—Bueno, no fue el placer de la Copa del Mundo, pero… anjá, creo que sí.

Suelta un suspiro, con las mejillas coloradas.

—Yo también me divertí —admite—. Excepto por la mano machacada. Eso dolió en serio. Tengo moretones.

La garganta se me cierra de la emoción, así que tengo que esperar hasta asegurarme de que mi voz puede sonar lo suficientemente normal.

—Y si los dos nos divertimos, ¿por qué Jason puede pisotear eso? ¿Y por qué ahora le toca mentir respecto a Edna?

Él se mira las manos y no me responde.

Agarro mis cosas y me encamino a la puerta.

—Tú te puedes quedar aquí, si quieres —digo—. Pero yo voy a ir a ver a la señorita McDaniels.

—¿No te sientes bien? —El señor Ellis está en la oficina central, llenando los formularios para nuestro viaje de fin de curso al Museo del Descubrimiento y la Ciencia en Fort Lauderdale.

—Estoy bien. Solo espero a la señorita McDaniels.

Justo en ese momento, la puerta del salón de conferencias se abre de par en par y sale la señorita McDaniels. Lleva una libreta de notas apretada contra el pecho.

—Hola, señorita —digo.

Ella se vuelve hacia mí y yo la saludo débilmente con la mano. La cara que pone al verme es como si alguien le hubiera soltado un año entero de carpetas de estudiantes en su escritorio. Revisa su reloj y camina hacia donde estoy esperando.

—Merci —dice—. ¿Esto es importante?

—¿Edna y Jason han sido expulsados? —pregunto.

Me suelta una mirada severa.

—Sería completamente inapropiado que yo me pusiera a comentar las cuestiones disciplinarias de otros estudiantes contigo. Ahora, ¿hay algo más de lo que quieras hablar? Porque de lo contrario, tienes que regresar a clase de inmediato. El timbre está a punto de sonar.

Ella camina de vuelta a su escritorio, pero yo le sigo las pisadas, como un cachorrito.

—Yo no me estaba entrometiendo, señorita.

—Tú definitivamente lo estabas haciendo.

—OK, señorita, a lo mejor un poquito. Pero solo preguntaba porque yo vi lo que pasó con Edna y Jason hoy y tengo información de buena tinta que podría resultar interesante.

Me mira por encima de los espejuelos.

—¿Información de buena tinta?

—Sí, señorita. Estoy aquí para hacer una declaración

de testigo. —Echo un vistazo alrededor de su escritorio—. ¿Dónde está la Biblia para jurar sobre ella?

—Esto no es una corte. A mí no me hacen falta Biblias —dice.

Así que arrastro una silla cerca de su escritorio.

—OK. Entonces, saque su grabadora.

—¡Merci!

—Está bien, bolígrafo y papel si quiere hacer esto a la antigua.

Espero a que pase la página en su cuaderno a una en blanco.

—Sé rápida —dice—. ¿Qué información te gustaría compartir? Le entrego el recorte de periódico.

—Este es el nuevo estudio de baile de mi familia. La pelea entre Edna y Jason comenzó porque unas cuantas personas vinieron a ayudarnos a tomar fotos para que pudiéramos poner anuncios. Algunas de esas fotos son estas. —Señalo mi crédito en la foto de *La Guía*—. Yo tome esa. ¿Lo ve?

Espero mientras ella examina el artículo por encima de los espejuelos. El señor Ellis cruza la mirada conmigo y mira a otra parte. Él finge que no está escuchando, pero a mí no me engaña.

—Impresionante —dice la señorita McDaniels—. Felicidades. Pero no veo cómo esto impacta en los desafortunados sucesos de esta mañana.

—Jason Aldrich vio las fotos y entonces se puso muy grosero, señorita. —Hago una pausa, preguntándome cuánto más decir. Con el rabillo del ojo, veo al señor Ellis todavía con las cajas—. Se burló de Wilson por modelar y bailar, por ejemplo. Y luego dijo «lah Ejcue-la Suá-res de Bai-le Latiii-noj» con un acento fingido, como si se estuviera burlando de nosotros…, y yo no tengo acento, señorita. Solo abuela y Lolo tienen acento en mi familia y además…, ¿a quién le importa eso? Pero de todos modos, cuando Jason dijo *eso*, Edna le dijo que se callara la boca.

No añado lo que estoy pensando, que es que yo me alegré.

Ella me achica los ojos y pasa las páginas hasta que encuentra el lugar preciso.

—De hecho, tengo declaraciones juradas de que ella le dijo que «iba a perder los dientes».

—Bueno, OK, señorita, pero lo que ella *quería* decir era que se callara porque estaba siendo un tipo despreciable. ¿No lo ve? —El pecho se me aprieta mientras los pensamientos se me enredan. El señor Ellis todavía está ahí y le doy un vistazo. Ya no finge que está revisando su correo. En vez de eso, me mira como si estuviera haciendo una de sus observaciones y me toca a mí demostrarle que yo sé como pensar.

Así que respiro profundo, tal como Lena siempre dice que debo hacer.

—Si Wilson quiere bailar, nadie debería burlarse de él. Y Jason tiene que pasar la pelota de baloncesto en el gimnasio y dejar de decir *ugh*.

—¿Perdón? —dice ella.

—Y él no debería imitar los acentos de la gente como hizo hoy. Eso no me gusta. —Mis ojos se van a las pegatinas de palabras que decoran la puerta de la oficina. Pienso en todos los pedacitos de estos países que están dentro de todos nosotros aquí en la escuela, partes de nosotros que intentamos esconder u olvidar a veces para sobrevivir—. Eso no es nada cómico, señorita, o acogedor.

Me callo de un tirón cuando me doy cuenta de que estoy sudando y que las manos me tiemblan un poco. Trago en seco y me obligo a no llorar, como hace Hannah cuando está enojada. A lo mejor la señorita McDaniels dirá que yo soy demasiado sensible. O a lo mejor dirá que debería ignorar a Jason, tal como hace mami, lo que siempre me enfada muchísimo porque *¿cómo vas a ignorar a alguien tan provocador como Jason cuando hay tantos Jasons y tú eres una sola?* Entonces, digo la próxima parte despacito, a ver si ella puede entender en realidad.

—Es como cortarse con papel todo el tiempo, señorita.

No parece gran cosa, pero duele, sobre todo si una se corta muchas veces, día tras día.

El señor Ellis viene de la esquina sin ser invitado y se sienta junto a mí, con la mano en mi hombro.

—Eso pide mucho aguante —dice él—. Y tú no deberías tener que aguantarlo.

La señorita McDaniels ha dejado de escribir. Tiene las manos dobladas sobre su escritorio y se queda silente durante varios minutos.

—Estoy muy decepcionada de escuchar esto, Merci —dice ella.

Por una vez, no miro a otra parte.

—Jason no le dijo la verdad, señorita. Él fue horrible. Edna no lo empujó sin motivo. Ella lo empujó porque salió a defendernos a mí y a Wilson. ¿Eso no vale de algo?

Justo en ese momento, suena el timbre de advertencia y ella se pone de pie para comunicarme que se me acabó el tiempo.

—Vas a llegar tarde. Señor Ellis, tal vez usted podría acompañar a Merci a clase. —Se vuelve hacia mí—. Gracias por tu declaración —dice—. El doctor Newman y yo nos ocuparemos del asunto de aquí en lo adelante.

—Sí, señorita. —Trato de tomar el recorte de periódico de su escritorio, pero ella pone su mano sobre la mía.

—Yo me quedaré con eso, si no te importa —dice.

# CAPÍTULO 45

YA CASI ES LA HORA DE LA cena, pero estoy en el estudio, en donde Simón y tía le dan los toques finales a las decoraciones para el día de la inauguración este fin de semana.

Ella escucha mientras explico todo lo que pasó por cuenta de las fotos de baile.

—Pero ¿hice lo correcto? —pregunto—. ¿Tú crees que va a ser peor para Wilson porque yo fui a la señorita McDaniels?

Tía se baja de la escalera y pone en el suelo las guirnaldas de flores de papel que abuela hizo para la entrada.

—Pienso que depende de a qué te refieres con *peor*.

Cruza la habitación hasta la nevera y nos trae dos Jupiñas antes de sentarse al suelo conmigo, con nuestras espaldas recostadas contra los espejos nuevos. El rímel se

le ha difuminado alrededor de los ojos y huele un poco
a medias sucias. El aire acondicionado todavía no trabaja
del todo bien.

—Dijiste la verdad —dice—. Para eso hacen falta aga-
llas…, y también para hacer lo que te hace feliz. Es mejor
mostrar quién eres de verdad, pero eso no siempre es fácil,
Merci.

Abre las botellas con la mano y las chocamos en un
brindis.

Justo entonces, Tomás asoma la cabeza. Está con
Simón, que viene detrás de él con una enorme sonrisa.

—¡Tenemos un anuncio!

Simon se hurga en el bolsillo de la camisa y saca el
diente de Tomás.

—Ratonzito Pérezzzz va a venir a buzcarlo —dice
Tomás siseando a través del gran espacio al frente de su
boca—. Ez mi turno. —Mira a tía—. Quiero irme a casa
ahora, mamá. —El queja en su voz me dice que ha estado
aquí el tiempo suficiente.

—Solo un poquito más —dice tía—. Tengo que terminar aquí, cielito.

—Ya terminé de arreglar el lavabo del baño —dice
Simón—. Yo los puedo llevar a casa. De todos modos,
tengo que pasar a recoger a Vicente allá.

Tía lo mira con ojos de enamorada distraída. Cuando Tomás corre a decirle a Axel que ya se van, Simón se vuelve a meter el diente en el bolsillo y me susurra:

—¿Tú vas a ser el ratón esta noche o quieres que yo lo haga? —No dice lo que yo ya sé. Que él a veces se queda tarde, mucho después de que se duermen los mellizos, para poder estar a solas con tía.

—Date el gustazo —le digo—. Pero es un dólar.

Él le hace un guiño a tía y me da un pellizquito en la cabeza al salir.

Entonces tía y yo regresamos a la faena.

Yo jamás le he pasado un mensaje de texto a Edna en los dos años que hace que la conozco. Eso es lo que estoy pensando mientras observo fijamente el teléfono en mi mesita de noche. Por fin, lo agarro y le escribo.

Es Merci. ¿Estás bien?

Sin embargo, eso no es todo lo que quiero decir, así que tecleo unas cuantas palabras más que me son más difíciles de escribir:

Gracias por defendernos, por cierto.

Y añado el enlace al artículo de *La Guía*.

Espero un largo rato por la respuesta de Edna, mirando la elipsis que aparece y desaparece hasta que por fin hay palabras:

De nada.

Estamos en educación física al día siguiente. El señor Patchett ha comenzado nuestra unidad de fútbol bandera a la intemperie, cosa que me encanta pues el clima no está muy caluroso todavía. Pero nos hace sentarnos en las gradas para pasar asistencia. Están húmedas con el rocío tan temprano en la mañana y al sentarnos nos mojamos los *shorts*. Edna le frunce el ceño, con las manos metidas bajo el fondillo para mantenerse seca. Hoy tendrá una detención. Hannah me lo dijo. Al igual que Jason, a quien no le hicieron falta unos puntos en el cuero cabelludo después de todo. Y por supuesto, tuvieron que intercambiar cartas de disculpas en nuestra clase principal, tal y como la señorita McDaniels siempre insiste que hagamos.

En fin, que el señor Patchett nos pide que contemos uno-dos y hagamos dos filas para practicar los pases. Michael es nuestro centro. Se agacha hasta abajo y mira por entre sus piernas gruesas a Wilson, que va a tirar la primera ronda de pases antes de que sea el turno de Lena.

Por primera vez, Jason no se pone a decir sandeces, ni siquiera a quienes dejan caer un pase o parecen tenerle miedo a la pelota, ni siquiera cuando a alguien le dan un pelotazo en la cabeza. No sé si esto va a durar o si volverá a ser cruel la semana que viene. Pero por ahora, esto es un alivio.

Les cojo el ritmo a los ejercicios de práctica.

—¡*Jut!*

Atrapa.

Tira.

Wilson lo está haciendo muy bien, creo, aunque los pases son cortos. La gente no está corriendo lo suficientemente lejos. Yo sé que él podría tirar mejor, si tan solo tuviera la oportunidad.

Cuando es mi turno, corro tan lejos como puedo a través de la yerba mojada, dándome fuertes palmadas en las piernas, tal como haría en un partido de fútbol. Me vuelvo hacia él, lista para recibir. Él hace una pausa por un segundo y sonríe antes del lanzamiento. Una tambaleante espiral navega por los aires y aterriza exactamente en mis brazos, tal y como yo sabía que iba a pasar.

Aguanto la pelota por encima de mi cabeza y suelto un grito.

Incluso desde aquí, siento su sonrisa.

# CAPÍTULO 46

TODOS ESTAMOS VESTIDOS para el día de la inauguración el sábado. Toda mi familia está aquí, más Lena y Hannah, que se ofrecieron a ayudar. Aurelia, vestida de un brillante traje rosado con crayón de labios del mismo color, está sentada detrás de su escritorio, acomodando y volviendo a acomodar el vaso con lápices y las planillas de inscripción. La música sale de las bocinas que papi conectó ayer tarde en la noche. «Dale fuerte» suena y abuela no para de murmurar quejas sobre la decencia, pero al menos Lolo luce emocionado. Él tiene puesta su mejor camisa de vestir y unos zapatos lustrosos, y abuela le ha peinado el cabello hacia atrás con ese gel que hace que sus rizos se le pongan lacios.

Tía es quien mejor luce de todos. Tiene puesto su nuevo par de pantalones de yoga y un brillante pulóver rojo con nuestro logo, una bailaora de flamenco. También tiene el pelo recogido en una hermosa cebolla. No serías capaz de adivinar que ella no ha dormido en semanas.

Nuestro trabajo principal de hoy, según tía, es saludar a la gente en la puerta y conducirlos a Aurelia, que los va a registrar en nuestra lista de correo.

Tengo que admitirlo, todo es hermoso aquí. Los pisos nuevos, los espejos resplandecientes, las cortinas, las fotos enmarcadas a la entrada. Hasta el baño tiene los inodoros y lavabos nuevos y huelen a los palitos de incienso que la señora Magdalena envió para desearnos suerte. Jamás se te ocurriría que esto era un motel de cucarachas hace tan solo unas semanas.

Tía arregla la mesa de los refrigerios una vez más y se asoma a la ventana. Los globos que atamos a los conos naranja en el parqueo suben y bajan con el *wuush* de un carro que les pasó cerca.

—¿Y si no viene nadie? —susurra.

Chequeo mi teléfono. Hemos estado abiertos durante siete minutos.

—Ánimo, tía. Todos están en camino.

¿Pero eso es acaso cierto? De no serlo, todo este día entero será como si nadie hubiera venido a tu fiesta de cumpleaños. Cuando tía no mira, enciendo otro palito de incienso de Abre Camino, por si las moscas.

Sin embargo, por fin, la gente comienza a llegar. Stela es la primera en aparecerse.

—¡Bienvenidos! —Tía abre los brazos para dar un abrazo.

Justo detrás de Stela vienen los varones de la antigua clase de tía y unos cuantos niños nuevos que yo no conozco.

—¡Qué rico huele! —dice Stela y va directo a la comida. Hace una pausa para seleccionar antes de empezar a picar.

—También hay bebidas en la nevera —dice Lena. Hannah pone una fila de botellas en la mesa para mostrarle.

Pronto llega más gente, nuevas caras que jamás hemos visto. Hay una señora que empuja un cochecito, que quiere matar el tiempo mientras le cambian los neumáticos en Tinto's. Un niño y sus padres que estaban curiosos por los globos. Unos cuantos más dicen que vieron nuestro folleto en la lavandería o la biblioteca. Tía habla con ellos y les indica que vayan a ver a Aurelia.

Finalmente, tía pone a titilar las luces del techo.

—Es hora de una demostración —anuncia—. Por favor, que vengan los niños.

Busco un camino para llegar a las sillas que ella alineó a los bordes del estudio cuando las campanas de la puerta suenan de nuevo.

Esta vez, miro en estado de *shock*. La señorita McDaniels entra.

Hannah, Lena y yo intercambiamos miradas.

—¿Y ella qué hace aquí? —pregunto.

Lena sonríe y se encamina a la puerta con Hannah.

—¡Vamos a averiguar!

Pero siento que estoy clavada en mi silla. Es solo cuando mami me da una mirada de advertencia que despego mis pies y voy con ella y papi a decir hola.

—¡Qué sorpresa! —dice mami.

La señorita McDaniels comienza a extender la mano, pero mami ya se le ha acercado para darle un amable beso y abrazo, que es como nosotros decimos «hola». Así que la señorita McDaniels la besa también en la mejilla.

—Señor y señora Suárez, qué gusto verlos —dice ella—. Tuve la oportunidad de leer sobre su nuevo estudio de baile. También estábamos muy orgullosos de ver la foto de Merci en el periódico. —Señala al artículo de *La Guía* que tenemos enmarcado en la puerta—. Decidí pasar por aquí, ya que hoy hago unos encargos para la escuela.

Yo no me creo ni una palabra. Todavía la veo en el Baile de los Corazones asegurándose de que los niños estuvieran lo suficientemente separados.

—¿Usted baila, señorita? —Se me sale de la boca.

Mami me da un pellizquito cerca del codo.

—No muy bien, me temo —dice. Entonces sonríe porque ve a abuela y Lolo sentados cerca de los pastelitos. Lolo siempre fue su presentador favorito en el Día de los Abuelos, en los tiempos en que él todavía asistía. La señorita McDaniels va hasta los asientos vacíos cerca de ellos—. ¿Y ustedes cómo están, señor y señora? Ha pasado mucho tiempo.

Abuela también abraza a la señorita McDaniels, pero Lolo solamente sonríe. Veo que no la reconoce en lo absoluto.

—Es la señorita McDaniels —le susurro—. De la escuela.

La señorita McDaniels me mira y luego se sienta al lado de Lolo de todos modos.

—Niñas, ¿qué tal si nos acompañan mientras miramos la lección de baile?

Así que eso es lo que hacemos. Tía demuestra cómo los niños hacen el calentamiento. Entonces los pone en parejas en dos líneas para enseñarles cómo bailamos merengue. Noto que la señorita McDaniels tiene las piernas cruzadas, pero aun así mueve el pie al compás de la música. Y cuando llega el momento de la ovación, ella y Lolo son quienes más aplauden cada vez.

Tía nos cuenta la historia del merengue, que fue prohibido durante un tiempo por todo ese meneo de las pompis. Entonces también le cuenta a la gente por qué ella quería abrir el centro en nuestro vecindario y por qué es importante darles a los niños un lugar donde aprender después de la escuela. Les dice que en unos meses también se ofrecerá ayuda con las tareas. Hace que mami se ponga de pie y explique que nos gustaría añadir una clase de movimiento para adultos mayores durante el día. Por último, presenta a Aurelia y al resto de nosotros en la familia Suárez y cada uno se tiene que levantar y saludar con la mano, incluso Lolo.

—Ahora, ¿a quién le gustaría hacer la prueba con el chachachá? —pregunta tía.

Hannah y Lena se unen y corren hacia ella.

Mis ojos se disparan a la señorita McDaniels y me pregunto qué piensa. Cuando me ve mirándola, dice:

—¿Y tú no quieres bailar también?

—Estoy bien aquí, gracias —le digo—. No soy muy buena.

—Ya veo —dice, pero sus ojos revolotean a la fotografía de Wilson y yo en la pared.

Entonces, así es cómo transcurre la tarde hasta que tía finalmente agradece a todos por venir. Los niños empiezan a irse a casa, cargando con pastelitos extra y platos y servilletas de papel al salir por la puerta.

La señorita McDaniels se pone de pie para irse también.

Le da una palmadita en la mano a Lolo, aunque él «está descansando los ojos», según explica abuela. Entonces va hasta tía Inés y se presenta como «Jennifer McDaniels de Seaward Pines Academy».

—Hola, señorita McDaniels. Gracias por venir hoy.

Tía lo sabe todo de ella, por supuesto, pero no revela ninguna de mis quejas. En su lugar, me echa el brazo por encima del hombro y me acerca a ella.

—Bueno, la verdad es que yo quería traerle esta invitación en persona. Es del doctor Newman, el director de nuestra escuela.

—¿Para mí? —dice tía.

*¿Y qué demonios querría escribirle el doctor Newman?*, me pregunto. Así que me quedo al lado de tía y leo a la par con ella.

*Estimada señorita Suárez:*

*Leí con gran interés acerca de su nuevo programa para jóvenes que se enfoca en bailes latinos.*

*Como usted probablemente sabrá, cada primavera Seaward Pines Academy presenta una celebración anual de herencias* culturales llamada la *Semana de Un Mundo*. En años anteriores, hemos tenido el privilegio de recibir a grupos artísticos y oradores de todo el mundo.

Este año, nos gustaría enfocarnos en nuestra propia comunidad. Por tanto, nos complace extenderle una invitación formal a usted y sus estudiantes a que hagan una presentación de baile el 30 de abril.

Comprendo que esto es muy de último minuto, pero tenemos la esperanza de que su calendario puede acomodar nuestra petición.

Por favor, póngase de acuerdo con la señorita Jennifer McDaniels en nuestra oficina central llamando al número que aparece abajo. Ella le responderá cualquier pregunta que tenga sobre nuestras instalaciones y otras cuestiones logísticas.

Sinceramente,
Dr. Robert J. Newman III

Tía la mira, sorprendida.

—Esto es muy amable de parte del doctor Newman, pero nosotros recién acabamos de abrir —dice—. No vamos a estar listos para presentarnos por meses.

La señorita McDaniels se yergue. Desde aquí le leo la cara. Esto es como si se tratara de la Tienda de los Carneros otra vez. Nada la va a detener.

—Todavía faltan varias semanas para el evento —dice—. Y en caso de que ayude, estamos preparados para ofrecerle un estipendio de tres mil quinientos dólares por su actuación.

Tía inclina la cabeza a un lado para escuchar de nuevo.

—¿Usted dijo tres mil quinientos dólares?

La señorita McDaniels asiente con la cabeza.

—De hecho, tal vez tengamos presupuesto para añadir vestuario. Voy a confirmarlo con nuestro departamento de teatro para estar segura.

Tía nos mira a todos. Abuela, que ha estado escuchando en secreto, se espabila de inmediato. Aunque no ha dicho nada, estoy segura de que a abuela le encantaría hacer trajes de algo más duradero que *papier-mâché*.

—¿Usted está segura? —dice tía—. Estamos hablando de niños bailando, no una compañía profesional como a lo que seguro ustedes están acostumbrados.

—Muy segura —dice la señorita McDaniels—. Hemos

tenido magníficos espectáculos para nuestros estudiantes a lo largo de los años. Pero se nos ha llamado la atención a que tal vez el modo en que abordamos el evento demuestra una incomprensión total de la Semana de Un Mundo. En realidad esto no es para que los estudiantes vean un espectáculo durante una hora o coman comidas nuevas durante una semana. Queremos que se respeten y se lleguen a conocer mejor entre sí en nuestra propia comunidad escolar.

El estómago se me retuerce. Tía se vuelve hacia mí y susurra:

—¿Qué te parece? No va a ser fácil y no podré hacerlo sin ti.

Miro a Lena y Hannah que asienten como locas detrás de la señorita McDaniels. Yo estoy segura de que ellas van a ayudar. Pero ellas no serán el problema. La gente a lo mejor se va a burlar de nosotros por nuestros trajes o si nuestra música es toda en español. A lo mejor se ríen de que nos aguantemos las manos y de que estemos muy cerca de nuestras parejas al movernos. ¿Y quién quiere eso? Además, va a ser muchísimo trabajo.

Aun así, hay más de tres mil cocos en la mesa, así que canalizo *La guía de Peterson para crear un negocio*, capítulo 14, «Hacer un trato», y me meto de lleno a las negociaciones.

—Esa es una oferta interesante, señorita —digo—, pero me tendrían que liberar de mi servicio comunitario extra para poder lograrlo. Hay muchos detalles en un *show* como este, usted sabe. Y *yo lo haré* por y para la escuela.

Mami luce como si quisiera pegarme con una chancleta, pero papi está a su lado, haciendo tremendo esfuerzo por no sonreír.

La señorita McDaniels ni siquiera pestañea.

—Vaya petición —dice fríamente mientras trama su próxima movida—. Sin embargo, yo estaría dispuesta a acceder a tus términos con una condición: que tú seas parte del espectáculo.

—¿Yo? —La idea de menear el fondillo lado a lado en frente de toda la escuela me provoca un sudor frío que me corre por la espalda.

—Aunque sería un sacrificio considerable, espero que sea uno que tú hagas por tu escuela… y tu familia. —Me tiene en sus tenazas—. ¿Estamos de acuerdo? —pregunta.

Tía me mira cuidadosamente.

—No tienes que hacerlo —me susurra, apretándome la mano—. Sé que es difícil.

Pero yo soy del Equipo Suárez y nosotros no nos echamos atrás. Así que doy un paso más cerca de tía y digo:

—Lo haré.

—El doctor Newman estará muy complacido de escuchar esto —dice la señorita McDaniels mientras ambas sellan el pacto con un apretón de manos—. Le enviaré los documentos la próxima semana. —Agarra su cartera y se pone las gafas de sol—. Gracias por una tarde muy encantadora.

Si no la conociera tan bien, juraría que da unos pasitos de chachachá al llegar a la puerta.

# CAPÍTULO 47

CONVOCO UNA REUNIÓN SECRETA en la Tienda de los Carneros temprano en la mañana del lunes. La oficina central todavía está a oscuras cuando llegamos allí y el señor Vong tiene que abrirnos la puerta.

Darius y Lena llegan primero. Luego Hannah y Edna se aparecen y, por supuesto, Wilson.

—Gracias por venir —digo, y hago espacio en el piso para que nos sentemos en un círculo. Sin embargo, cuando miro alrededor, la boca se me cierra a cal y canto.

Darius se inclina hacia mí.

—Respira profundo.

Edna, que no es de levantarse temprano, me mira durante un par de exhalaciones y pierde los estribos.

—¿Estamos aquí para verte hiperventilar igual que Darth Vader? —dice—. Desembucha. ¿Qué es tan importante que yo tuve que sacrificar treinta minutos de mi sueño?

—Cógelo suave —le advierte Hannah—. Tómate tu tiempo, Merci.

Así que me lanzo y explico lo que Hannah y Lena ya saben.

Me hacen falta más bailadores para el espectáculo…, en específico, ellos. Detallo todo el plan: tres semanas de ensayos cada día después de la escuela, trajes que abuela ya está diseñando y luego el gran estreno.

Cuando termino, Darius se traquea los nudillos ruidosamente.

—¿Frente a toda la escuela?

—Todos estaremos juntos allá arriba —dice Lena suavemente—. Yo puedo ser tu pareja de baile.

Edna se toca su mocasín lustroso, pensando.

—¿Todos podemos escoger con quién bailamos?

Asiento con la cabeza.

Ella luce complacida.

—Vicente, entonces, y cuenten conmigo.

Hannah se sonroja intensamente.

—Puedes bailar con él —digo—, pero él tiene dieciocho años, solo para que sepas.

—¿Y qué?

—Y que ya se puede dejar una barba bien poblada.

—Solo vamos a bailar —dice Edna encogiéndose de hombros—. Además, la gente dice que yo luzco mayor.

Le echo un vistazo a Wilson. Él ha sido el más callado de todos nosotros. Se está mirando los zapatos.

—Yo sé que alguna gente se reirá —digo—. Eso no lo puedo parar y va a ser pesado.

Edna se inclina, achicando los ojos.

—*No* se reirán si somos buenos, como es mi intención.

Wilson todavía se lo piensa.

—Si no quieres hacerlo, lo entiendo —digo.

Pero Wilson me pone una cara.

—¿No fuiste tú quien dijo que a los demás no les toca decidir por ti qué es divertido?

El corazón me comienza a palpitar.

—Eso dije.

Wilson se encoge de hombros.

—OK, entonces parece que yo seré tu pareja de baile, asere. Pero voy a traer mis guantes de portero de fútbol para protegerme. —Mueve los dedos que le machuqué la vez anterior.

Las luces en el pasillo empiezan a titilar. Unos cuantos maestros abren sus salones de clase mientras los niños empiezan a llegar para tutorías matutinas.

Pongo la mano en el medio del círculo, igual que

hacemos a veces en fútbol. Hannah y Lena ponen sus manos encima de inmediato. Edna y Darius también se suman. Wilson añade la suya de último. Los miro a todos, con una ligereza que me crece en el interior. Es como el Equipo Suárez en casa, excepto que este es otro equipo que estoy creando yo aquí por mi propia cuenta.

—Lo haremos —digo.

Y todas sus voces regresan en una:

—¡Lo haremos!

# CAPÍTULO 48

—CINCO MINUTOS MÁS —GRITA TÍA mientras barre las migajas que hemos dejado en el piso del estudio. En los últimos ensayos, tía ha traído sándwiches cubanos de la panadería, para que podamos comer juntos y hacer la tarea antes de empezar con todo el rollo del un-dos-tres, hacia *este* lado, un-dos-tres, hacia *este* otro. Con tan solo una semana para nuestra actuación, tengo ampollas encima de las ampollas. De noche, escucho las canciones en mi mente. J.Lo. Marc Anthony. Pitbull. Celia Cruz y todos esos sonidos a la antigua que abuela dijo que también nos hacían falta.

Hannah pregunta:

—¿Ustedes se enteraron de que Banana se escapó anoche del tanque de la señorita Kirkpatrick? —Cierra su libreta de matemáticas de un golpe y la tira en su mochila.

—¿Quién es Banana? —pregunta un niño llamado Gilberto. Él es uno de los bailadores de la misma escuela de Stela, al igual que una niña llamada Emeli y su hermano Adrien. Al principio, era un poco raro estar todos juntos, pero ahora nos concentramos en aprendernos bien los pasos.

—Nuestra serpiente en la escuela —le digo, estremeciéndome—. Es una pitón real.

—Albina también, así que es de un amarillo y blanco brillante y es hermosa. —Lena busca en su cámara y encuentra una foto de Banana en su tanque, toda acurrucadita y dormilona.

Los ojos de Emeli se le agrandan.

—¡Ay! ¡Qué asco!

—Dímelo a mí —digo yo. Personalmente, solo me gusta pensar en Banana detrás del cristal. Vamos, que mide cinco pies, que solo es una pulgada más corta que yo si estuviéramos acostadas lado a lado, Dios no lo quiera.

Darius decide hablar hoy.

—Banana come ratones congelados cada dos semanas. Tienes que alimentarla con tenazas, no vaya a ser que piense que tu mano también es un ratón.

Stela se desliza más cerca de mí.

—¿Podríamos hablar de otra cosa, por favor? —pregunto—. Cada vez que pienso en Banana arrastrándose suelta, me da miedo. La única cosa que parece más aterradora es bailar delante de la gente.

Edna le pone la tapa al bolígrafo y se estira.

—Bueno, eso es noticia vieja —dice—. El señor Vong la encontró acurrucada detrás de un inodoro en el baño de todos durante el almuerzo. Yo lo escuché llamar por la radio a la oficina de la señorita McDaniels.

—Tal vez yo jamás vuelva a orinar en ese baño —digo. Darius y Wilson se echan a reír.

Emeli toma otro bocado de su galletica y nos cuenta que su clase tiene un tanque de peces con ocho tetras azules que nadan como una mancha. La maestra de Adrien tiene un conejillo de Indias llamado Twitch.

—Te muerde si lo agarras demasiado fuerte —dice.

—Bueno, si ya terminamos la tarea y los cuentos de mascotas, vamos a practicar —nos dice tía—. Hoy abuela les terminará de ajustar los trajes también. Cuando sea su turno, vayan a la habitación del fondo. —Revisa su lista—. Hannah, tú eres la primera. Los demás, hora del calentamiento.

Hannah chilla y sale disparada hacia la habitación del fondo, en donde abuela la hace probarse una resplandeciente falda verde y un pañuelo con lentejuelas para la cabeza. Los demás empujamos nuestras mochilas a los bordes del salón y nos quitamos los zapatos y las medias para otra ronda de los cuatro bailes que vamos a presentar. Wilson se deja puesto su aparato, para moverse con mayor facilidad.

Yo trato de poner mi mejor cara. Me gusta que hagamos juntos la tarea y hablar de tonterías. Pero cuando es momento de hacer algo en lo que no soy buena —el baile, por ejemplo—, no me siento tan confiada.

—¡*Ufff!* —se queja Wilson cuando lo piso una vez más.

Tía para la música porque hemos causado un molote. Dejo caer las manos, disgustada.

—¡No puedo hacerlo! —digo.

—¿Tú no oyes la música? —pregunta Edna.

Tía da un paso al frente antes de que yo responda.

—¿Por qué estamos aquí?

—Para ganarnos unos dólares —digo amargamente.

—Para divertirnos —me corrige—. Y para mostrar algunos bailes y música que a los niños de tu escuela tal vez les gustaría aprender… ¡y punto! Esto se trata de bailar con el corazón, Merci. Sin ánimo de ofender, pero aquí nadie está listo para el conservatorio. —Mira a Edna intencionadamente.

Pero aun así yo sé que voy a hacer que todo el

espectáculo luzca terrible. Si la gente se ríe de nosotros, será por culpa mía.

—¡Merci! —Abuela me llama para que me pruebe la ropa. Una bendición.

La semana pasada, mami y abuela fueron hasta Miami para encontrar la mejor oferta de unas telas que tienen el color de las frutas tropicales. Yo escogí un color llamado azul Prusia, igual a mi color favorito de pintura al óleo. Abuela lo transformó en una falda que gira mientras yo bailo. El pañuelo para mi cabello termina en un nudo cerca de la sien. Los muchachos lo tienen más fácil. Ellos llevan pantalones negros y guayaberas a juego con los trajes de sus parejas.

Me paro encima de una caja en el vestuario, escuchando y mirando a los demás a través de una hendidura en la puerta. Edna y Vicente son los mejores en merengue, que es la razón por la que en algún punto serán solistas. Abuela me coloca la falda y la marca con tiza y alfileres.

—¿La gente me verá la ropa interior si giro en esta cosa? —Agarro las filas de flecos que ella piensa añadirle a la tela.

Abuela se saca un alfiler de la boca.

—Te voy a pinchar si te sigues moviendo. ¿Y a qué se deben todas estas preocupaciones? ¿Tú no tienes fe en mis diseños? Ya te lo dije. No te voy a hacer que luzcas como una caricatura. —Se refiere a las imágenes que encontramos en Google de hombres con maracas y con mangas de pliegues enormes. Las mujeres tenían piñas en los peinados. Yo casi lloré.

—No es eso.

—¿Entonces qué?

—Yo sencillamente no entiendo qué tiene de malo ponerse pantalones negros y un pulóver o algo por el estilo. Nosotros por lo general no nos vestimos así, ni siquiera cuando bailamos.

—Merci, estas no son ropas de todos los días. Estos son trajes. Ahora, dime, ¿cuál es el problema real?

—Yo soy una bailadora terrible —digo—. Yo simplemente no soy como tú y Lolo.

—Ah. —Pone el primer alfiler en su lugar y me besa la mejilla—. Tú eres como tú, Merci. Y eso es suficiente. Ahora, estate quieta, niña, para que me pueda concentrar. Te prometo que vas a lucir tan espectacular que a nadie le importará cómo bailas.

# CAPÍTULO 49

EN LA MAÑANA DE NUESTRO espectáculo, tía me espera a la entrada. Los mellizos ya tienen puestos los cinturones de seguridad en la parte trasera y están completamente ocultos detrás de un mar de faldas, al lado de Vicente, que vino supertemprano con Simón. Ellos van a ayudar a transportar al resto de los niños a Seaward. Axel hace una apertura entre las telas y me saca la lengua en respuesta a mis «buenos días».

—Deja de jugar con eso —lo regaña tía—. Los trajes van a estar desbaratados para el espectáculo.

—¿Alguien se quejó de que ellos no vayan hoy a la escuela? —pregunto, poniéndome el cinturón. Tía escribió una nota para recibir un permiso especial para los mellizos, Stela y los demás niños que no asisten a Seaward para que bailen con nosotros hoy.

—Seamos serias, Merci. Su maestra parecía como si yo le hubiera entregado un millón de dólares. —Chequea el espejo retrovisor para asegurarse de que puede ver a través de los trajes y sale de la entrada de nuestra casa, sin ningún apuro.

El teatro Millicent B. Kiegel tiene una enorme fuente en la parte delantera y una placa de bronce con el rostro de la mujer que lleva su nombre en el *lobby*. Vicente para de empujar el carrito que el señor Vong nos dejó, lo suficiente como para leer las palabras. No dice mucho, pero sé lo que él y algunos de los demás niños estarán pensando. Todo luce extrañamente perfecto e irreal, como el escenario de una película. Las flores que están plantadas por color y tamaño. Los trillos de piedra no canteada y los bancos de piedra. Las palmas sin una penca seca colgando. Hasta las bicis que llenan los aparcaderos de bicicletas son brillantes y coloridas como caramelos. Él se detiene un minuto y mira a través de la ventana hacia el campo de deportes que resplandece bajo el sol.

—Por aquí —digo yo.

Guío a todos más allá de la taquilla y los postes con cuerdas. El teatro tiene unos asientos rojos de terciopelo que hacen juego con las cortinas. Pequeños micrófonos cuelgan del techo y hay una cabina de control al fondo del auditorio. Les enseño a los mellizos el escotillón en el piso del escenario por el cual apareció el fantasma de las Navidades el año pasado. Señalo donde toda una orquesta puede tocar sin que nadie los vea en lo absoluto.

Cuando llegamos a los vestidores, tía echa un vistazo alrededor y suelta un largo chiflido, siguiendo la trayectoria de las luces en la parte superior de los espejos en las estaciones individuales de maquillaje. Los mellizos se esconden detrás de las mamparas que están ahí para cambios de vestuario rápido, pero los ojos preocupados de tía se centran en mí. Hasta este mismo segundo, no la he visto lucir insegura, pero ahora veo una fisura en su tranquilidad, como si por fin entendiera por qué es difícil sentir que podemos actuar en un lugar como este.

Sin embargo, se acerca hasta mí y me toma la mano.

—Todo bien —susurra valientemente—. Esto va a salir bien. Viene de nuestros corazones.

Digo que sí con la cabeza, aunque el estómago me da brincos mientras me sienta para arreglarme el pelo. Comienzan los anuncios matutinos y escucho las palabras amortiguadas del juramento a la bandera. Tía me peina los rizos y yo cierro los ojos, intentando calmarme cada vez que me pasa el peine. Cuando termina, me recoge el pelo en una cebolla y pone el pañuelo azul en su sitio. Solo tiene las plumas más pequeñitas. Entonces me pone colorete en las mejillas y sombra en los párpados. Me pone sus propias argollas de oro en las orejas. Casi no reconozco mi reflejo cuando acaba.

—¡Bellísima! Luces como una profesional —dice, justo cuando los demás empiezan a llegar. Entonces sale a buscar a Stela y Emeli.

Lena, Edna y Hannah se amontonan alrededor de mi silla. Los varones están con Vicente en el vestidor contiguo.

—¡Merci! ¡Luces fenomenal! —dice Lena.

—Tú también —digo. Su pelo de pinchos está planchado hacia atrás y acomodado tras las orejas. Y ella no es la única que luce diferente. El negro pelo lacio de Hannah está amarrado en una larga trenza a su espalda y sus mejillas ya están empolvadas con colorete de brillantina y tiene pegados unos diamantes falsos cerca de los ojos. Edna todavía tiene puesto su uniforme, pero su cara es la más elegante de todas. Tiene puesto un crayón labial rojo, rímel y hasta unas pestañas largas que parecen arañas sentadas en su cara.

Al poco rato, alguien toca la puerta detrás del escenario. Es el señor Ellis, con Jason al retortero.

—¿Señorita Suárez? —le dice a tía—. Yo soy el señor Ellis, el maestro de ciencias de Merci. Estoy aquí para ayudar con la tecnología hoy. —Pone la mano firmemente en el hombro de Jason—. Y este estudiante me ayudará con las luces.

Todas miramos a Jason cautelosamente, sobre todo Edna, que lo fulmina a través de sus pestañas falsas. La palabra *sabotaje* brinca por mi cerebro como una ardilla.

El señor Ellis añade:

—Yo estaré con él todo el tiempo.

Desde la parte de atrás del escenario, escuchamos el sonido de los estudiantes ocupando sus asientos. Todos nuestros padres están en primera fila, según Wilson, que mira tras bambalinas, tal y como se supone que no hagamos, y nos mantiene informados. Yo me escabullo a su lado y veo a Lolo y abuela justo en el medio, junto a mami y papi. Simón también está ahí, con su mejor camisa y con un pequeño buqué en las manos, que debe ser para tía. Siempre han sido Lolo y papi quienes han regalado flores a la familia. Pero ahora, supongo, Simón es parte de eso también.

Han bajado una pantalla grande y ahí aparece nuestro nombre, proyectado en gigantescas letras:

*Escuela Suárez de Baile Latino*

La presentación digital pasa a imágenes del estudio y a Lolo y abuela bailando hace todos esos años. Entonces siguen fotos que tía debe haber tomado furtivamente mientras hemos ensayado durante estas últimas semanas.

La señorita McDaniels sale de la penumbra y nos pega un susto. Le entrega un micrófono inalámbrico a tía y le enseña como ajustárselo.

—Todos están sentados, así que estamos listos para empezar. Yo la voy a presentar a usted, señorita Inés Suárez, y entonces usted puede presentar el programa.

Entonces se vuelve a mirarnos a todos. Es como si tomara una foto mental. Hannah con sus mejillas relucientes. Edna con la falda roja que hace juego con el pañuelo al cuello de Vicente, luciendo tal y como dijo que luciría. Los mellizos, con sus trajes blancos, hacen juego con el de Stela. Emeli, Gilberto y Adrien en amarillos y naranjas. Lena y Darius en un púrpura atrevido. Por último, nos mira a mí y a Wilson y sonríe. Mi falda cae en capas como una cascada desde mi cintura y la blusa tiene cuentas de azul pavo real.

—Estoy muy complacida de que compartan su don con nuestra escuela. Gracias a todos.

—A sus lugares, por favor —susurra tía y luego nos tira un beso y sigue a la señorita McDaniels a las bambalinas.

El telón todavía está cerrado cuando ocupamos nuestras posiciones detrás. Escucho al doctor Newman diciéndoles a todos que se tranquilicen. El murmullo en el auditorio se apaga completamente y entonces él da las gracias a sus patrocinadores.

Cuando la señorita McDaniels se hace cargo, los oídos me empiezan a zumbar y ahí es cuando los pies se me vuelven plomo. Lo único que quiero es que se abra el escotillón en el piso del escenario para que me trague.

Pero de inmediato, tía comienza a hablar y agradece a todos por venir. Ya casi es hora.

—Esta mañana haremos varios bailes para ustedes…

—No puedo —susurro y abandono mi pose. El sudor me gotea por la espalda—. Háganlo ustedes.

Los niños más pequeños me miran y lucen repentinamente inseguros. Stela y Gilberto se vuelven hacia mí con miradas preocupadas. Así que Wilson me toma de la mano antes de que pueda escaparme a la carrera, y ahora es su momento para apretarme bien fuerte la mano. Noto que sus palmas también están húmedas y pegajosas.

—Suéltame —le digo.

—Mi mamá me dijo que simplemente mire al fondo del auditorio —dice—. No puedes ver a nadie allá atrás.

—Yo…, yo simplemente no puedo.

Edna se me acerca y me agarra por los hombros.

—Bueno, tú vas a bailar de todos modos. Esto fue idea tuya, Merci Suárez, ¿lo recuerdas? Sigue bailando, no importa lo que pase. Nadie va a saber que hubo un error, excepto nosotros. Y nosotras ya te perdonamos.

Pestañeo fuerte mientras ella regresa a su puesto, con el ojo que se me empieza a derivar hacia adentro.

—*Respira* —escucho a Lena susurrar mientras el aplauso a tía se apaga.

Entonces, antes de que me pueda dar a la fuga, el telón por fin se abre y nos revela.

Hay un murmullo mientras nos quedamos congelados en nuestras poses contra un fondo iluminado brillantemente. Parecemos siluetas, como si tal vez no fuéramos reales. Los trajes de abuela son espectaculares por las formas que hacen en la oscuridad. Entonces las luces se alzan lentamente y los niños empiezan a apuntar hacia nosotros y decir nuestros nombres al reconocernos en el escenario. Yo no muevo un músculo, mirando al fondo del auditorio donde todo desaparece, tal y como dijo Wilson. Lo único que veo son las luces centelleantes sobre nosotros y el ojo del foco de Jason que me clava en mi sitio.

Por un segundo, cambio la mirada a las únicas caras que quiero ver claramente ahora: Lolo y abuela se toman las manos en primera fila y observan. Incluso desde aquí, veo que la sonrisa de Lolo le llena toda la cara, como si estuviera a punto de abrir la más maravillosa sorpresa. Abuela tiene esas lágrimas de felicidad tan suyas.

Los primeros acordes de la música de merengue comienzan a sonar y escucho a tía en las bambalinas dando palmadas para marcar el ritmo: cinco, seis, siete, ocho...

Todos comienzan a moverse. Incluso yo.

Me deslizo hacia delante y hacia atrás, imaginando que tengo el viejo pulóver de papi bajo los pies. Me doy la vuelta cuando tengo que hacerlo y espero por el compás cuando me equivoco un poquito, mirando. Sigo sonriendo cuando Wilson me pisa la falda accidentalmente y cuando una de las pestañas de Edna se cae al suelo mientras ella da vueltas con Vicente. Es tal como ella dijo. Nadie ve nuestros errores. Ven los trajes, escuchan la música alegre y sienten nuestras sonrisas.

Nos vamos a las bambalinas y vemos a los mellizos comenzar el próximo número en el que son solistas y todos aplauden porque son adorables, tal como tía prometió que harían. Cuando nos toca, salimos a escena y nos unimos a ellos y todos bailamos un chachachá.

Y finalmente, cuando llega el momento de nuestro último número, aguanto la mano de Wilson delante de todo el mundo y bailamos nuestra salsa en pareja, cuatro piernas que se mueven como dos, a nuestra propia manera, sin hacer ni un solo error.

Sonrío a la luz de cíclope que me proyecta Jason, sin miedo, confiando en que el señor Ellis también está ahí, apoyándonos. Y con cada canción, bailo por Lolo y abuela, por mami y papi y por mis amigos que me ayudaron, hasta por Edna, a quien le hacía falta un modo de entrar. Dejo que Merci se abra por completo a Seaward Pines, incluso esta Merci tan especial, la que baila de-vez-en-cuando, y que está dentro de mí también.

Cuando termina nuestro último baile, todos estamos sin aliento y un poco nerviosos. Nos tomamos de las manos y regresamos al escenario para nuestras reverencias. Mi pañuelo de cabeza se me ha deslizado hasta las cejas. Las camisas de los mellizos están por fuera. Edna se parece a Popeye con una sola ceja, pero sus manos agarran con fuerza el codo de Vicente. Darius sigue haciendo reverencias una y otra vez hasta que Lena lo detiene. Hannah sostiene a Stela por la cadera y saludan a la audiencia junto a Emeli y los demás. Entonces tía sale al escenario y hace una reverencia con nosotros. Simón se pone de pie y le entrega las flores. Todo el tiempo, Wilson está a mi lado, sosteniendo mi mano delante de todo el mundo y yo no siento que me quiera morir.

En vez de eso, sonrío, de oreja a oreja, al igual que

Lolo. La audiencia está de pie, dando gritos y chifli-
dos para todos nosotros. Y por fin, cuando nos inclina-
mos y hacemos una última reverencia, creo que toda yo
—incluso las partes que son nuevas y todavía no entiendo
plenamente— voy a estar bien hoy y algún día y siempre.

# AGRADECIMIENTOS

Cuando descubrí por primera vez al personaje Merci Suárez, no tenía idea de que jamás se convertiría en el sujeto de una novela, mucho menos de una saga. Merci hizo su debut en «Sol Painting», como parte de la antología *Flying Lessons and Other Stories*. Estaré por siempre agradecida a Ellen Oh y Phoebe Yeh, que fueron las primeras personas en conocer a Merci por escrito.

Escribir un segundo libro sobre el clan Suárez fue un gran desafío, sobre todo después del éxito de *Merci Suárez se pone las pilas*. Yo sabía que la historia de Merci no terminaba al final de esa novela, porque ella todavía tenía mucho que aprender acerca de sí misma en la secundaria.

Soy tan afortunada de estar rodeada de amigos y colegas que me dieron el coraje para escribir este próximo episodio.

Le debo una inmensa deuda de gratitud a Lamar Giles por su constante apoyo y por permitirme compartir con él los problemas que salieron a flote durante los borradores. Sus excelentes ideas hicieron de este un mejor libro y su fe inquebrantable en mí me ayudó a enfrentarme a la página en días cuando habría preferido mirar Netflix.

Unas gracias enormes a Tanya González de Sacred Heart Center en Richmond (Virginia) y a los estudiantes en su programa de baile después de la escuela. Ellos me permitieron mirar sus ensayos y compartieron su conocimiento respecto a los pros y esporádicos contras de bailar bailes folclóricos.

Como siempre, quiero agradecer a Kate Fletcher, mi compinche editorial por más de una década, que siempre hace que mis personajes y sus historias florezcan.

Unas gracias enormes a mi familia entera de Candlewick, especialmente a Phoebe Kosman, por ser campeones de este libro y conectarme a los lectores. Gracias a Erin DeWitt, Maggie Deslaurier, Julia Gaviria y Martha Dwyer por su cuidado en arreglar mis descuidados errores…, y un especial reconocimiento a Alex Robertson e Iraida Iturralde por su ayuda en asegurarnos de que mi uso del español —en el manuscrito original en inglés— fuera perfecto. Gracias a Pam Consolazio y al artista Joe Cepeda por su cuidado en diseñar el más hermoso libro posible.

Quiero ofrecer un agradecimiento especial al pequeño pero poderoso equipo que ha hecho posible esta hermosa traducción. A la cabeza se encuentra la editora Melanie Cordova, quien ha guiado con mucho cariño el proceso a lo largo de todas sus etapas, con el apoyo de Iraida Iturralde, Esther Sarfatti, Kate Hurley y Juan Botero. Pero, sobre todo, quiero agradecer a mi compatriota cubano